HAYMON taschenbuch 266

Die Drucklegung erfolgte mit freundlicher Unterstützung der Abteilung Kultur und Bildung der Stadt Linz und der Direktion Kultur des Amtes der Oberösterreichischen Landesregierung.

MIX
Papier aus verantwortungsvollen Quellen
FSC® C083411

Auflage:
4 3 2 1
2022 2021 2020 2019

HAYMON tb 266

Originalausgabe

www.haymonverlag.at

ISBN 978-3-7099-7913-6

Buchinnengestaltung nach Entwürfen von himmel. Studio für Design und Kommunikation, Innsbruck / Scheffau – www.himmel.co.at
Umschlag: Eisele Grafik · Design, München
Umschlagabbildung: mauritius images / Tetra Images / Roman Kharlamov
Satz: Da-TeX Gerd Blumenstein, Leipzig
Autorenfoto: Reinhard Winkler

Gedruckt auf umweltfreundlichem,
chlor- und säurefrei gebleichtem Papier.

Thomas Baum

Kalter Kristall

Kriminalroman

Thomas Baum

Kalter Kristall

1

Zuerst lief Blut in seinen Schuh. Dann tobte auch noch sein linkes Sprunggelenk. Beides zog er sich beim Trainieren der Pirouette und der Cabriole zu. Ballett ist berückende Ästhetik, konzentrierte Spannung. Und Schmerz.

Den kann nur ertragen, wer strapaziöse Posen und waghalsige Sprünge liebt. Malträtiert man seinen Körper lediglich aus purem Pflichtgefühl, gibt man den Tanz auf durchgestreckten Zehenspitzen spätestens mit dem Eintritt in die Pubertät auf.

Jakub ist auch mit fünfzehn noch dabei. Trainiert viermal die Woche. Einige seiner ehemaligen Tanzkollegen hatten längst das Handtuch geworfen. Andere waren in eine Ballettschule mit Internat gewechselt. Kaderschmiede. Bekanntermaßen der effizienteste Weg, um ganz nach oben zu gelangen. Aber woanders als daheim zu schlafen, kam für Jakub nicht in Frage. Kein richtiges Zuhause, dieses Gefühl kannte er zur Genüge, das hatte er satt. Also zog er das ganz normale Lernen in einer ganz normalen Schule vor. Danach ging es ab ins ganz normale Training. So wie heute Nachmittag.

Hinterher sein üblicher Nachhauseweg. Über die pulsierende Vinohradsdká, vorbei am nach einem bekannten Prager Schriftsteller benannten Sady Svatopluka Čecha Park, und schließlich in die eher unscheinbare Moravska, in der Jakub mit seinen Eltern in einer großen Wohnung lebte. Eigenes Zimmer, eigener Fernseher, eigener Laptop. Ganz so, wie es sich gehört.

Jakub war mit seinen Gedanken noch bei den letzten Übungen im Tanzsaal, als er den senffarbenen Kleinbus bemerkte. Parkte einfach so am Straßenrand.

Jakub dachte sich nichts dabei. Da beschäftigte er sich lieber mit dem bevorstehenden öffentlichen Ballettabend oder, noch besser, mit Judita. Schlank, sportlich, schwarze Haare, spitze Nase, nur zwei Bankreihen vor ihm und dennoch meilenweit entfernt. Unerreichbar. Schon alleine wegen Milo. Da reichte ein schiefer Blick, und man konnte ein paar in die Fresse kriegen.

Die plötzlich auffliegende Schiebetür. Zwei Männer, die auf den Gehsteig sprangen. Ein dritter trat aus dem Dunkel eines Hauseingangs, versetzte Jakub einen Stoß, dann zerrten sie ihn in den Laderaum. Schwarze Sturmhauben, Sehschlitze, entschlossene, kalte Augen. Sie pressten ihn auf den kühlen Wagenboden, krempelten seinen rechten Ärmel hoch, dann kam ein Stich und kurz nach dem Anlassen des Motors rabenschwarze Dunkelheit.

Bis sich vor ein paar Minuten seine Schläfen meldeten. Höchste Schmerzstufe. Als ob von innen ein Hammer gegen die Schädeldecke schlagen würde.

Öffnen der Augen. Angst vor der Helligkeit. Unbegründet. Der Raum war dunkel, feucht und muffig.

Wie spät es war? Vermutlich Nacht. Etwas entfernt hörte er eine Männerstimme. Vielleicht aus dem Nachbarraum.

Jakub setzte sich auf. Alte, modrige Matratze. Der Fußboden aus rohem Stein. Er kämpfte sich hoch, auch wenn der Kopf zu bersten drohte. Strengte die Augen an, konnte aber nichts erkennen.

Er tappte wenige Schritte bis zur Wand. Befühlte sie mit den Händen. Rau, kalt. Wahrscheinlich ein Kellerraum.

Er tastete sich nach links voran. Stieß auf einen Türrahmen, ließ die Hand über die Wand dahinter streichen, fand den Lichtschalter.

Der Junge wurde vom dürftigen Licht einer nackten Glühbirne geblendet, die von der Decke baumelte. Das winzige Badezimmer war mit schmutzigen, ehemals weißen Kacheln verfließt und enthielt eine verdreckte Klomuschel ohne Brille und eine Dusche mit Schiebewänden, deren Bruchstellen mit einem grauen Gewebeband zugeklebt waren.

Er kehrte in den größeren Raum zurück, erkannte jetzt an dessen rechter Seite eine Tür, konnte kaum glauben, dass sie sich öffnen ließ.

Durch den Spalt fiel fahles Licht. Vor ihm lag ein schmaler, schwach beleuchteter, roh verputzter Gang.

Jakub wandte sich nach rechts.

Mit größter Vorsicht.

Schritt für Schritt.

Flaches Atmen. Brennende Augen.

Er gelangte an eine Treppe, die steil nach oben führte. Schneller Blick zurück. An der Decke eine schwächelnde Neonröhre und an der rechten Wand Regale, die bis zur Decke reichten. Aufeinandergestapelte Kartons, Werkzeug, Unrat. Der deutliche Geruch von Schimmel. Jakub musste sofort hier raus.

Er stieg langsam die Stufen hoch. Bis er auf eine Falltür stieß, die man nach oben klappen musste. Jakub drückte dagegen. Wahnsinn! Die ließ sich tatsächlich bewegen.

Jakub konnte es kaum fassen. Stieß die Falltür nach oben. Hörte im selben Moment ihre Scharniere kreischen.

2

Zur Natur und ihren vielfältigen Erscheinungsformen pflegte der überzeugte Stadtmensch Robert Worschädl eine verhaltene Beziehung. Selbst an den Wochenenden zog es ihn nicht unbedingt hinaus aufs Land. Er brauchte für sein Glück weder den würzigen Duft von Nadelhölzern und Kuhfladen noch die Idylle weicher Wald- und Wiesenböden. Ihm genügte zum Entspannen ein bescheidener Spaziergang am Linzer Donauufer mit den verlässlich vorbeischwimmenden Fracht- und Ausflugsschiffen und vereinzelten Ruder- oder Paddelbooten.

Von dem einzigen in den letzten drei Jahren eroberten Gipfelkreuz blieb ihm nicht die atemberaubende Aussicht auf umliegende, in der goldenen Herbstsonne glühende Bergrücken in Erinnerung, sondern sein tobendes linkes Knie beim Abwärtssteigen und das exzellente Krenfleisch in der überfüllten Berghütte.

Auch die blühende Pracht des Magnolienbaumes vor dem Balkon ihrer Wohnung bemerkte er im Frühjahr erst, nachdem ihn seine Frau Karoline schon dreimal darauf hingewiesen hatte. In die Kategorie beseelter Naturromantiker war der Chefinspektor demnach nicht einzureihen.

Aus ganz anderem Holz war Karoline geschnitzt. Sie hielt sich liebend gern in der unverdorbenen Luft verkehrsverschonter, naturbelassener Zonen auf und nutzte ihre Freizeit gerne für ausgedehnte Wanderungen. Nur wollte sie dabei nicht alleine sein. Deshalb erinnerte sie ihn daran, dass es für ein erquickliches Eheleben auch Kompromisse brauchte. Seither ließ er sich hin und wieder zu einem gemeinsamen Ausflug überreden.

Der heutigen Wanderung konnte er insofern etwas abgewinnen, als sich nach einem etwa 50-minütigen Marsch bereits eine Pause ergab. Sie war der nachteiligen Wirkung einer Blase zu verdanken, die sich an Karolines rechter Ferse bildete. Schwärmte die praktizierende Psychotherapeutin noch vor einer halben Stunde vom erfrischenden böhmischen Lüftchen, so ärgerte sie sich in den letzten Minuten aufgebracht über sich selbst.

„Da lege ich meinen Klienten ständig nahe, gut auf sich selbst zu achten und sich ausreichend Zeit für die eigenen Bedürfnisse zu nehmen, und ich Idiotin bin nicht einmal in der Lage, meine neuen Wanderschuhe einzugehen!"

„Du hast vermutlich darauf vertraut, dass dich der Schuh nicht drücken wird."

„Stimmt, Bertl. Ich bin davon ausgegangen, dass ich die Ausnahme von der Regel bin."

„Realitätsverweigerung."

„Oder Dummheit. Jedenfalls ein sehr liebloser Umgang mit mir selbst."

Weil Karoline nur mehr humpelnd vorwärtskam und dabei stimmungsmäßig unweigerlich ins Negative driftete, schlug Worschädl vor, die vor ihnen auftauchende Wildgrubalm mit ihrer idyllischen Hütte für eine kurze Rast zu nutzen.

Gleich darauf öffnete er die schmale, unversperrte Tür des hölzernen, rund um die Hütte verlaufenden Gatters. Sie setzten sich auf eine klobige Bank, die mit ihren eingekerbten Herzen und Botschaften von *Waidmannsheil* bis *Fick dich* unterschiedlichste Lebensgeschichten in sich aufgenommen hatte.

„Herrlich, oder?", schwärmte Worschädl scheinheilig und streckte seine Arme weit über die vor ihm liegende Landschaft aus.

Karoline nickte. Bertls Aufmunterungsversuch schien ihr zu gefallen. „Was hältst du von einer Schnitzelsemmel?“

„Ausgesprochen viel“, erwiderte Worschädl.

Also griff Karoline in ihren Rucksack und packte die Jause aus.

„Lass dir's schmecken“, empfahl Worschädl und wollte schon zubeißen, da schoss seine Hand in Richtung von Karolines Semmel und griff nach etwas Dünnem, Schwarzem. Geschätzte fünfzehn Zentimeter lang.

„Ein Geschenk deines böhmischen Lüftchens“, sagte Worschädl und betrachtete das fadenförmige Ding etwas genauer.

„Ein verkohlter Grashalm, Bertl?“

„Eher ein Haar.“

„Na toll. Von einem Schaf? Von der Mähne eines Pferdes?“

„Könnte sein. Ja, durchaus möglich.“

Karoline vernahm seine Worte, glaubte ihnen aber nicht. Weil Bertl mit seinem nun argwöhnischen Blick nicht wie ein kundiger Tierfreund wirkte, sondern wie ein Kriminalbeamter, dem dieser dünne, schwarze Faden alles andere als geheuer war.

3

Der Anruf hätte nicht kommen dürfen. Das brachte ihn aus dem Konzept. Dabei hatte er sich alles akribisch zurechtgelegt. Eigentlich war alles minutiös geplant gewesen.

Nämlich nicht nur von A bis Z. Man hatte mit Abweichungen zu rechnen. Egal, wie sehr die Zeit drängte und unter welchem Druck man stand: Man musste immer alle Eventualitäten mitbedenken. So lautete seine Devise. Das war einer seiner Erfolgsfaktoren.

Erfolg. Damit war er gesegnet. Wahrscheinlich hatte ihn der Anruf gerade deshalb auf dem falschen Fuß erwischt.

Von der Mutter des Jungen gab es noch immer keine Reaktion. Sie ging nicht an ihr Handy, rief nicht zurück, meldete sich nicht. Als ob sie das Schicksal und der Verbleib ihres Sohnes keinen Deut interessieren würden.

Das war nicht logisch. Das passte nicht. Das konnte so einfach nicht sein. Oder doch? Was, wenn ihr Handy defekt oder der Akku leer war? Was, wenn Jakubs Mutter von widrigen Umständen davon abgehalten wurde, ihrem natürlichen Instinkt zu folgen und sich um ihr entführtes Kind zu kümmern?

„Fahr sofort zu ihrer Wohnung. Schau nach, wo sie steckt. Ich will wissen, was da los ist."

„Okay. Ich melde mich heute Abend."

„Aber nicht ohne Ergebnis!"

Herr und Knecht, Auftraggeber und Lieferant.

Kohle floss nur, wenn das Ergebnis stimmte.

Er schob das Handy in seine Hosentasche.

Exakt in diesem Moment hörte er das Kreischen.

Wie es sich durch die Stille sägte.

Einen Augenblick lang war Jakub unentschlossen. Stoppte mitten in der Bewegung. Öffnete die Falltür nur halb. Damit das Knarren verstummte. Als ob er es ungeschehen machen könnte.

Doch dann hörte er die Schritte. Hastig. Der Entführer, mittelgroß, schlank, eine schwarze Sturmhaube übers Gesicht gezogen, hetzte auf den Gang, riss etwas von einem Wandhaken, raste heran.

Jakub hörte hinter sich ein Keuchen, zog sich hinauf, da fuhr ein brutaler Schmerz in seinen rechten Unterschenkel. Wie ein Pfeil. Bis zum Knochen.

Der Junge knickte ein. Kippte zurück. Fiel die Stufen hinunter. Landete auf blankem Stein. Direkt vor festen, schwarzen Schuhen. Der erste Tritt kam ansatzlos. Mit voller Wucht. In den Bauch. Der nächste zielte auf den Kopf und ein weiterer ins Gesicht. Bis der Angreifer innehielt.

Aus brennenden Augenwinkeln konnte Jakub sehen, wie der Unbekannte etwas an der Wand befestigte. Wahrscheinlich die Stichwaffe, die ihm ins Bein gedrungen war. Dann drehte sich der Mann zu ihm, packte ihn unter den Armen, schleppte ihn den Gang entlang zurück in seine Kammer, warf ihn auf die Matratze, entfernte sich und kam kurz darauf wieder zurück.

Jakub spürte nichts als Schmerzen. Von den Tritten. Von der Wunde an seinem linken Unterschenkel.

Doch dann kam der Stich. Wieder in seinen Unterarm.

Die Nadel drang ein, fand eine Vene.

Kurz darauf machte sich in ihm Entspannung breit. Eine Wolke aus purem Wohlbefinden. Wie durch ein Wunder fühlte er sich von jeglichem Leid befreit.

4

Worschädl befeuchtete seinen rechten Zeigefinger und streckte ihn in die Luft. Karoline hatte recht gehabt, die erfrischende Brise kam von Tschechien herüber. Aus dem Norden. Von dort, wo die Hütte stand.

Das kleine, aus rötlichem Holz gebaute Häuschen nahm eine Fläche von vielleicht sieben mal acht Metern ein, die Fensterläden waren fest verriegelt, und unter dem Giebeldach an der Vorderseite prangte eine ovale Holztafel mit der geschnitzten Inschrift *Wildgrubalm*. Rechts neben der Tür war eine ganze Batterie Holzscheite für den nächsten Winter aufgeschichtet.

Die Worschädls gingen um das Haus herum. Dahinter lag ein kleines Wäldchen. Nadelbäume. Stumme Wächter, die ihre Äste schützend in Richtung Hütte streckten.

Am Rande des Wäldchens, das sich mit viel Dickicht und Geäst gegen unliebsame Eindringlinge abschirmte, blieb Worschädl stehen. Karoline sah ihn fragend an.

„Bertl, was suchen wir hier?"

„Weiß ich noch nicht. Aber ich hab da so eine Ahnung. Karo, du bleibst am besten hier."

„Netter Vorschlag. Nur bin ich schon erwachsen und darf so etwas selbst entscheiden."

Worschädl war klar, dass er diese Debatte nicht gewinnen konnte. Er bog ein Bündel dünner Äste auseinander und bahnte sich einen Weg durchs Dickicht. Hinter sich vernahm er das Knacksen von Zweigen unter Karolines Schuhen.

Vorerst stieß Worschädl aber nur auf ein unscheinbares Stück Pappe. Es lugte zwischen den am Boden liegenden Blättern hervor. Er bückte sich danach. Die kleine, schmale Streichholzschachtel wies auf schwarzem Hintergrund einen roten Schriftzug auf: *Al...Yo...an*. Unvollständig und nicht wirklich zu entziffern.

In der Schachtel befanden sich zwei Streichhölzer. Nicht gebraucht und womöglich unbedeutend, aber als Chefinspektor musste er auch auf die unscheinbarsten Dinge Acht geben. Umso mehr, als es mit jedem weiteren Schritt in den Wald hinein zunehmend nach Verbranntem roch. Wie nach verkohltem Holz. Dazu kam ein übler, stechender Gestank, der Worschädls Magen ohne Vorwarnung nach oben stülpte.

Es roch nach versengter Haut.

Nach verbranntem Fleisch.

Karoline stöhnte auf, hielt sich die Hand schützend vor die Nase und lehnte sich an einen Baum. Auf ihrer Stirn bildeten sich Schweißperlen, sie kämpfte mit dem Gleichgewicht.

Worschädl gab ihr mit einem Handzeichen zu verstehen, dass sie ihm ab sofort nicht mehr folgen sollte.

Sie nickte und willigte jetzt erleichtert ein. Ihr Mann schien sich zu sammeln, bevor er die nächsten Schritte setzte. Nach ein paar Metern hielt er plötzlich inne, wich einen Schritt zurück, forderte sie mit brüchiger Stimme auf, keinesfalls weiterzugehen.

Jemand hatte Zweige und Äste angehäuft und versucht, damit etwas zu verbergen. Zu hastig, zu schlampig, zu sehr getrieben von der Angst, beobachtet und entdeckt zu werden.

Aber wahrscheinlich wäre der niedrige, grabähnliche Hügel ohne das Haar, das vom böhmischen Wind auf eine Schnitzelsemmel getragen worden war, noch lange keinem aufgefallen.

Auch kein noch so aufmerksamer Wanderer hätte das bis auf den Knochen verkohlte Bein bemerkt, das schräg zwischen den Ästen herausragte. Wie ein grimmig drohender Zeigefinger, der vor den dunklen Seiten dieses Lebens warnte. Schwarze Menschenhaut, verkohltes Menschenfleisch. Mit wenigen helleren Flecken und unzähligen tiefen Rissen.

Worschädl gab sich einen Ruck. Jetzt wollte er Gewissheit haben. Vorsichtig griff er nach den Ästen. Legte das zweite Bein und das Becken frei.

Dasselbe Bild. Eine einzige Verwüstung.

Worschädl drehte sich zu Karoline um. Sein Entsetzen spiegelte sich in ihren Augen, ihrem Gesicht. Sie hatte wieder Recht behalten.

Worschädl zog die Toten an.

Wo er war, passierten Morde.

Denn nach einer freiwilligen Selbstentzündung sah das hier überhaupt nicht aus.

5

Die Kleidung für Tobias hatte Worschädls Kollegin Sabine Schinagl schon am Vorabend zurechtgelegt: hellblaue Jeans, weißes Polo, dunkelblauer Sweater, alles in Größe hundertzweiundzwanzig. Ausgesucht für einen aufgeregten, kleinen Mann, für den mit seinem ersten Schultag ein neuer Lebensabschnitt begann.

Allerdings zeigte Tobias heute Morgen deutliche Anzeichen von Verweigerung. Ganze drei Mal musste ihn seine Mutter wecken und ans Aufstehen erinnern. Fürs Verzehren seines Nutella-Brötchens brauchte er eine Ewigkeit, und bis er endlich in seinen hellen Turnschuhen und mit dem nagelneuen Schulrucksack in der Tür stand, war Sabines Tagesvorrat an Geduld eigentlich schon aufgebraucht. Aber sie hatte sich fest vorgenommen, ihren Sohn ohne ein einziges lautes Wort durch sein garantiert herausforderndes Wechselbad an Gefühlen zu begleiten.

Im Auto quasselte er in einer Tour, beim Aussteigen in der Schillerstraße nahm er sie sofort an die Hand, bis sie sich der im Stadtzentrum gelegenen Schule und den anderen Kindern und Eltern näherten. Dort löste er sich von seiner Mutter und ging tapfer neben ihr her.

Auch beim Betreten der Klasse hielt er Abstand, steuerte auf eine freie Schulbank zu und nahm mit seiner überdimensionierten Schultüte neben einem Jungen mit Brille Platz. Schinagl, die mit den anderen Eltern verschiedenster Nationalitäten im hinteren Teil der Klasse stand, konnte spüren, wie gerne Tobias in ihre Arme geflüchtet wäre.

Seine Nöte konnte sie nur allzu gut verstehen. Letztes Jahr hatte es der kleine Kerl mit großem Geschick geschafft, sich mit diversen Anzeichen von Unpässlichkeit und kleineren Erkrankungen zumindest einmal pro Woche vom Besuch des Kindergartens zu befreien.

Aber in diesem Moment, hier in der Schulklasse, als er an den Lippen jener Person hing, in deren Hände die anwesenden Mütter und Väter nun ihre bunt zusammengewürfelten Kinder legten, warf er alles in die Waagschale, um auf seine Mitschüler und seine Lehrerin souverän zu wirken. Betont aufmerksam lauschte er den ersten Worten seiner Lehrerin, die sich mit einer Frisur wie nach einem Stromschlag präsentierte.

In alle Himmelsrichtungen abstehende Strähnen. Außerdem ein Übermaß an Enthusiasmus und Missionierungseifer. Wie eine Märchentante, die ihren kleinen Zuhörern den Eintritt ins echte Leben besonders schmackhaft machen wollte.

Die ersten Regeln, mit denen die Volksschullehrerin ihre Schützlinge auf das gemeinsame Lernen vorbereitete, erschienen Schinagl durchaus sinnvoll. Möglichst nicht durcheinanderreden, in den Pausen nicht wild laufen oder raufen und die Handys vor dem Unterricht abschalten und erst nach der letzten Stunde zu Mittag wieder einschalten.

Peinlich, dass genau in diesem Moment *Set Fire to the Rain* von Adele erklang. Natürlich drehten sich alle nach jener Mutter um, die jetzt in ihrer Tasche hastig nach ihrem verfluchten Handy suchte. Nicht gerade lustig für Tobias, dass es sich dabei ausgerechnet um seine Mama handelte.

„Geht leider nicht anders, ich bin Kriminalbeamtin und muss ständig erreichbar sein“, entschuldigte sich Schinagl und gewann damit für Tobias wieder einiges an Boden. Wer kann schon eine Mutter vorweisen, die Jagd auf gefährliche Verbrecher macht.

Schinagl warf einen Blick aufs Display. Kollege Robert Worschädl war dran. Der alte Brummbär wusste nur zu gut, weswegen sich Schinagl heute freigenommen hatte und wo sie sich in diesem Augenblick befinden musste. Wenn er sie trotzdem störte, ging es um etwas Dringendes.

Schinagl schickte ihrem Sohn ein Lächeln, stahl sich aus der Klasse und drückte draußen die Taste mit dem grünen Telefonhörer.

„Hallo Robert, was gibt's?“

„Sabine, das ist vielleicht nicht der günstigste Moment ...“

„Du sagst es. Damit gelte ich schon am ersten Schultag als Mutter, der die Arbeit wichtiger ist als der Schulstart ihres Sohnes.“

„Tut mir leid. Tobias geht auf alle Fälle vor. Aber sobald das vorbei ist, könnte ich deine Unterstützung brauchen.“

„Habt ihr euch verirrt, Robert? Karoline und du ... ihr macht doch eine Wanderung.“

„Die wir aber frühzeitig beenden mussten. Weil wir hier ... ja ... über eine Leiche gestolpert sind.“

„Das darf nicht wahr sein.“

„Am Waldrand bei der Wildgrubalm. Komplett verkohlt. Kein schöner Anblick.“

„Kann ich mir denken. Ihr habt wahrscheinlich noch keinen Namen.“

„Wir haben so gut wie nichts. Aber die Uhr, die wir auf ihrem linken Handgelenk gefunden haben, ist relativ gut erhalten. Wir schließen auf eine Frau.“

„Okay. Habt ihr sonst noch was gefunden?“

„Nur eine Streichholzschachtel mit einer Aufschrift, die ich nicht entschlüsseln kann. Ich schick dir ein Foto.“

„Mach das, Robert. Ich geh jetzt wieder in die Klasse, damit sich Tobi von seiner Mutter nicht vollkommen im Stich gelassen fühlt. Ich melde mich, sobald ich verfügbar bin.“

„Alles klar.“

Als Schinagl wieder in die Klasse trat, piepste ihr Handy. Laut. Worschädls Foto war angekommen. Ermahnender Blick der Lehrerin, Schinagls entschuldigendes Schulterzucken. Und Tobias’ erleichtertes Aufatmen, weil seine Mama doch noch zurückgekehrt war. Sehr beruhigend für ihn, dass sie sich wieder zu den anderen Eltern stellte und ihm ein aufmunterndes Lächeln schickte.

Schinagl konnte es sich jedoch nicht verkneifen, hinter vorgehaltener Hand das Foto auf dem Handydisplay zu betrachten. Der Deckel einer Streichholzschachtel. Die Aufschrift *Al...Yo...an.* Rote Buchstaben auf schwarzem Hintergrund. Schinagl hatte nicht den leisesten Schimmer, von welcher Firma oder Organisation diese Streichholzschachtel stammen und was die Aufschrift bedeuten konnte.

Die Bezirksinspektorin wurde aus ihren Gedanken gerissen, als die Lehrerin ihren Vortrag beendete und die Eltern nach Hause schickte. Für den Rest des Vormittags mussten sie ihre Kleinen alleine lassen und der Lehrerin überantworten, was Schinagl entgegenkam. Weil sie, so sehr sie sich auch dagegen wehrte, mit einem Gutteil ihrer Gedanken bereits bei der verkohlten Frauenleiche war.

Möglich, dass sie deshalb draußen auf dem Gang den aus einer Klasse stürmenden Schulwart übersah. Grauer Mantel, hochgezogene Schultern, mächtiger Bierbauch, auf den Boden gerichteter Tunnelblick. Der mittelgroße Kerl hätte eigentlich Vorrang geben müssen, ignorierte aber den Querverkehr, womit eine Kollision unvermeidbar war.

Schinagl wurde seitlich gerammt, verlor dabei ihr Handy, griff reflexartig nach ihrer Waffe, hielt aber inne, als der Schulwart das Kunststück fertigbrachte, ihr Handy aufzufangen.

Der Vorfall war ihm sichtlich peinlich.

„Na so was ... echt ... das wollte ich nicht."

„Kein Problem. Alles noch ganz."

„Super. Dabei ... ich hab Sie voll erwischt."

„Aber nicht aus dem Gleis geworfen. Und dass Sie mein Handy gerettet haben ... Respekt ... eine Meisterleistung."

„Reines Glück. Und das Foto ..."

„Welches Foto?"

„... auf Ihrem Display." Der Schulwart zwinkerte ihr zu. „Hand drauf, das bleibt unter uns."

„Okay. Aber warum?"

„Na ja, weil es zu einem ... also ... zu einem Dings gehört."

„Zu einem Dings?"

„Sie wissen es wirklich nicht?"

„Ich hab nicht die geringste Ahnung."

„Das *AllYouCan* draußen in der Wienerstraße."

Toll. Der Herr Schulwart verfügte über einschlägige Erfahrungen und konnte sogar die fehlenden Buchstaben ersetzen.

„Okay, passt, davon hab ich schon gehört", sagte Schinagl. „Ein Bordell. So etwas wie ein Laufhaus, oder?"

„Eher ein Flatrate-Puff. Nicht, dass Sie meinen, ich würde dort mein Geld verpulvern."

Der Schulwart sprach mit gedämpfter Stimme. Schinagl antwortete ebenso leise: „Aber falls Sie das *AllYouCan* doch einmal besuchen würden ...?"

„... dürfte ich dort um günstige hundertzwanzig Euro ... Sie wissen schon ... also mit jeder und so oft ich kann.“

6

Harry Kovac hätte eigentlich wissen müssen, dass Jürgen Binder im Grunde ein Sensibler war. Hinter der robusten Fassade seines Mitarbeiters verbarg sich ein butterweicher Kern.

In seinem Innersten war Binder längst nicht so stabil, wie es nach außen hin den Anschein hatte. Er, immer positiv gestimmt, stets ein anerkennendes Wort auf seinen Lippen, lechzte in Wahrheit nach Lob. Deshalb legte er diese übersteigerte Betriebsamkeit und Hilfsbereitschaft an den Tag.

Er verstand es, sich beliebt zu machen. Besonders bei den Damen, die ihn wegen seines unentwegten Fleißes einfach nur Bienchen nannten. Ob ein quietschendes Bett oder ein verstopftes Abflussrohr zu reparieren war, ob er wegen einer abgerissenen Kette ins Sadomaso-Themenzimmer oder zu einem der vier Whirlpools wegen verlegter Massagedüsen gerufen wurde – Bienchen war stets flink und effizient zur Stelle.

Diese serviceorientierte Haltung war ihm bei seinem früheren Job in unzähligen Seminaren eingetrichtert worden. Bankangestellter. Eine Tätigkeit, die er gerne noch ein paar Jahre länger ausgeübt hätte. Doch leider war das Fleisch manchmal schwächer als der Wille. Wobei Binder nicht den Verlockungen des weiblichen Geschlechts erlegen war, sondern jenen der Konten seiner Kunden.

Zwei Jahre lang waren seine so raffinierten wie unredlichen Transaktionen keinem Menschen aufgefallen, und vielleicht wäre das noch eine ganze Zeit lang gut gegangen, hätte Binders auffällig teurer Lebensstil nicht einiges an Argwohn hervorgerufen.

Ungeschickterweise legte er eine Großspurigkeit an den Tag, die gerade im Geldsektor längst aus der Mode gekommen war. Seit der Finanzkrise 2008 war es einfach nicht mehr üblich, am Ende einer Weihnachtsfeier drei Flaschen Rotwein um je fünfundsechzig Euro zu spendieren. Und auch das BMW Cabrio mit den exklusiven Ledersitzen, das eines Tages auf dem von ihm gemieteten Parkplatz in der Tiefgarage stand, erschien keineswegs angemessen.

Am Ende setzte es eine überraschende Überprüfung, die Unterschlagungen im Ausmaß von sechshundertsiebzigtausend Euro zu Tage förderte.

Danach ging es schnell bergab. Der sofortigen Kündigung folgten die Anzeige sowie ein Gerichtsverfahren, schließlich die Übersiedlung von der ehelichen 120-Quadratmeter-Wohnung in eine vier mal drei Quadratmeter große Zelle in einer Justizanstalt, wenige Monate später war die Scheidung abgewickelt, und nach seiner Entlassung wechselte er nahtlos in den Privatkonkurs.

Zum Abstottern der Schulden und der Miete für sein Zimmer in einer Wohngemeinschaft suchte er fieberhaft nach einem Job. Nach mehr als zweihundert erfolglosen Bewerbungen entdeckte er in einem Gratisblatt ein unscheinbares Inserat: „Männliches Mädchen für alles gesucht. Gute Bezahlung, hervorragendes Arbeitsklima."

Binder konnte unmöglich ahnen, dass sich hinter der angeführten Telefonnummer ein waschechtes Bordell verbarg.

Gut so, denn dann wäre er zum Vorstellungsgespräch wahrscheinlich erst gar nicht erschienen. Aber so saß er zwei Tage später im *AllYouCan* dem kleinen, fülligen Harry Kovac gegenüber.

Dichte Koteletten, kräftiger Bizeps, Goldkette um den Hals, halb hochgekrempelte Ärmel, wilde Tattoos – ein waschechter Zuhälter eben, der nahezu jedem Klischee entsprach.

Sie wechselten höchstens zehn Sätze, da reichte ihm Kovac seine Pranke, drückte wie ein Schraubstock zu und erklärte Binder für eingestellt.

„Wenn alles super passt, darfst du Ostern und Weihnachten gratis auf eine meiner Stuten steigen."

Jürgen Binder konnte es kaum fassen. Wo war er nur hingeraten? Er hatte soeben eine Stelle als Puffhausmeister angenommen. Tiefer konnte man nicht mehr sinken.

Aber wenigstens hatte er wieder einen Job. Noch dazu steckten ihm die Prostituierten immer wieder Trinkgeld zu.

Deshalb war Binder ziemlich sauer gewesen, als ihn Harry heute Vormittag vor den Damen als vertrottelt und hirnamputiert beschimpft hatte, weil er das Malheur im beheizten, acht mal vier Meter großen Warmwasserpool im Garten mittels einer Stoßchlorung behandeln wollte. Dabei war das bisher ihre übliche Methode gewesen, wenn das Wasser stark verschmutzt war und gereinigt werden musste.

Aber weil der sogenannte Tscheche ausgerechnet dann ins Becken kotzen musste, als auch noch andere Freier mit ihren Damen zugegen waren, bildete sich der Chef doch tatsächlich einen kompletten Wasserwechsel ein.

„Weil sich kein Mensch in so einer Sauerei in den Himmel vögeln will. Also los, dalli, dalli!"

Beim Aus- und Einlassen des Wassers konnte jedoch nicht einmal Binder zaubern. Was sein Chef mit der Bemerkung kommentierte, dass sich sein Hausmeister bei seinem haarsträubend langsamen Tempo wohl schon bald eine neue Stelle suchen müsste.

Die zweite Demütigung an nur einem Vormittag.

Beide Male hörten die Damen zu.

Beide Male wollte ihr fleißiges Bienchen vor Scham im Erdboden versinken.

Harry war eindeutig zu weit gegangen.

Und das konnte Binder unmöglich auf sich sitzen lassen.

Aber er liebte seinen Arbeitsplatz und wollte ihn noch lange behalten. Daher musste sein kleiner Racheakt möglichst dezent ausfallen, weshalb er den Wasserdruck beim Befüllen des Pools nicht erhöhte, sondern deutlich verringerte.

Dalli, dalli ging bei ihm ab sofort wirklich gar nichts mehr.

7

Ausschließlich in Dur oder doch ein kleiner Hauch von Moll? Schinagls Lebensgefährte Michael hatte diese Frage fast entschieden, da brummte sein Handy los. Wie ein fetter Bienenschwarm. Er hätte es ausschalten und sich abschotten sollen. Rein in sein kleines Studio, Tür zu, Jalousien runter, und dann volle Konzentration, bis er diesen verflixten Werbejingle für Fertigteilhäuser mit Niedrigenergiebauweise endlich im Kasten hatte.

Aber wenn Sabine anrief, war Abheben ausgemacht. Obwohl das seinen Zeitplan wahrscheinlich wieder gehörig durcheinanderbrachte.

„Sabine?“

„Hi, tut mir echt leid, aber holst du Tobias bitte um zwölf von der Schule ab?“

„Unmöglich. Ich bin mitten im Komponieren. Du hast dir doch extra frei genommen.“

„Ich schon, aber das Verbrechen nicht. Ein grausamer Mord. Schlimme Geschichte. Robert braucht mich.“

„Scheiße. Ich weiß nicht, wie ich das schaffen soll ... aber okay.“

„Michael, du bist ein Schatz.“

Aufgelegt. Na toll. Musste er seine kreativen Einfälle eben wieder irgendwie aus dem Ärmel schütteln.

Auch wenn Tobias und Kerstin nicht seine Kinder waren, mochte er die beiden sehr. Immerhin hatten sie ihn bei sich aufgenommen. Duldeten ihn seit ein paar Jahren als neuen Mann an der Seite ihrer Mutter. Nannten ihn manchmal Papa, und hin und wieder ließen sie sich sogar etwas von ihm sagen.

Fünf Minuten später verließ Michael sein Studio. Auf dem Weg zum Auto wurde ihm bewusst, dass Sabine ab nun mit einem neuen Fall beschäftigt war. Das würde mit intensiven Ermittlungen, unregelmäßigen Arbeitszeiten und weniger Energie für die Familie verbunden sein. Womit Michael wieder mehr zum Handkuss kommen würde. War also höchste Zeit, sich diesen Fertigteilhaus-Jingle rauszupressen.

Seine 37-jährige Lebensgefährtin drückte zur selben Zeit den messingfarbenen Klingelknopf neben einer in Schwarz gehaltenen, schweren Tür mit integriertem, verschlossenem Schiebefenster.

Das *AllYouCan* am südlichen Stadtrand von Linz war ein eingetragenes Diskontbordell, in dem Kunden zu einem Pauschalbetrag von hundertzwanzig Euro innerhalb von zwei Stunden eine unbeschränkte Anzahl von Sexdienstleistungen verschiedener Prostituierten konsumieren konnten.

Mit einem kurzen Blick auf die Homepage des Bordells hatten sich Worschädl und Schinagl darüber informiert, dass hier derzeit drei Frauen aus Ungarn, Österreich und Tschechien sowie zwei Frauen aus Rumänien beschäftigt waren.

Schinagl griff in ihrer Jackentasche nach dem Plastiksäckchen mit der Uhr, die bei der Leiche gefunden worden war.

Im Schiebefenster wurden blaugrüne Augen und falsche Wimpern sichtbar. Dazu ertönte eine tiefe Stimme mit unverkennbar ungarischem Akzent.

„Sieht nicht so aus, als ob Sie zu einem von uns Mädels wollten."

Schinagl hielt der Frau ihren Ausweis hin.

„Schinagl, Bezirksinspektorin. Ich muss mich mit Ihnen unterhalten."

Zuerst wurde Schinagl von der etwa 25-jährigen schwarzhaarigen Frau mit Künstlernamen Valerie darüber aufgeklärt, dass die Diskontpuffs für Huren nicht unbedingt von Nachteil waren.

„Weil sich die Männer überschätzen. Sind ganz heiß auf stundenlanges Rammeln, kriegen ihn aber nur einmal, höchstens zweimal hoch. Und danach ist Schluss mit lustig. Außerdem bekommen wir unsere Kohle hier pauschal für die Arbeitszeit bezahlt. Ist sicherer als pro Fick."

So habe ich das noch nie betrachtet, dachte Schinagl und ließ ihren Blick über das Interieur schweifen. Glitzerbar und Barhocker mit Sitzflächen aus rotem Kunstleder. Sitznischen in rotem Plüsch mit Séparée-Charakter. Links neben der Bar ein Gang, der zu anderen Räumlichkeiten und einer Stiege nach oben führte.

Valerie stellte sich an die Bar und nippte an einem Wasserglas.

„Der Chef mag es nicht, wenn wir zu viel über unsere Arbeit reden. Ich muss gleich wieder in mein Zimmer."

„Nur einen Moment. Gab es in letzter Zeit Besonderheiten? Einen Zwischenfall? Oder Konflikte, Spannungen?" Schinagl nahm auf einem der Hocker Platz.

Valerie zögerte und blickte ängstlich zum Gang neben der Bar.

„Frau Valerie, wir können das auch auf unserer Dienststelle besprechen."

Valerie zögerte, blickte noch einmal zum Gang und gab sich schließlich einen Ruck.

„Mit den Kunden war alles ganz normal."

„Und mit den anderen Frauen? Mit Ihren Kolleginnen?"

Valerie wechselte in einen verschwörerischen Tonfall.

„Eliska. Sie hatte Stress."

„Stress mit wem?"

„Mit dem Chef."

„Und weswegen?"

„Keine Ahnung. Ich hab schon viel zu viel gesagt."

„Na gut, dann nehme ich Sie mit."

Valerie kaute nervös an ihrer Unterlippe.

„Vor drei Tagen hat er sie angebrüllt und richtig zur Sau gemacht. Weil sie zu wenig Kunden hatte."

„Sie hat nicht genug Umsatz gemacht?" Schinagl fragte sich, mit wie vielen Männern die Frauen pro Tag in die Kiste hüpfen mussten.

„Richtig. Dabei ... vor ein paar Monaten hatte Eliska noch eine Frequenz ... da konnte keine von uns mithalten."

„Klingt nach echter Schwerarbeit. Wo ist sie jetzt? Oben in einem der Zimmer?"

„Am Abend nach dem Streit ist sie verschwunden."

„Verschwunden?"

„Ja, sie ist abgehauen und nicht mehr zurückgekommen."

„Sie haben also seit drei Tagen ..."

„... nichts von ihr gehört."

Schinagl holte die Uhr vom Fundort der Leiche aus ihrer Tasche und zeigte sie Valerie.

„Kennen Sie die?"

In Valeries Blick machten sich Angst und Sorge breit.

„Sie gehört Eliska."

„Sind Sie sicher?"

„Dafür lege ich meine Hand ins Feuer."

Bitte nicht, dachte Schinagl und musste unwillkürlich an die Fotos denken, die ihr Worschädl gezeigt hatte. Ohne selbst auf der Wildgrubalm gewesen zu sein, hatte sie seither den Geruch von Verbranntem in der Nase.

„Valerie, Eliskas Verschwinden ... hatte das etwas mit diesem Streit zu tun?“

„Ich weiß es nicht. Schluss jetzt. Von mir erfahren Sie gar nichts mehr.“

Wie aufs Stichwort schob sich in diesem Moment der amtsbekannte Harry Kovac durch die Tür neben der Bar. Untersetzt, einen Kopf kleiner als Schinagl, braunes, glatt zurückgegeltes Haar, weich fallender grauer Anzug über knapp sitzendem, schwarzem Hemd. Sein Vorstrafenregister wies eine bunte Sammlung an leichten und schweren Körperverletzungen auf.

Kovac erkannte sofort, was es geschlagen hatte. Bullen konnte er auf tausend Meter wittern. Nachdem weibliche Bullen, auch wenn sie so gut aussahen wie das vor ihm stehende Exemplar, um nichts angenehmer waren als ihre männlichen Kollegen, machte Kovac wortlos kehrt und verschwand so schnell, wie er gekommen war.

„Harry Kovac! Stehenbleiben!“

Der Zuhälter ließ sich nicht beirren. Bevor Schinagl hinter ihm den Gang erreichte, betrat er sein Büro, knallte die Tür zu und drehte den Schlüssel zweimal um.

Nein, von dieser Schlampe ließ er sich den Tag sicher nicht verderben. Dabei, so wie die aussieht, hätte ich sie sehr gern in meinem Stall, dachte Kovac und entriegelte das Fenster. Sein Büro lag im Halbparterre. Es war nahezu unmöglich, sich beim Runterspringen einen Knöchel zu brechen oder sich einen Seiten- oder Kreuzbandriss zuzuziehen.

Alles easy, dachte Kovac, als er durchs Fenster stieg.

8

Dein Beruf muss die Seele schädigen. So etwas Furchtbares wie heute habe ich noch nie gesehen. Entsetzlich und unerträglich. Bertl, bitte pass auf dich auf. Kuss, Karo.

Gleich darauf kam die nächste SMS, diesmal von Schinagl.

Achtung, Uhr gehört einer von Kovacs Prostituierten.

Worschädl, der am Parkplatz auf der Rückseite des *AllYouCan* Stellung bezogen hatte, nickte bestätigend in Richtung des Bordells, ohne auch nur ahnen zu können, in welchem Teil des Gebäudes sich Schinagl gerade befand.

Dafür entging ihm nicht, dass im Halbparterre ein Fenster geöffnet wurde. Und zwar von einem Mann, dem er nicht zum ersten Mal begegnete.

Der Zuhälter, der auf diesem Weg schleunigst sein Etablissement verlassen wollte, bemerkte wiederum den ihm wohlbekannten Chefinspektor und sprang deshalb nun doch nicht so locker in die nur relative Tiefe.

Stattdessen griff der feiste, in feines Tuch gekleidete Kerl nach der neben dem Fenster angebrachten Feuerleiter und turnte trotz seiner geschätzten hundertzwanzig Kilo Lebendgewicht flink nach oben.

Gut, dass Worschädl nicht allzu viel im Magen hatte. Der Anlauf und Sprung hinauf zur untersten Sprosse fiel ihm deshalb nicht besonders schwer. Das Hochziehen schon eher, aber er war bei guter Kondition und kletterte so rasch nach oben, dass er das Flachdach nur kurz hinter Kovac erreichte.

Verblüffenderweise war von dem Zuhälter nichts zu sehen. Als hätte ihn ein Windstoß erfasst und mit sich davongetragen.

Wäre Worschädl nur ein paar Sekunden eher auf das Dach gelangt, hätte er mitverfolgen können, wie Kovac seine Flucht eigentlich mit einem Sprung in den im Garten gelegenen Warmwasserpool vollenden wollte, in dem sich aber, wie er sich von der Dachkante aus überzeugen konnte, noch viel zu wenig Wasser befand. Also ließ er sich vom Dach auf das Sims des daruntergelegenen Fensters gleiten, wo er mit den Zehenspitzen Halt fand. Zugleich klammerte er sich mit den Händen an die Blechumrandung des Daches.

Auf diese zwei Hände stellten sich jetzt zwei Männerschuhe. Eine schmerzhafte Angelegenheit, die ein Aufjaulen des Zuhälters verursachte.

„Verdammt, Worschädl, was auch immer los ist, ich bin es auf keinen Fall gewesen."

„Warum läufst du dann davon?"

„Weil ich euch kenne. Weil ihr einem jedes Wort im Mund verdreht."

„Dann gib es doch einfach zu. Du hast wieder Mist gebaut."

„Einen Dreck hab ich gemacht!"

Worschädl, seit jeher von einer ausgeprägten Höhenangst geplagt, vermied jeden Blick nach unten, während er sein Gewicht noch stärker auf die Hände von Kovac verlagerte. Der Zuhälter war ein alter Bekannter, den der Chefinspektor schon zweimal ins Gefängnis befördert hatte. Um den ein wenig weich zu kriegen, brauchte es harte Bandagen, am besten von Anfang an.

„Worschädl, du bringst mich um!"

„Nein, Kovac, das ist dein Metier."

„Erstes Gebot: Du sollst keine saudummen Gerüchte in die Welt setzen."

„Zweites Gebot: Du sollst keine verkohlten Frauenleichen produzieren."

„Was? Bist du komplett wahnsinnig?"

Worschädl bemerkte, dass Kovacs Hände etwas abrutschten, also ging er auf die Knie und packte den Zuhälter an einer Hand.

„Wir haben bei der Toten einen Hinweis auf dein Lokal gefunden. Kann es sein, dass du eine Mitarbeiterin vermisst?"

„Und wenn es so ist ... mein Lokal macht seine Umsätze mit Nutten. Da werde ich doch nicht so vertrottelt sein, eine von ihnen abzumurksen. He, Worschädl, lass mich nicht fallen, halt mich fest!"

„Was auf die Dauer schwierig wird. Kovac, du frisst zu viel."

Tatsächlich rutschte jetzt auch Kovacs zweite Hand vom Dachblech und klammerte sich an Worschädls Arm, der nun einiges an Gewicht zu tragen hatte. In knieender, vorgebeugter Haltung, halb hinaus über die Kante hängend und zugleich keinen Blick nach unten riskierend, war das kein leichtes Unterfangen.

Als Kovacs Füße ihren Tritt am Fenstersims verloren, baumelte der Zuhälter plötzlich frei hängend an der Fassade.

Das brachte Worschädl ins Wanken.

Das konnte er unmöglich halten.

Ihm blieb nichts übrig. Er ließ los.

Kovac nicht. Der hielt sich fest.

Mit Schraubgriff.

Wie eine Klette.

Gnadenlos.

Dem Puffhausmeister Binder, der gerade von einer Kaffeepause zurück in den von einem hohen Holzzaun blickdicht umgebenen Garten kam, stockte beim Gewahrwerden der äußerst brenzligen Situation der

Atem. Keine Frage, dass es aus jetziger Sicht besser gewesen wäre, wenn er beim Einlassen des Pools nicht derartig getrödelt hätte. Das Becken, in das sein Chef zu stürzen drohte, war nämlich höchstens halb gefüllt.

Natürlich eilte Binder sofort zum Wasserhahn und drehte ihn bis zum Anschlag auf, aber das machte die Versäumnisse mehrerer Stunden auch nicht wett.

Eine kleine Prellung hätte Binder seinem Chef durchaus gegönnt. Aber was, wenn sich Kovac alle Rippen brach? Oder gar die Wirbelsäule?

In Binder türmten sich diese Horrorszenarien zu einem riesigen Gebirge auf, da plumpste nicht nur sein Chef vom Dach, sondern mit ihm auch noch ein zweiter Brocken. Beziehungsweise ein zweiter Mann.

Wie zwei Ziegel von einem Dach.

Wie zwei Äpfel von einem Baum.

Als Schinagl in dieser Sekunde um die Ecke bog, fasste sie es sofort symbolisch auf. Als Metapher. Sie sah einen Ermittlungsbeamten, der quasi an seinen Beruf gefesselt war. Den das Verbrechen nicht mehr losließ.

Zugleich hatte sie Worschädls ständige Grenzgänge vor Augen.

Wie viele Sorgen sich Karoline doch immer wieder machen musste.

Wie oft sie um ihn zu bangen hatte.

Kein Nachteil ohne Vorteil, hätte wahrscheinlich Karolines Kommentar gelautet.

Immerhin wurde ihr nicht langweilig mit ihm.

9

Dieser Vollarsch von Jürgen Binder.

Ließ zuerst den Pool nur mit einem dünnen Pissstrahl ein. Quoll dann vor Mitleid wegen der Steißverstauchung seines Chefs förmlich über. Und benahm sich, als die Bullen ihre Fragen stellten, wie ein von verbaler Inkontinenz geplagtes Weib.

Dabei betonte Kovac trotz peinigender Schmerzen extralaut, dass seine Mitarbeiter von nichts eine Ahnung hätten. Der Einzige, und zwar wirklich der Einzige, der hier Auskunft geben könne, sei nur ihr Chef, also er selbst. Deutlicher konnte man nicht mit dem Zaunpfahl winken. Ignoranter als Binder konnte man darauf nicht reagieren.

Womöglich beeindruckte ihn, wie provokant Worschädl im Garten auf und ab marschierte. Nur war das keine große Leistung, weil der Chefinspektor ja als Zweiter vom Dach in den Pool gestürzt und ganz kommod auf Kovac gelandet war.

Der Zuhälter konnte von Glück reden, dass sein Gesäß beim Aufprall im seichten Wasser und am Poolboden nicht zerschmettert, sondern nur heftig geprellt worden war. Worschädl hingegen erhob sich, als wäre nichts gewesen, beschrieb Kovacs Zustand als halb so wild, ließ sich von Binder ein Handtuch bringen und war sichtlich zufrieden mit dessen unbändigem Redeschwall.

„Woher Eliska stammt? Entschuldigung, wenn ich das nicht wüsste, wo ich mit meinen Mädchen doch täglich zusammenkomme, wäre ich ja voll daneben. Ihre Kindheit und Jugend hat sie im schönen Prag verbracht."

„Das hat sie Ihnen erzählt?", fragte Worschädl.

„Noch weitaus mehr. Mit siebzehn hat sie erstmals ihre Dienste angeboten, aber die ersten Geschäftsjahre liefen eher mäßig. Wegen der großen Konkurrenz. Deshalb hat es sie über die Grenze nach Österreich gezogen. Sie hat einen Neuanfang gewagt und war erfolgreich. Tolle Frau. Sehr direkt, sehr unverblümt. Gehört seit zwei Jahren zu unserem Team, und genau so lange fressen ihr die Kunden hier bei uns schon aus der Hand."

„Kennen Sie ihre Wohnadresse?", hakte Worschädl nach.

„Aber freilich, Herr Inspektor."

„Nein, die kennt er nicht", warf Kovac ein und hoffte, dass Binder endlich die Klappe hielt. Vergeblich.

„Doch, Harry. Ich schreib sie den Herrschaften von der Polizei sehr gerne auf. Genauso wie Eliskas Handynummer."

Na bravo. Da versucht man, zu mauern, und dann bekommen die Bullen von diesem Idioten so ziemlich alles, was sie brauchen. Die Tussi, die sich gleich darauf verabschiedete, nahm sich sicher Eliskas Wohnung vor.

Geschätzte zwei Stunden später verlagerte Kovac unter höllischen Schmerzen sein Gewicht von der linken auf die rechte Arschbacke, während er sich auf dem Stuhl vor dem schmalen Tisch im Verhörraum für Worschädl wappnete.

Bei dem alten Fuchs hieß es, auf der Hut zu sein. Wie der sein Gegenüber mit scheinbar harmlosen Fragen überrumpeln konnte, war einsame Bullen-Spitzenklasse. Der war sogar in der Lage, ein Kaliber wie Kovac über den Tisch zu ziehen.

Dabei hatte Kovac sein Geschäft quasi von der Wiege an gelernt. Seine ersten Babyfläschchen bekam er mit einem halben Jahr zwischen leeren Bierdosen, schmutzigen Nadeln und gebrauchten Kondomen. In der zweiten Volksschulklasse schlug eine Lehrerin wegen seiner vielen blauen Flecken Alarm, ab dann hatte seine Mutter das Kinder- und Jugendamt am Hals, aber nicht einmal den Sozialarbeitern gelang es, die Notstandshilfe-Empfängerin von gewalttätigen Männern fernzuhalten.

Juliane Kovac hatte ein Händchen für Typen, von denen sie über kurz oder lang geschlagen wurde, genau solche suchte sie sich aus, unter denen litt sie und vor denen flüchtete sie mit dem kleinen Harald ins Frauenhaus, nur um verlässlich wieder zu ihnen zurückzukehren.

In jenen Nächten, in denen der kleine Junge das Klatschen hörte, wenn die Männerhände oder Männerfäuste das Gesicht seiner Mutter trafen, ihre Arme, ihren Rücken, und wenn dann auch noch Tritte zu vernehmen waren, in ihren Bauch, gegen ihre Hüfte, und wenn er, ihr kleiner Sohn, dann durch und durch ihre Schmerzen spürte, als wären es seine eigenen, schwor er sich hoch und heilig, niemals einer Frau derartig weh zu tun, niemals eine Frau zu quälen.

Die vielen Schläge, die er selbst zwischendurch abbekam, wenn er dem einen oder anderen gewalttätigen Liebhaber zu laut, zu lästig oder einfach nur zu anwesend war, fürchtete er anfangs noch, dann nahm er sie hin, steckte sie weg und versuchte, die blauen Flecken so gut wie möglich zu verbergen.

Auch wenn er insgeheim spürte, dass etwas nicht in Ordnung war, hielt er die Welt zu Hause für die übliche, normale. Aber er stieß immer öfter auf gravierende Unterschiede. Darauf, wie weit seine familiäre Wirklichkeit und die anderer auseinanderklafften.

Kein schöner Moment, wenn du begreifst, dass du in den beschisseneren Teil der Welt hineingeboren bist.

Und dass es nur einen gibt, der dich aus der Kloake ziehen kann. Du selbst.

Harry Kovac biss sich durch, schaffte den Hauptschulabschluss und absolvierte die Lehre zum Elektrofachmann. Nach drei Jahren einschlägiger Berufserfahrung entschied er sich, wegen besserer Verdienstmöglichkeiten in die Selbständigkeit zu wechseln.

Er wurde Einzelunternehmer. In einer völlig neuen Branche.

Er stieg ins Sexgewerbe ein, verdingte sich zuerst als Türsteher und erklomm nach und nach die Stufen zum erfolgreichen Betreiber eines gut frequentierten Freudenhauses.

Jenes Versprechen, dass sich Kovac selbst und im übertragenen Sinn auch seiner Mutter gegeben hatte, wurde von ihm immer strikt gehalten. Noch nie, auch nicht im Streit mit den dümmsten, frechsten, unverschämtesten Huren, hatte er seine Hand gegen eine Frau erhoben.

Dabei gehörte Kovac in seinem Metier sicher nicht zu den Zimperlichen. Angetrieben von dem unbedingten Willen, seinen Gewinn zu maximieren, ging er mit verbalen Ausfälligkeiten überhaupt nicht kleinlich um. Zum Beispiel Eliska gegenüber. Die hatte erst kürzlich intensive Erfahrungen mit Harrys lautstarkem Zorn gemacht.

Aus seiner Sicht völlig zu Recht. Weil dieses Luder in Wahrheit schon lange um einen Schuss vor den Bug gebettelt hatte. Nur entlud sich Harrys verbaler Zorn ausgerechnet vor jener grauenhaften Tat, die dieser vertrottelte Worschädl nun ihm in die Schuhe schieben wollte.

Der Chefinspektor schien sich seiner Sache sehr sicher zu sein, als er den Verhörraum betrat, sich auf der anderen Seite des Tischs postierte, seine Ärmel hochkrempelte, die Unterarme auf den Tisch stützte, das Aufnahmegerät einschaltete, Kovac fixierte und ohne größere Einleitung zur Sache ging.

„Du hattest mit Frau Cerny Streit?"

„Höchstens eine kleine Auseinandersetzung."

„Bei der du sehr laut geworden bist. Worum ging es?"

Kovac zögerte und faltete die Hände wie zu einem Gebet.

„Um ihre Arbeitsdisziplin."

„Genauer, Kovac?"

„Wie du willst: um ihre schwache Frequenz."

„Du meinst, wie viel Kunden ..."

„... sie abgefertigt hat. Früher war sie eine der Besten. Aber in den letzten Wochen ... wenn sich jede so dämlich aufführt, sperre ich in einem Monat zu."

Worschädl legte die Uhr vom Handgelenk der Toten auf den Tisch.

„Du weißt, wem die gehört?"

„Von so einer Billig-Uhr gibt es sicher hunderte Exemplare. Aber Eliska hatte eine ähnliche."

„Welches Datum zeigt sie an?"

„Mensch, Worschädl, ohne Brille ..."

Kovac nahm die Uhr, streckte sie so weit wie möglich von sich weg und kniff die Augen zusammen, bis er die Schrift entziffern konnte.

„10.9."

„Also vorgestern. Welche Uhrzeit."

„Siehst du doch selbst! Zwanzig nach zehn!"

„Exakt zweiundzwanzig Uhr einundzwanzig. Laut Gerichtsmedizinerin könnte das die Tatzeit gewesen sein."

Worschädl schob ein Foto mit der verkohlten Leiche über die Tischplatte.

Kovacs rechte Hand umklammerte die linke. Er musste sich festhalten. An sich selbst.

„So ein Irrsinn. So eine Sauerei. Sag bitte nicht, dass das hier Eliska ist."

Worschädl fand, dass der Zuhälter glaubwürdig erschüttert wirkte. Aber in seinem Augenaufschlag lag ein Hauch von Theatralik. Gut möglich, dass er um Eliska trauerte. Konnte auch sein, dass er sie nicht getötet hatte. Aber er wusste etwas, dessen war sich Worschädl sicher. Kovac hatte seine Hände mit im Spiel.

Die Gerichtsmedizinerin hatte dem Chefinspektor wenige Minuten vor dem Verhör mitgeteilt, dass die Tote aufgrund ihrer Zahnstellung und einer Röntgenaufnahme nach einer Kieferoperation eindeutig als Eliska Cerny identifiziert werden konnte. Bei der Obduktion wurde außerdem eine von den Verbrennungen beinahe unkenntlich gemachte offene Wunde am Hinterkopf entdeckt. Schädelfraktur. Verursacht von einem dumpfen Gegenstand.

„Worschädl, ich will eine Antwort haben."

„Gerne, Kovac", sagte Worschädl und entschied sich für den Modus Gnadenlosigkeit. „Ich sag dir sogar, wie es gelaufen ist. Du hast dich mit Eliska auf der Wildgrubalm getroffen."

„Was soll ich auf einer Alm?"

„Dort hast du sie zuerst erschlagen, dann in den Wald geschleppt ..."

„Du bist besoffen!"

„... und dort hast du sie mit Benzin übergossen und angezündet."

„Verfluchte Scheiße! Nicht mit mir. So was macht der Harry Kovac nicht! Kapierst du das?" Kovac ballte die Fäuste und hätte sie dem Chefinspektor am liebsten mitten in sein Gesicht gerammt.

Worschädl blickte Kovac nicht direkt an, um ihn nicht bloßzustellen. Was er sagte, richtete er zur Tür, als ginge es Kovac gar nichts an. Als wäre jemand anderer gemeint.

„Leider bist du der Einzige, der hier etwas kapieren muss. Du stehst unter Mordverdacht. Und für den Worschädl bist du so lange der Täter, bis du ihm das Gegenteil bewiesen hast."

10

Es kam wie ein Schub. Breitete sich aus. Ergriff Besitz von ihm.

Ein pures, ultimatives, triumphales Hochgefühl.

Er strotzte vor Kraft und Selbstbewusstsein.

Der Allmachtsrausch spritzte ihm aus jeder Pore.

Da oben auf der Bühne. In deren Mitte er sich sammelte. Zu jenem Sprung, der ihm wegen zu geringer Kraft und Spannung schon mehrmals peinlich misslungen war. Diesmal gab es keine Spur von lähmender Nervosität.

Im Gegenteil.

Er suchte das Risiko. Katapultierte sich über eine Pirouette hoch – waagrecht gestrecktes linkes und angewinkeltes rechtes Bein, der rechte Arm nach unten mit der Hand vor dem Geschlecht, der linke hochgestreckt mit der Hand über dem Kopf.

Ein Flug, der niemals enden wollte.

Der ihn zuerst über die Bühne und dann durch den Zuschauerraum schweben ließ.

Die vollkommene Symbiose aus sehniger Gazelle und stolzem Adler.

Bravorufe für seinen durchtrainierten, muskulösen Körper. Tosender Applaus für seine Ausdrucksstärke. Standing Ovations für einen grandiosen Sprung, den er noch in der Luft in eine spannungsreiche, grazile Drehung münden ließ, aus der er dann, nach einer gefühlten Ewigkeit, elegant und sicher landete.

Ein Mann wie aus dem Bilderbuch. Erstmalig in diesem Konzertsaal und wahrscheinlich weltweit fiel das Publikum vor einem Ballettstar auf die Knie.

Sie huldigten ihm. Holten ihn immer wieder auf die Bühne. Brachen aus in eine nicht mehr enden wollende

Welle der Begeisterung. Die sich überschlug, als er aus den Ballettschuhen schlüpfte und diese in die Menge warf.

Komisch, dass er plötzlich ein quälendes Pulsieren in seinem rechten Bein verspürte. Zugleich wurde er von einer bleiernen Müdigkeit überfallen. Irre, wie schnell ihn jene Kräfte verließen, mit denen er gerade noch so sehr über sich hinausgewachsen war.

Was hatte sein Mitschüler Milo plötzlich hier verloren? Tauchte aus dem Nichts auf, nannte ihn vor den anderen eine schwule Sau, traktierte ihn mit den Fäusten. Milo, der Dampfhammer. Zog den Schädel ein und drosch drauflos. Jakub war wie immer wehrlos. Ließ es sich einfach gefallen.

Hoffentlich sah Judita nicht zu. Besser, sie blätterte den Flyer durch, den er ihr in einem unbeobachteten Augenblick zwischen ihre Hefte geschoben hatte.

Juditas wunderschöne, braune Augen.

Ihr schwarzes, in weichen Locken über die Schultern fallendes Haar.

Zugleich stickige Luft, muffiger Geruch.

Da passte etwas nicht zusammen.

Jakub besiegte den Druck, der auf seinen Augen lag. Öffnete die Lider. Sah nichts als Dunkelheit. Nun dämmerte ihm, wo er war. In welchem Raum er sich befand, wie er hierhergekommen war.

Die Entführung, die Schläge, sein Fluchtversuch, der glühende Pfeil in seiner rechten Wade, die Spritze und dann dieser supergeile Höhenflug.

Traumbilder. Nichts als Illusionen.

Er war noch immer jener Jakub, der er vorher gewesen war. Allerdings um eine Erfahrung reicher. Bis jetzt hatte er nur ein paar Mal gekifft. Das war sein erster Kontakt mit einer harten Droge. Echt steil, wie glücklich und unbesiegbar die einen machte. Unglaublich, wie sehr sich alles in ihm danach sehnte, diesen Zustand wieder und wieder zu erleben.

Trotz seiner Kopfschmerzen und des Tobens in seinem Bein sah er den Flyer, den er Judita hingelegt hatte, klar vor sich: *Ballettschule Primesova. Der Nussknacker von Pjotr Iljitsch Tschaikowski.* Als vierter unter vielen anderen war sein Name angeführt: *Jakub Cerny.*

Jakub, der Streber, dem das Lernen leichtfiel, der immer ausgezeichnete Noten hatte. Jakub, der Stille und Zurückgezogene, der sich an den üblichen Revierkämpfen der Jungs nicht beteiligte, der sich verprügeln ließ. Jakub, das Weichei, dessen Freizeit fast völlig im Balletttanz aufging.

In der Rangordnung der Burschen seiner Klasse katapultierte ihn dieser fatale Mix auf den allerletzten Platz. Mit null Chancen bei den Mädchen. Schon gar nicht bei einem wie Judita.

Aber zum Glück blieb ihm das Tanzen, die Musik. Seine Eltern waren stolz auf ihn. Von seiner isolierten Stellung in der Klasse bekamen sie nur wenig mit. Jakub wollte nicht, dass sie sich unnötig Gedanken machten.

Sie mussten unglaublich besorgt sein. Wo er steckte, wo er blieb. Weil Jakub grundsätzlich sehr verlässlich war, vereinbarte Zeiten einhielt und sich bei Unregelmäßigkeiten immer gleich meldete.

Für den Nussknacker hatten sie Karten für die erste Reihe erworben. Sie hatten sich den Abend schon lange in den Kalender eingetragen. Sie wollten ihren Sohn unbedingt auf der Bühne sehen.

Aber am liebsten hätte Jakub ausschließlich für das schlanke, schwarzhaarige, spitznasige Mädchen zwei Bankreihen vor ihm getanzt. Ihm war bewusst, dass er sich das vergeblich wünschte. Für jemanden wie Judita stand ein Ballettbesuch nie und nimmer an oberster Stelle ihrer Interessen. Diesen Platz nahm Milo ein, und nach ihm kam lange nichts. Schon gar nicht so etwas Langweiliges wie der Nussknacker mit Jakub Cerny.

Plötzlich kam sich Jakub ziemlich idiotisch vor. Da machte er sich Gedanken über ein Mädchen und wusste nicht einmal, ob er bei dieser Aufführung auf der Bühne stehen würde. Ob er mit der Verletzung am Bein überhaupt tanzen könnte? Wie lange sie ihn hier gefangen halten wollten? Ob er seine Eltern, seine Klasse, Judita und Milo jemals wiedersehen würde?

Wie ein Kloß steckten ihm seine Gedanken im Hals und trieben ihm Tränen in die Augen. Er stützte sich auf und blickte hinunter zu seinem Bein, in dem der Schmerz in Wellen kam. Er zog das rechte Hosenbein hoch. Die Wunde war verbunden. Weißer Mull mit einem großen, dunkelroten Fleck.

Warum waren die Entführer überhaupt auf ihn gekommen? Was erhofften sie sich davon? Seine Eltern verdienten nicht schlecht, aber sie waren nicht reich, da war also nicht viel zu holen.

Jakub fiel seine leibliche Mutter ein. Konnte durchaus sein, dass sie an dieser Sache irgendwie beteiligt war. Als schwarzes Schaf ihrer Familie war ihr das durchaus zuzutrauen.

Hätte er sie jetzt gesehen, wäre ihm niemals ein ‚Mama' über die Lippen gekommen. Mama sagte er zu ihrer Schwester, die sich vor vielen Jahren zusammen mit ihrem Mann seiner angenommen hatte. Seine leibliche Mutter hätte er mit ihrem Vornamen angesprochen. Eliska.

Eine starke, wilde Frau, um die sich viele Geschichten rankten. Geschichten, die Jakub gar nicht hören wollte. Er klammerte sich an den Satz seiner Mama, die ihm von der Adoption erzählt hatte, als er sieben geworden war.

Sie hat dich unglaublich lieb gehabt und hat dich immer noch sehr lieb.

Das war das Einzige, was Jakub über Eliska hören wollte. Nur diesen einen Satz. Auch wenn sie vielleicht verantwortlich war für die Schritte, die sich draußen gerade näherten.

Die sich öffnende Tür.

Der Umriss einer Gestalt.

Jakub richtete sich auf.

Stieß seine Fragen heraus. Warum er hier sei? Ob man ihn nicht verwechselt hätte? Was man mit ihm vorhabe? Ob jemand sein Bein neu verbinden könne? Ob man ihm endlich etwas gegen die höllischen Schmerzen geben könne?

Wenn es etwas gab, das der Unbekannte mit der Sturmhaube am Kopf hasste, dann war es das zu wenig Vorausbedachte. Das Unvorhergesehene.

Zum Beispiel diese nicht eingeplante Verletzung. Diese den gesamten Rahmen sprengende, nicht ins Ablaufschema passende Wunde. Verursacht durch einen völlig unnötigen, vertrottelten Fluchtversuch.

Weil der Junge nicht parieren wollte. Weil er sich unbedingt widersetzen musste. Ihm und nur ihm hatte der Entführer dieses Schlamassel zu verdanken.

Deshalb der grobe Griff, mit dem er den Jungen hochzerrte und ins angrenzende Bad schleifte.

Als der Junge gepinkelt hatte und ihm, noch während er an der Muschel stand, die nächsten Fragen stellte, drehte er beinahe durch. Da fiel eine Sicherung.

Er knallte Jakubs Kopf gegen die Fliesen. Dann packte er ihn am Kragen, zog ihn zur Matratze und schickte ihn mit einem Kopfstoß auf den Boden.

Endlich Ruhe.

Der Entführer atmete heftig aus. Der Stau war weg. Die Wut war raus.

Er spürte die Erleichterung.

Und zog die nächste Spritze auf.

11

Worschädl hatte das Verhörzimmer kurz verlassen und kam mit zwei Kaffeebechern zurück.

„Damit du mir nicht einschläfst, Kovac."

Der Zuhälter machte einen bockigen, essigsauren Eindruck. Nach Worschädls Dafürhalten war diesem Kerl nicht über den Weg zu trauen. Unmöglich abzuschätzen, zu welchen perversen Gewalttaten der bullige Zuhälter fähig war.

„10. September. Zweiundzwanzig Uhr einundzwanzig. Wo bist du da gewesen?"

„Bei meinem besten Pferd im Stall. Und ich muss sagen, Valerie hat es wirklich drauf. Die hat mich restlos überzeugt."

Selbstsicheres Grinsen. Siegerblick. Nur lehnte sich Kovac dann auch noch mit arroganter Lässigkeit zurück. Eine Bewegung, die seinem geprellten Steiß missfiel. Worauf seinem verzerrten Mund ein höchst jämmerliches Winseln entfuhr. Aber das hielt ihn nicht davon ab, mit gepresster Stimme und Schweißtropfen auf der Stirn gleich noch einmal nachzustoßen.

„He, Worschädl, jetzt musst du mich laufen lassen."

„Nur, wenn ich davon ausgehe, dass du mir die Wahrheit sagst."

„Hallo, frag Valerie! Ich will sofort hier raus!"

„Und ich möchte dich hierbehalten."

Zuvorkommendes Lächeln von Worschädl. Wie ein Hotelportier, der für einen willkommenen Gast ein nettes Zimmer bereithält. Bei Kovac löste das nicht unbedingt Entspannung aus. Er knallte in einem jähen Gefühlsausbruch beide Fäuste auf den Tisch.

„Du Arsch glaubst, du kannst dir alles leisten! Aber deine Scheißfragen musst du ab sofort meinem Anwalt stellen!“

Für Worschädl war jetzt ein Schritt zur Seite fällig. Wie in einem Boxring musste er Kovac ins Leere laufen lassen. Den Kerl musste man weichklopfen wie ein zähes Schnitzelfleisch.

„Hallo, Worschädl, ich rede mit dir! Ich habe Rechte. Und ich will, dass du mich jetzt gehen lässt.“

„Erst, wenn du mir brauchbare Informationen lieferst. Aber nur keinen Stress. Ich kann warten, bis du schimmlig wirst.“

„Was vielleicht nicht nötig ist“, sagte Schinagl, die in diesem Moment in den Verhörraum trat. Sie knallte ein Foto auf den Tisch. Es zeigte einen schmalgesichtigen, etwa 14-jährigen Jungen, der in die Kamera lächelte.

„Herr Kovac, wieso haben Sie uns Eliskas Sohn verschwiegen?“

Schinagls Stimme bebte vor Zorn. Offenbar ging es in diesem Fall nicht nur um Mord. Hier war auch ein junger Heranwachsender im Spiel, der noch nicht wusste, dass er seine Mutter auf entsetzliche Art verloren hatte.

„War meine Frage irgendwie undeutlich oder unklar?“, unterbrach Schinagl das verblüffte Schweigen von Harry Kovac.

„Superklar.“ Mit seinem abschätzigen Blick und dem süffisanten Lächeln konnte er seine Abneigung gegenüber Schinagl nicht verbergen. „Aber ich kenn den nicht. Ich weiß gar nichts über ihn.“

„Interessant. Ihr Hausmeister hat uns da etwas anderes erzählt.“

„Und ihm glaubst du mehr als mir? Weißt du was? Du kannst mich. Alles klar?“

Gut so, dachte Worschädl. Mit jeder verbalen Entgleisung stieg die Chance auf eine Verlängerung der Untersuchungshaft.

„Sabine, das Foto, habt ihr das aus Eliskas Wohnung?"

„Aus ihrer Absteige. Das trifft es besser. Ganze achtzehn Quadratmeter. Ein mieses Loch. Das Foto stand auf dem kleinen Kästchen neben ihrem Bett."

„Und das ist Eliskas Sohn?"

„Laut diesem Jürgen Binder ... ja. Und angeblich weiß auch Kovac, wo und bei wem er lebt."

Worschädl beugte sich unvermittelt vor, packte Kovac am linken Ohr und drehte es schmerzhaft nach hinten.

„Na los! Raus damit!"

Lautes Aufstöhnen bei Kovac. „Das ist verboten. Das ist Folter."

„Das ist erhöhte Aufmerksamkeit, mein Freund", korrigierte Worschädl.

„Verflucht! Angeblich wohnt Jakub in Prag. Bei Eliskas Schwester und ihrem Mann."

Für Worschädl stand fest, dass sie diese neuen Erkenntnisse an ihren Vorgesetzten Oberstleutnant Stefan Schweitzer weiterleiten mussten. Seine Aufgabe war es, die Kollegen in Tschechien zu verständigen und in die Wege zu leiten, dass der Junge und die nächsten Verwandten von Eliskas Tod verständigt wurden. Leider konnte man sich darauf verlassen, dass Schweitzer für dieses traurige Procedere nicht über das nötige Feingefühl verfügte.

„Er heißt also Jakub. Wurde er Eliska abgenommen?", fragte Schinagl.

„Nein. Ihre Schwester konnte sie dazu überreden, das Kind nicht abzutreiben, und hat es irgendwann adoptiert."

„Sie entwickeln sich zur Plaudertasche", meinte Schinagl und deutete mit ihrem Stift auf Kovac. „Jetzt fehlt nur noch Ihr Geständnis. Und Ihr Motiv. Also: Warum haben Sie Eliska Cerny umgebracht?"

Kovac sagte kein Wort, starrte auf die Tür und dachte sich nur, dass er seinen Hausmeister demnächst an die Wand nageln musste.

Worschädl ließ Kovacs Ohr los, stand auf, stellte sich hinter ihn, legte ihm beide Hände auf die Schultern, drückte sie fast freundschaftlich nach unten und vertraute darauf, dass sich das mit der Steißprellung nicht wirklich vertragen würde.

„Kovac, meine Kollegin hat dich etwas gefragt, und du wirst ihr eine Antwort geben."

Kovac schrie vor Schmerzen auf, war aber noch lange nicht besiegt.

„Dafür zeige ich dich an!"

Worschädl erhöhte den Druck.

„Kovac! Die Frage meiner Kollegin!"

„Deine Scheißkollegin braucht dringend jemanden, der sie in Grund und Boden vögelt!"

„In Grund und Boden? Na toll! Genau das, was man sich als Frau so wünscht", mischte sich Schinagl ein.

„Richtig. Du Schlampe stehst schon auf meiner Liste!"

Wörschädl nickte Schinagl zufrieden zu, schaltete das Aufnahmegerät ab und hielt es Kovac unter die Nase.

„Herzliche Gratulation! Mit dieser gefährlichen Drohung hast du einen weiteren kostenlosen Aufenthalt in unserem staatlichen Erholungsheim gewonnen."

„Seid ihr zwei hirnamputiert? Total plemplem? Ich brauch mein Handy! Ich muss mit meinem Anwalt reden!"

„Wir geben dein Anliegen sehr gerne an die Kollegen im Gesperre weiter“, klärte ihn Worschädl auf und nickte der jungen Polizistin zu, die neben der Tür stand.

Kovac fluchte wie ein Bierkutscher, als sie ihn am Arm nahm und zur Tür führte. „Dafür mache ich euch fertig! Dafür bringe ich euch vors Gericht!“

„Originelle Idee! Viel Glück damit!“, gab Worschädl zurück und schloss die Tür hinter den beiden.

„Ist nur gut, dass sich der so plump provozieren lässt“, sagte Schinagl.

„Nach meiner Einschätzung steckt er bis zum Hals mit drin.“

„Was erst bewiesen werden muss. Wir haben noch immer kein Motiv.“

„Stimmt, Sabine. Aber er ist bis jetzt unser einziger Verdächtiger.“

„Kann sein, dass sich da ein gewisser Florian dazugesellt. Hat sich seit vorgestern siebenmal auf dem Anrufbeantworter in Eliskas Wohnung verewigt.“

„Mit welchen Nachrichten?“

„Er will sie unbedingt sehen und ganz dringend mit ihr sprechen. Und dem ging es sicher nicht nur um eine belanglose Information.“

„Sehnsucht, Liebe, Sex, Begehren?“

„Ein bisschen von allem, schätze ich.“

„Hat der gute Herr Florian auch seine Nummer hinterlassen?“

„War beim Abspielen der Nachricht auf dem Display zu lesen. Und ja, wir wissen bereits, zu welchem Florian die Nummer gehört. Florian Wiesbauer. Oberes Mühlviertel. Den Saurüssel hinauf. Kurvenstrecke. Ich fahre, sonst wird mir schlecht.“

12

„30 rechts 3 auf Schotter. 50 rechts 2 hängt. 60 bei Verkehrsspiegel rechts 5 kurz, in links 4 macht auf! Bremsen. Na gut, dann eben nicht."

Vielleicht nennt man die Streckenaufzeichnungen beziehungsweise den Aufschrieb der Beifahrer von Rallye-Piloten deshalb Gebetbuch, weil eine Renn- oder Trainingsfahrt auch am Friedhof enden kann, dachte Marlies und bereitete sich auf ihre nächste Ansage vor.

Jeder Beifahrer macht das auf seine spezielle Weise, aber prinzipiell steht die erste Zahl für den Abstand in Metern zum kommenden Ereignis, links oder rechts kündigt Kurven an, und die Zahl danach beschreibt von eins bis fünf die jeweilige Kurvenstärke.

„In links 3 bergauf, 60 über Kuppe gerade in rechts 5 lang."

Marlies' Stimme klang klar und unaufgeregt. Sie wischte über das Sichtfenster ihres Vollvisierhelms, konzentrierte sich auf die je nach Straßenbeschaffenheit zitternden und hüpfenden Hieroglyphen in dem Notizheft und rechnete insgeheim damit, dass Florian den Audi nicht mit hundertdreißig Stundenkilometern durch die langgezogene Rechtskurve jagen konnte.

Doch seine in rotweißen Lederhandschuhen steckenden Hände hatten das Sportlenkrad fest im Griff, die Ultra-High-Performance-Reifen mit optimierter Profilgestaltung kreischten auf, verloren für einen Augenblick die Haftung, verursachten ein kurzes Schleudern, dann fing sich der Wagen wieder, erwischte eine perfekte Spur und raste auf eine noch fünfzig Meter entfernte, enge Linkskurve zu.

Marlies warf einen schnellen Blick auf Florian. Durchs Sichtfenster seines roten Helms erkannte sie die Schweißperlen auf seiner Stirn und die Lachfalten um seine Augen. Klar, dass ihr Fahrer jetzt wie ein Hutschpferd grinsen musste. Weil er Marlies wieder einmal bewiesen hatte, dass er das Spiel gegen die Flieh- und Schleuderkräfte seines zweihundertvierzig PS starken Geschosses bis zur Perfektion beherrschte.

Mit seinen jungen zweiunddreißig Jahren liebte Florian das Risiko, er spielte ständig mit dem Feuer und trieb es gerne bis zum Äußersten. Allerdings sah er auch dann noch lange keine Gefahr, wenn sich bei der um zwei Jahre älteren Marlies längst die Panik meldete. So wie jetzt, als sie den Wagen entdeckte, der etwa dreißig Meter vor ihnen von der seitlichen Vorrangstraße herankam und den sie, wenn Florian so weiterraste, auf die Hörner nehmen würden wie ein Stier seinen Torero.

Marlies kniff die Augen zusammen.

Zuerst der Abstand, dann die Situation.

„30, Querverkehr von rechts! Bremsen!“

Florian nickte, tat aber genau das Gegenteil und gab Vollgas. Nach seiner Einschätzung hatten sie gute Chancen, das Rennen um Haaresbreite zu gewinnen, also knapp vor Eintreffen des anderen Wagens an der Querstraße vorbeizukommen.

Er sah aus den Augenwinkeln die nach oben springende Tachonadel und den sich von rechts nähernden Wagen, spürte das Wummern des Motors, hörte den Aufschrei von Marlies, stellte mit Genugtuung fest, dass der andere auf seinen Vorrang verzichtete und auf die Bremse sprang, und war auch schon an ihm vorbei.

Marlies ließ sich nicht anmerken, dass sie sich vor Angst beinahe angepinkelt hätte. Stattdessen nickte sie Florian anerkennend zu, murmelte „Arschknapp, aber super“ und sagte ihm das nächste Ereignis an.

„Verdammte Scheiße."

Florians Fluch galt nicht Marlies und ihrer Ansage, sondern dem rotierenden Blaulicht, das er im Rückspiegel entdeckte und das zu jenem Wagen gehörte, dem er gerade brutal den Vorrang genommen hatte.

„Mist", bestätigte Marlies. „Zivilstreife. Am besten, du fährst rechts ran."

„Obwohl ich ihn abhängen könnte wie einen Sonntagsfahrer."

„Sicher. Aber das könnte teuer werden."

Marlies registrierte erleichtert, dass Florian das Tempo drosselte und den Wagen an den Straßenrand lenkte.

„Gut, dass du immer so vernünftig bist", meinte er, hielt an und blickte in den Rückspiegel. „Mal sehen, wie viel mir diese Idioten aus der Tasche ziehen."

Hinter ihnen kam ein nicht mehr taufrischer Škoda zum Stehen. Auf der Fahrerseite schälte sich ein mittelgroßer Lederjackenträger mit fester, kompakter Figur aus dem Wagen. Er mochte Anfang fünfzig sein und blickte eher besorgt als grimmig zu ihnen herüber.

„Na gut, diese Null schnupfe ich mit dem linken Nasenloch."

Marlies beobachtete über den rechten Außenspiegel die junge, schlanke Frau, die ausstieg, den Sitz der Waffe prüfte und mit ihrem Kollegen langsam auf sie zukam.

„Du darfst die Polizistin nicht unterschätzen", meinte Marlies.

„Frauen unterschätze ich nie", sagte Florian, zog sich den Helm vom Kopf, fuhr sich durch sein kurzgeschnittenes blondes Haar, lächelte Marlies an, ließ das Fenster herunter, setzte eine schuldbewusste Mine auf und kam dem ersten Satz des Polizisten zuvor.

„Tut mir leid. Ich bin zu schnell gefahren."

„Nicht ungewöhnlich für einen Rallyefahrer."

Mit dieser Antwort hatte Florian nun wirklich nicht gerechnet. Ihn wunderte auch, dass der Polizist nicht nach seinen Papieren fragte, sondern zuerst auf einen Zettel blickte und dann wieder zu ihm.

„In der Zeitung steht, dass Sie sich zurzeit auf die Mühlviertler Granitstein-Rallye vorbereiten, Herr Wiesbauer."

Florians Verblüffung nahm kein Ende. Der Polizist schien ein regelrechter Fan zu sein.

„Woher kennen Sie meinen Namen?"

„Google", meinte der Polizist und hielt ihm den Zettel hin. Es zeigte Florians Konterfei anlässlich eines in der Mühlviertler Wochenschau abgedruckten Interviews.

„Sie hätten uns zwar fast über den Haufen gefahren, aber wenigstens haben wir sie gleich gefunden", fügte die junge Frau hinzu.

„Sie wollen zu mir?", fragte Florian Wiesbauer verwundert.

„Ganz genau."

Worschädl zückte seinen Ausweis. „Chefinspektor Worschädl. Und meine Kollegin ..."

„Schinagl", ergänzte Sabine.

„Na bravo. Mit der Kripo hatte ich noch nie zu tun", meinte Florian mit fast kindlichem Erstaunen. „Okay, das ist Marlies Fischer."

„Seine Beifahrerin und persönliche Assistentin", fügte Marlies hinzu, nahm ebenfalls den Helm ab und strich sich ihr schulterlanges, schwarzes Haar zurecht.

„Alles klar", sagte Schinagl und schrieb den Namen auf.

„Sie beide fahren jetzt langsam vor uns her", ordnete Worschädl an. „Wir begleiten Sie nach Hause, und dort dürfen wir Ihnen ein paar Fragen stellen."

„Darf man wissen, worum es geht?“

„Eliska Cerny“, antwortete Worschädl. „Sie haben sie doch gekannt.“

Florian kam kurz ins Stocken. Die Frage überraschte ihn. Und er vermutete, dass sie nichts Gutes bedeutete.

„Ein wenig, ja. Oberflächlich. Was ist mit ihr?“

„Sie wurde umgebracht.“

Ein Satz wie ein Keulenschlag. Keine Kurve, keine Schotterhalde, keine abschüssige Gerade konnte Florian Wiesbauer so ins Wanken bringen wie diese Botschaft. Marlies glaubte nicht, dass die Polizisten das bemerkten. Aber sie spürte seine Erschütterung mit aller Deutlichkeit. Sah, wie sich Florians Finger ums Lenkrad krallten. Wie er sich bemühen musste, im Sitzen das Gleichgewicht zu halten. Wie sein Gesicht an Farbe verlor.

Er sagte kein Wort, als er den Wagen startete und langsam vorausfuhr. Blickte starr geradeaus, als er den Güterweg hinter sich ließ, in die Hauptstraße einbog und in Richtung der nur vier Kilometer entfernten Bezirksstadt Rohrbach fuhr.

Abwesend wirkte Florian auch bei jener Abzweigung vor der Ortseinfahrt, an der ein großes Schild auf das *Wellnessparadies Wiesbauer* hinwies. Wie ferngesteuert lenkte er den Wagen die Straße entlang, ließ die Zufahrt zum stattlichen Hotelkomplex links liegen und bog gleich danach in einen schmalen Weg ein.

Seine Beifahrerin schien er völlig vergessen zu haben. Marlies kam sich vor wie ausgeblendet, wie aus seinem Film geschnitten, dabei hätte sie sich von ihm unbedingt eine Erklärung, einen Satz oder nur ein Wort gewünscht. Aber in seinem Kopf hatte wahrscheinlich gerade nur ein Wort, ein einziger Name Platz: Eliska.

13

„Ein Trauma braucht einen gut geschützten Platz. Am besten, man wickelt es in mehrere Schichten Watte ein, versteckt es an einem geheimen Ort und teilt es nur mit Menschen, denen man wirklich vertrauen kann. Wenn der geeignete Zeitpunkt kommt und man genug Kraft hat, sieht man vielleicht genauer hin, erlebt den Schmerz ein weiteres Mal, kann seine seelische Verletzung mit etwas Abstand und eventuell aus einer neuen Perspektive betrachten. Und dann packt man das Trauma wieder ein."

Sätze von seiner Frau Karoline, die Worschädl einfielen, als er zusah, wie Marlies vor einem ebenerdig gebauten Bungalow ausstieg, einen Rollstuhl aus dem Kofferraum des mit bunten Werbeaufschriften versehenen Rallye-Boliden hob, ihn zur Fahrertür schob, fixierte, dann einen Schritt zurücktrat und wartete, bis sich Florian vom Fahrersitz hinübergeschoben hatte.

Ein Wort der Betroffenheit wäre jetzt völlig fehl am Platz gewesen. Dieser drahtige Kerl, für den das Schicksal eine unübersehbare, massive Erschütterung bereitgehalten hatte, wirkte überaus selbstbewusst und schien seine Situation im Griff zu haben. Der hatte sein Trauma gut verpackt und abgelegt, den jagte das erlittene Leid nicht ständig vor sich her, der nahm seinen Platz nicht am Rand, sondern in der Mitte der Gesellschaft ein.

Stell ganz normale Fragen, hätte Karoline gesagt. Erkundige dich nach Ereignissen und Themen, die tatsächlich von Interesse sind.

„Herr Wiesbauer, wie steuern Sie den Wagen?"

„Mit den Händen", antwortete Florian und deutete mit den Fingern die dafür nötigen Bewegungen an. „Gas und Bremse hab ich beim Lenkrad."

„Und das funktioniert auch bei hohen Geschwindigkeiten?“

„Reine Übungs- und Trainingssache. Für Para-Sportler gibt es inzwischen sehr praktikable Möglichkeiten. Läuft ungefähr so wie mit einer Spielkonsole“, erklärte Wiesbauer und rollte mit kraftvollen Armstößen auf die Haustür zu.

„Und wie lange nehmen Sie schon an Rallyes teil?“, wollte Schinagl wissen, während sie registrierte, wie genau Marlies darauf achtete, Florian Wiesbauer nur mit dem Notwendigsten zu unterstützen. Zweifellos verfügte sie über viel Einfühlungsvermögen und wollte vermeiden, dass er auf zu große Fürsorge mit Ablehnung reagierte.

„Seit acht Jahren. Davor hab ich als Para-Schiläufer bei diversen Hobby-Meisterschaften mitgemischt.“

„Dabei hatte er mit Sport vorher nicht wirklich viel am Hut“, warf Marlies ein.

„Stimmt. Bevor ich mit sechzehn auf eine Felsplatte geköpfelt bin, habe ich Popcorn, Chips und Hamburger in mich hineingestopft. Zum Glück ist mir nach meinem Unfall Marlies über den Weg gelaufen.“

„Sie haben sich zufällig kennengelernt?“ Worschädl und Schinagl folgten dem Rollstuhlfahrer und seiner Begleiterin ins Haus.

„Nicht ganz. Die Reha. Ich habe Florian als Physiotherapeutin betreut“, erläuterte Marlies. Ihr leichtes Übergewicht kompensierte sie mit einem weiten Pullover über saloppen Jeans.

„Sie hat mir beigebracht, dass man sich nicht in seinem Elend suhlen darf“, meinte Florian.

„Irgendwann war die Therapie zu Ende“, setzte Marlies fort. „Zwei Jahre später kam dann sein Anruf.“

„Weil sie von den gefühlt hundert Therapeuten und Betreuern, die an mir herumgeschustert haben, wirklich die Allerbeste war."

„Er hat mir eine Anstellung als seine persönliche Assistentin angeboten. Seine wichtigste Bedingung war, dass ich bei den Rallyes neben ihm im Auto sitze."

Marlies trat hinter Florian ins Wohnzimmer und gab den Ermittlungsbeamten ein Zeichen, ihr zu folgen.

„Und Sie haben zugesagt?", fragte Worschädl.

„Nach kurzer Bedenkzeit. Und ich habe es nicht bereut."

Weil du ihn magst, dachte Schinagl, als sie das versteckte Lächeln von Marlies sah.

Florian Wiesbauer war äußerst attraktiv. Schmales Gesicht, wache Augen, kecke Nase, dazu blonde Strubbelhaare, ein durchtrainierter Oberkörper und eine offensive, jugendliche Ausstrahlung, die echt zum Verlieben war.

Schinagl war sich sicher, dass Marlies das genauso sah. Welche Rolle sie auch immer in Wiesbauers Leben spielte – in ihrem Blick lag eine verhaltene Zuneigung, mit der sie seine Wünsche und Bedürfnisse auf eine sehr dezente Art vorauszuahnen schien.

Noch bevor er ihnen im Wohn- und Esszimmer einen Platz anbot, hatte sie schon die Stühle um den Esstisch aus dunklem Nussholz zurechtgerückt. Und während Florian seine unerwarteten Gäste fragte, ob sie etwas trinken wollten, brachte Marlies einen Krug mit Wasser, stellte Gläser auf den Tisch und zog sich in die angrenzende Küche zurück.

„Sie kannten Eliska also oberflächlich?", setzte Worschädl das Gespräch fort.

„Das war vielleicht etwas ungenau", berichtigte sich Wiesbauer. „Ich habe sie sozusagen engagiert."

„Als Prostituierte?“ Schinagl schenkte Wasser in die Gläser ein.

„So ungefähr. Darüber hinaus war Eliska auch eine sehr warmherzige und kluge Frau, mit der man sich blendend unterhalten konnte.“

„Das heißt, Sie haben Eliska Cerny ...“

„Gesucht, gefunden und bezahlt. Ja, Frau Schinagl, für einen Behinderten ...“

„Beeinträchtigten“, korrigierte Marlies, die jetzt im Türrahmen zur Küche lehnte.

„Marlies mag es politisch korrekt. Ich dagegen sag lieber, was Sache ist“, reagierte Wiesbauer etwas ungehalten. „Für einen Behinderten ist es nicht einfach, eine Freundin zu finden und Sex zu haben. Zum Glück gibt es Prostituierte, die mit einem wie mir keine Probleme haben.“

„Sie haben Eliska also für sexuelle Dienstleistungen engagiert?“, brachte es Worschädl auf den Punkt.

„Bingo. Sie war alle zwei Wochen hier. Eine tolle Frau.“

Worschädl fand es großartig, wie selbstverständlich ihnen Wiesbauer diese Informationen gab.

Auch für Schinagl gab es nicht den geringsten Anlass eines kritischen oder gar moralischen Einwands, auch wenn Florians Einstellung und Lebensführung hier im katholisch geprägten Mühlviertel wahrscheinlich nicht mehrheitsfähig war. Aber ihr entging nicht, dass Marlies bei Florians letzten Worten die Hände verschränkte und die Finger knetete.

„Herr Wiesbauer, Sie haben Eliska Cerny in den letzten Tagen mehrmals angerufen“, stellte Worschädl nun wesentlich bestimmter fest und sah Florian eindringlich an.

Der wich seinem Blick aus und nahm einen Schluck Wasser, als ob er sich für die Antwort sammeln müsste.

„Sie sind ja bestens informiert. Ein nächster Termin stand an. Den wollte ich mit ihr fixieren."

„Aber hatte sie die Zusammenarbeit mit dir nicht eigentlich beendet?" Die Stimme von Marlies klang unschuldig und naiv. Frauenmethode, dachte Schinagl. Was wir als ungefährliche Schaumstoffkeule servieren, kann sich schnell als scharfes Beil entpuppen.

„Sie hatte das nur angedacht. Endgültig war da noch nichts", wies sie Florian zurecht und wandte sich wieder an Worschädl. „Ja, wie gesagt, eine Terminabklärung, mehr war das nicht."

„Meine Kollegin hat Ihre Nachrichten abgehört. Sie hatte den Eindruck, dass Sie ziemlich verärgert waren."

„Verärgert und traurig", betonte Schinagl. „Das mögliche Beenden der Zusammenarbeit hat Ihnen zugesetzt."

„Sagen wir so: Es war mir nicht angenehm. Mit ihr hat alles toll gepasst. Aber dass unsere Beziehung ein Ablaufdatum haben muss, war mir von Beginn an klar."

Florian warf Marlies einen Blick zu, den sie unmöglich als Einladung verstehen konnte, sich noch einmal zu Wort zu melden. Florian, Eliska und Marlies. Für Schinagl ein Dreiecksverhältnis, in dem einiges an Spannung lag.

„Könnte ja sein, dass Sie in Eliska verliebt waren. Dass Sie auf die Prostituierte so richtig abgefahren sind." Worschädl verschränkte seine Arme und fixierte Wiesbauer scharf.

Auch Schinagl goss Öl ins Feuer: „Eliska gibt Ihnen den Laufpass, worauf Sie enttäuscht und wütend sind, sie zur Rede stellen, es kommt zu einer Auseinandersetzung, Sie schlagen zu ..."

„Und Ende! Diesen Dreck höre ich mir nicht länger an! Sie dürfen gehen." Florian Wiesbauers Stimme war knapp davor, sich zu überschlagen.

„Erst müssen Sie uns erzählen, wo Sie zur mutmaßlichen Tatzeit gewesen sind“, ordnete Schinagl kühl und pragmatisch an.

„Na gut. Vorher will ich wissen, wie Eliska ... also, wie sie ermordet wurde.“

Worschädl zögerte, bevor er zu einer Erklärung ansetzte: „Sie wurde erschlagen und verbrannt.“

„Verbrannt? Welchem kranken Schwein fällt so was ein?

Florians Fassungslosigkeit wirkte echt.

„Ihr Leichnam wurde in einem Waldstück auf der Wildgrubalm gefunden“, setzte Worschädl fort. „Laut unseren Recherchen gehört die Hütte Ihrer Familie.“

Florian schnappte nach Luft. „Und daraus ziehen Sie natürlich Ihre Schlüsse.“

„Sie könnten sich mit Eliska dort getroffen haben.“

„Was auch nicht verboten wäre.“

„Ihre Familie“, wandte Schinagl ein, „wusste die von Ihrem Verhältnis zu Eliska?“

„Wie bitte? Glauben Sie, dass ich denen so etwas auf die Nase binde? Wieso wohne ich für mich alleine in einer derart noblen Bude? Warum hat mir mein Bruder diesen Kasten einfach so hingebaut? Warum bezahlt er mir monatlich ein Gehalt?“

„Keine Ahnung. Sagen Sie schon.“

„Damit ich mich in seinem Wellnesstempel möglichst wenig blicken lasse! Weil ein Krüppel in einem Paradies für Wohlbetuchte ein denkbar schlechtes Bild abgibt! Weil so ein Scheiß-Behinderter womöglich den Umsatz senkt!“

14

Die rechte Schulter saß gut. Sogar perfekt.

Die linke flatterte. Viel zu viel Luft.

Hätte ein Mitarbeiter von Clemens Wiesbauer ein derart mieses Ergebnis geliefert, hätte dieser seine Sachen sofort packen müssen. Und auch die Änderungsschneiderin des Rohrbacher Trachtenmoden-Geschäfts direkt auf dem Marktplatz hätte er mit einem Fußtritt davongejagt.

„Einen Janker in dieser hochwertigen Cashmere-Schurwoll-Qualität schmeißen sie dir nämlich nicht einfach so nach", beschwerte sich Clemens bei dem prächtigen Vierzehnender, dessen Schädel als dominanter Schmuck eine Wand seines ausladenden Direktionsbüros im obersten Stockwerk des Wellnessparadieses zierte.

„Für einen kontrastierenden Stehkragen, die Kellerfalte mit Zierriegel, die traditionellen Hornknöpfe und die zeitlose Aufmachung blätterst du trotz Rabatt fünfhundertsiebenundneunzig hin. Da darf man sich bitte Perfektion erwarten und nicht so einen miesen Pfusch!"

Nickte der Hirsch? Klappte er zustimmend seine Lider auf und zu? Jedenfalls wirkte er sehr lebendig, wie er da am Chef vorbei die breite Fensterfront ins gläserne Auge fasste. Mit einem ironischen Zug ums Maul, als hätte er sich in jener Sekunde, in der ihn der Blattschuss von Clemens niedergestreckt hatte, gerade köstlich amüsiert.

Vielleicht machte er sich auch über das kecke Flinserl lustig, ein Überbleibsel aus Clemens' ehemals unangepassten, rebellischen Phasen, das am linken Ohrläppchen des nunmehrigen Trachtenfetischisten baumelte.

Oder ihn amüsierten die eitlen Verrenkungen, mit denen Wiesbauer vor dem großen Spiegel auf der Innenseite der Tür prüfte, ob der weich fallende Stoff wenigstens seinen kleinen Schwimmreifen ausreichend kaschierte.

„Noch einmal so blöd schauen, du Hirsch, und ich lade die Winchester 23 durch“, drohte Clemens und zeigte auf den imposanten Waffenschrank, in dem sich hinter einbruchsicherem Glas sieben blankgeputzte Jagdgewehre aneinanderreihten.

Wenn der Eindruck nicht täuschte, wirkte der Hirsch von Clemens’ Drohung eingeschüchtert.

„Kleider machen Leute, mein Freund“, räsonierte Clemens, ging zum Fenster, blickte hinaus auf den restlos gefüllten Parkplatz, auf die angrenzende Poollandschaft und das hinter einer hohen Hecke beginnende Grundstück seines Bruders.

„Umsatz verdoppelt, Bruderherz“, referierte er jetzt in Richtung des Bungalows, vor dem Florians Rallye-Auto und ein älterer Škoda standen. „Generalrenovierung beinahe abgeschlossen. Daneben für den Restaurantbetrieb zwei Gabeln von Falstaff und eine Haube von Gault&Millau ergattert. Außerdem nominiert für den österreichweiten *Leading Spa Award.* Wenn ich den heuer nicht bekomme, reiß ich der Jury den Schädel aus. Eigenhändig! Ja, so läuft das, Bruderherz. So weit hätte es eine Nullnummer wie du auch mit gesunden Beinen nicht gebracht.“

Zweitausendfünfhundert Euro stopfe ich diesem Tachinierer pro Monat in den Rachen, dachte Clemens, aber an dieser unverrückbaren Order seiner Mutter war nicht zu rütteln. Das war der Preis für die Leitung des Paradieses, und der erschien Clemens Monat für Monat viel zu hoch.

Weil Erfolg und Ruhm auch ihre Schattenseiten hatten. Zum Beispiel das permanente Tuten des Schnurlostelefons und allein heute der gefühlt zwanzigste Anruf seiner Mutter. Die gute Frau saß nach wie vor im süßen Dirndlkleid an der Rezeption. Wollte als Seniorchefin weiterhin jeden eintreffenden Gast begrüßen. War aber in Wahrheit pensionsreif und musste Clemens immer wieder zu Hilfe rufen.

In diesem Fall ging es um den Landesrat für Wirtschaft, Sport und Tierschutz. Stammkunde. Dr. Eduard Reisinger bestand auf seiner Behauptung, für sich und seine Gattin bereits vor Monaten ein südseitiges Doppelzimmer reserviert zu haben. Schlecht erfunden, mies gelogen.

In den Zuständigkeitsbereich von Reisinger fielen allerdings auch die Förderungen im Gastronomiebereich, deshalb verließ Clemens seinen Platz am Fenster, um das Problem gleich zu beheben. Einfachste Lösung: zuerst eine Entschuldigung, dann ein Gutschein für eine Nacht. Reduzierte die Aufenthaltskosten um fünfzig Prozent. Für einen Wirtschaftslandesrat ein echter Grund, sich augenblicklich zu entspannen.

Vor seinem Hirsch legte Clemens einen letzten Halt ein und streckte den Zeigefinger in die Höhe.

„Der Clemens wird das wieder richten. Auch wenn er kein südseitiges Zimmer mehr zur Verfügung hat und so schnell auch keines frei wird. Das sind die Mühen der Ebene, du Hirsch. Die bleiben meinem Herrn Bruder erspart. Der darf stattdessen wie ein Wahnsinniger durch die Gegend rasen."

Interessierter Blick des Vierzehnenders. Gespanntes Warten auf den Abschlusssatz. Der auch kam. So wie das Amen im Gebet.

„Gut zuhören, du Hirsch: Wer nicht – so wie ich – auch durch die Scheiße watet, wird nie auf einen Gipfel kommen. Ohne Tiefen keine Höhen. Merk dir das, du Idiot.“

15

Ein zweiter und zwei dritte Plätze bei Schimeisterschaften eines Behinderten-Sportvereins. Sieger von Rallyes in nahezu jedem österreichischen Bundesland. Einmal Staatsmeister und mehrere zweite und vierte Plätze. Oberösterreichischer Landesmeister. Florian Wiesbauers Erfolge ließen sich an den Medaillen und Pokalen ablesen, die ein Regal in seinem Wohnzimmer schmückten.

Vom Wohnzimmer führte eine Tür in den Fitnessraum, in dem Florian nach eigenen Angaben regelmäßig hart trainierte. Bewundernswert, wie dieser Bursche sein Leben meistert, dachte Worschädl, als er nach einem der Pokale griff, ihn nur dem Anschein nach näher betrachtete und in Wahrheit den jungen Para-Sportler beobachtete, der Schinagl gerade vom frühen Tod seines Vaters erzählte.

Bauchspeicheldrüsenkrebs. Nach der Diagnose blieben ihm mit seinen achtundvierzig Jahren noch sieben Wochen und drei Tage.

Florian, gerade erst fünfzehn Jahre alt, wurde in Windeseile darauf vorbereitet, in den elterlichen Betrieb einzusteigen und mit seiner Mutter dessen Leitung zu übernehmen. Das traf sich insofern nicht schlecht, als sein jüngerer Bruder weder einen Schulabschluss noch eine Ausbildung absolvieren wollte, sondern lieber mit Mädchen herumhing, zum Fußballtraining ging und von einer Karriere beim FC Barcelona träumte.

Mit Florians Unfall kurz vor seinem sechzehnten Geburtstag verschob sich alles. Für ihn persönlich bedeutete es den absoluten Super-GAU. Auf Clemens, der nun den Part seines Bruders zu übernehmen hatte, kamen völlig neue Verpflichtungen zu. Während Florian unter den Qualen einer elendslangen Reha litt, mühte sich sein Bruder in diversen Kursen bis zum Abschluss seiner Schulpflicht ab.

Mit den ins Land ziehenden Jahren schafften es beide, in ihre neue, vom Schicksal bestimmte Spur zu kommen. Florian verschrieb sich dem Sport, Clemens wiederum fand Gefallen an der Umsatz- und Kapitalvermehrung und entwickelte einen ausgeprägten Hang zur Selbstdarstellung. Bald gab es im weiteren Umkreis kein Orts-, Bezirks- und Landesblatt mehr, in dem der neue Geschäftsführer des prächtigen und für die Region wichtigen Wellnessparadieses nicht in einem seiner modern geschnittenen Trachtenanzüge abgebildet war.

Irgendwann ließ es sich mit Clemens' zunehmend kundenorientierter Geschäftsphilosophie nicht mehr vereinbaren, dass man im Hotelkomplex ständig auf seinen behinderten Bruder stieß. In den Gängen zu den Zimmern, im Speisesaal, im Foyer zum Wellnessbereich, an allen Ecken und Enden rollte Florian daher. Sehr unpassend in einem Haus für gut betuchte Gäste, die sich für ein paar Tage die Illusion eines durch und durch gesunden und geglückten Lebens gönnen wollten.

Klar war, dass er seinen Bruder nicht so mir nichts, dir nichts in ein abgeschiedenes Hinterzimmer verfrachten konnte. Dagegen hätte sich auch ihre Mutter verwehrt, obwohl sich ihr Verhältnis zu ihrem älteren Sohn seit dem Unfall höchst ambivalent entwickelt hatte.

Ehemals regelmäßige Messbesucherin, hatte sie sich damals mit Gott unrettbar überworfen und seither keine Kirche mehr betreten. Sie zürnte dem Herrn, weil er sie so ungerecht behandelt hatte. Fand es unerhört, niederträchtig und gemein, dass sie für ihr tadelloses, fleißiges und katholisch einwandfreies Leben mit dem Tod ihres Ehemannes und einem behinderten Sohn bestraft wurde.

Sie hätte ihren Florian so gern wieder ganz heil gehabt. Mit Beinen, auf denen er stehen und mit denen er gehen konnte. Dann hätte sie ihn auch wieder so innig wie früher in ihre Arme nehmen und drücken können. Aber genau diese so vollkommene Verbindung hatte Risse bekommen. Lucia Wiesbauer schämte sich dafür, konnte es aber nicht ändern. Als Ausgleich versuchte sie, ihrem Sohn so viele Annehmlichkeiten wie nur möglich zu bereiten.

Deshalb hatte sie auch nichts dagegen, dass er den hauseigenen Fitnessraum benutzte und dort wie besessen an den Geräten hing. Bis sie ein Gast sehr vorsichtig darauf aufmerksam machte, dass es ihm nicht möglich war, neben einem Behinderten das Laufband oder die Gewichte zu benützen.

Nach zwei weiteren, weitaus eindringlicheren Beschwerden gestand sie sich ein, dass Florian im Haus nicht länger tragbar war. Bei Clemens rannte sie damit offene Türen ein, und zu Florians achtzehntem Geburtstag überreichten sie ihm die Pläne für ein eigenes Haus in unmittelbarer Nachbarschaft.

„Die biblische Vertreibung aus dem Paradies, verpackt als beschämend großzügiges Geschenk", schloss Florian seine Ausführungen ab.

Ein Ausschnitt aus der Geschichte der Wiesbauer-Brüder, flüssig und lakonisch erzählt, dachte Worschädl. Ohne jede Bitterkeit.

Dennoch konnte Florian nicht verbergen, dass er verwundet war. Er hatte Verletzungen erlitten. Der Verlust des Vaters, kurz darauf der Unfall. Dann der räumliche Ausschluss aus dem Familienverband. Schließlich seine zeitlich begrenzten Beziehungen zu Prostituierten. Am Ende landete er immer wieder bei sich selbst, seiner Behinderung und seiner Einsamkeit.

Auch Eliska hatte ihm ihren Abschied angekündigt, dachte Worschädl. Unmöglich, dass ihn diese Tatsache kaltgelassen hatte. Ihr Abgang musste ihm den Boden weggezogen, ihn aus der Bahn geworfen haben.

Hinter seiner dynamischen und willensstarken Fassade hatte er sicher noch ganz andere Gefühle mit im Gepäck. Traurigkeit, Verzweiflung, Wut und Hass. Eine gefährliche Mischung, die sich auch nicht mit noch so viel Sport kompensieren ließ.

Wenn die innere Spannung steigt, braucht es ein Ventil, ein Spielfeld, ein Objekt, an dem sie sich entladen kann. War durchaus denkbar, dass Eliska Cerny der anderen, weitaus weniger freundlichen, aggressiven und zerstörerischen Seite des Rallyefahrers begegnet war.

„Herr Wiesbauer, hat Ihnen Frau Cerny eigentlich von ihrer Arbeit im *AllYouCan* erzählt?“

Worschädls Stimme war an Sanftheit nicht zu überbieten. Der freundliche Herr von nebenan, der im Urlaub deine Blumen gießt.

„Hin und wieder. Klang leider überhaupt nicht gut.“

„Inwiefern?“

„Für ihren Boss, diesen Kovac, war sie nichts als eine ... Sie verzeihen ... Bumsmaschine. Wenn sie ihren Schnitt nicht halten konnte, wurde ihr sofort gedroht.“

„Etwa damit, dass ihrem Sohn in Prag etwas passieren könnte?“, fragte Schinagl.

„Sie sind ja bestens informiert.“

„Nicht so gut wie Sie, Herr Wiesbauer.“

Florians Augen verloren sich ins Irgendwo, er erinnerte sich vermutlich an seine Gespräche mit Eliska. „Sie hat ihren Sohn geliebt, obwohl sie ihn kaum gekannt hat. Bei jedem kleinsten Fehler hat ihr Kovac klargemacht, dass es mit dem Auto nach Prag höchstens drei Stunden sind und dass er Jakub jederzeit besuchen kann."

Schinagl warf Worschädl einen Blick zu. Diese Aussage lieferte ihnen Munition für ihr nächstes Gespräch mit dem Bordellbetreiber.

„Sie sind uns eine große Hilfe", wickelte Worschädl den Para-Sportler weiter ein. „Jetzt müssen wir nur noch wissen, wo Sie vor zwei Tagen um 22 Uhr 21 gewesen sind."

„Zuerst hab ich Protokoll geführt. Bei der Sitzung des Mühlviertler Rallyeclubs. Ich bin Schriftführer."

„Sehr gut, vielen Dank." Schinagl schrieb den Namen des Clubs in ihr Notizbuch. „Diese Sitzung hat wie lange gedauert?"

„Zwei Stunden. Bis kurz nach zwanzig Uhr."

„Und dann sind Sie nach Hause?"

„Nicht, ohne vorher abzubiegen. Zum Kirchenwirt. Ist nach den Vereinssitzungen so üblich."

„An einem Montag kann das aber nicht allzu lang gedauert haben", vermutete Schinagl.

„Jedenfalls länger als vorgesehen", meldete sich Marlies und stellte einen Teller mit Keksen auf den Tisch.

„Sie wissen, wann Herr Wiesbauer nach Hause gekommen ist?", fragte Schinagl, registrierte dabei, dass Florian einen etwas überraschten Eindruck machte und schnappte sich einen Keks.

„Wir hatten ausgemacht, um 21 Uhr die Strecke für unser Training am nächsten Tag noch einmal zu besprechen."

„Ich hab's übersehen. Hab mich verspätet", erklärte Florian.

„Über eine Stunde. Aber kurz vor 22 Uhr war er dann hier." Marlies' vorwurfsvoller Ton hörte sich gekünstelt an.

„Marlies, Sie wohnen hier im Haus?", wollte Worschädl wissen.

„Nein. In der Nachbargemeinde. Hühnergeschrei. Komischer Ortsname. Mit dem Auto ein Katzensprung. Um Mitternacht bin ich nach Hause."

Schinagl kaute an ihrem Keks, verschränkte die Hände und lächelte: „Fein, dass Sie sich noch so exakt erinnern können. Damit haben Sie beide ein Alibi."

„Glück gehabt", sagte Worschädl. „Aber je früher einer von Ihnen zugibt, dass Marlies nicht die Wahrheit sagt, desto besser für Sie beide."

Anerkennender Blick von Schinagl. Das war eine von Worschädls brillanten Attacken aus dem Hinterhalt.

Bei Marlies schnellten die Augenbrauen in die Höhe und Florian hielt kurz die Luft an, bevor er in die Gegenoffensive ging.

„Was soll diese Unterstellung!"

„Mir vorzuwerfen, dass ich lüge ... also, das ist ein starkes Stück", entrüstete sich auch Marlies.

„Mein Kollege spürt das seismografisch. Und hat sich bisher kaum getäuscht", sagte Schinagl.

„Nur macht sich Ihr werter Herr Kollege mit seinen Verdächtigungen höchstens lächerlich", schnaubte Florian und platzierte sich mit dem Rollstuhl mitten im Raum. „Ich meine, wie soll ich einen derart grässlichen Mord begehen?"

„Ganz einfach!" Worschädl stand auf, ging zu Florian, stellte sich hinter ihn, legte seine Hände auf die Griffe an der Rückseite des Rollstuhls und schob ihn langsam wieder an den Tisch zurück. „Sie packen einen Stein, schlagen ihn dem Opfer auf den Kopf, lenken ihren Rollstuhl zum Auto, holen sich einen Kanister Benzin aus dem Kofferraum, schütten den über die Frau und zünden sie an. Als Sportler würden Sie das schon schaffen."

„Blühende Fantasie! Gratuliere!", sagte Florian. „In Wahrheit aber ziemlich krank. Und lassen Sie meinen Rollstuhl los, ich muss mir Ihren Schwachsinn nicht länger bieten lassen."

„Nur geht es bei einem Mordfall nicht nach Ihren Regeln, sondern nach denen der Polizei", erläuterte Schinagl.

„Und die sehen folgendermaßen aus", sagte Worschädl, während er seine Hände vom Rollstuhl löste. „Sie dürfen ohne weiteres mit Ihrem Wagen durch die Gegend gurken ... aber Sie treten weder eine größere Reise an noch verlassen Sie das Land."

„Wieso diese Schikane?", beschwerte sich Marlies. „Er kann es nicht gewesen sein, weil wir zur Tatzeit zusammen waren. Sie können das auch schriftlich haben."

„Ein erfundenes Alibi nützt Ihnen auch schriftlich nichts", antwortete Worschädl unfreundlich.

Okay, dachte Schinagl, Robert zieht die Schrauben an, muss ich sie eben wieder lockern.

„Sie werden verstehen, dass wir Ihre Angaben überprüfen müssen."

„Auf Herz und Nieren", sagte Worschädl streng, klopfte Florian auf die Schulter, schüttelte Marlies die Hand und ging zur Tür.

„Wir melden uns", setzte auch Schinagl einen Punkt und folgte ihm.

Draußen roch es nach Auto und gut gewürzter Landluft. Öl, Kuhmist, nasses Heu.

„Du hast ganz schön Druck gemacht", meinte Schinagl, als sie ins Auto stiegen.

„Und was glaubst du?“ Worschädl, am Beifahrersitz, legte den Gurt an. „Hat sie gelogen?“

„Wie gedruckt“, bestätigte Schinagl.

„Aus Loyalität?“

„Oder weil sie ihn heimlich liebt.“

„Interessante Theorie.“

„Meine weiblichen Sensoren sagen mir, dass es hier um mehr als ein berufliches Verhältnis geht.“ Schinagl ließ den Motor an, hörte zugleich, dass sie eine SMS bekommen hatte, und fischte ihr Handy aus der Tasche.

„Meine männlichen Sensoren schlagen da überhaupt nicht an. Wäre sinnvoll, wenn du dich mit ihr beschäftigst“, sagte Worschädl.

„Mach ich, Robert. Ich suche zusammen, was ich über sie kriegen kann.“

„Und die Video- und Fernsehkameras, die im Umkreis des Tatorts installiert sind?“

„Nehme ich mir genauso vor wie die Verkehrskontrollen und Radarstrafen“, antwortete Schinagl, während sie die SMS las. „Aber jetzt muss ich nach Hause“, fügte sie hinzu und steckte ihr Handy wieder ein.

„Mutterpflichten?“

„Michael. Er fragt, wann ich endlich nach Hause komme. Tobias dürfte von seinem ersten Schultag ziemlich mitgenommen sein.“

16

Äußerst unangenehm, wie sehr ihn dieses hagere Bürschchen aus seinem gewohnten Rhythmus brachte. Ein Memo, eine Nachricht oder einen Bericht ordnete man zu, sortierte man ein, legte man ab. Die spielten vielleicht später noch einmal eine Rolle oder schimmelten vor sich hin und gerieten in Vergessenheit. Im Regelfall entwickelten sie von sich aus keine zusätzlichen Bedürfnisse.

Doch so ein zwar schmächtiger, aber ausgewachsener junger Mensch neigt zu Durst und Hunger. In der Adoleszenz gleicht sein Appetit dem von hochgezüchteten Rennpferden, die alleine durch ihr nervöses Tänzeln am Stand und ihr flatterhaftes Atmen sagenhafte Mengen an Energie verbrennen. Ständig traben sie zur Tränke beziehungsweise zum Futtertrog.

Neben der notwendig gewordenen medizinischen Versorgung musste Jakub also gefüttert werden, und das bitte nicht zu knapp.

Auch diese Tatsache hatte der sonst zu absoluter Pedanterie neigende Entführer zu wenig vorausgesehen. Erklären konnte er sich dieses Versäumnis nur mit seiner enormen Arbeitsfülle. Wenn dein Tag ohnehin schon gefühlte dreißig Stunden dauert, wenn dir deine regionalen und internationalen Tätigkeitsfelder von früh bis spät ein enormes Pensum abverlangen, wenn du noch dazu logistisch und strategisch höchste Ansprüche erfüllen musst und dir nicht den geringsten Fehler leisten darfst, kann ein Bedürfnis wie die Aufnahme von Nahrung schon einmal übersehen werden.

Gut, dass der Entführer bei seinem letzten Besuch in Jakubs Kammer in der Verfassung war, genau dafür empfänglich zu sein.

Zuerst nahm er den Verband ab. Die Wunde sah bis auf den Austritt von etwas Eiter überhaupt nicht übel aus. Auch die starke Rötung der Haut rund um den Stich erschien ihm nicht ungewöhnlich. Mit der desinfizierenden und heilenden Salbe, die er auftrug, würde er das schon in den Griff bekommen.

Während er den Verband wieder anlegte, bemerkte er, dass der ohnehin sehr dürre Junge mit der blutig geschlagenen Nase wie der sprichwörtliche Strich in der Landschaft aussah. Eingefallene Wangen, hohler Blick, trockene Lippen. Ausgeronnen. Dünner als dünn.

Da erst wurde ihm bewusst, dass er ihm regelmäßig ein paar Happen hinwerfen und Wasser zur Verfügung stellen musste. Dazu Seife, einen Waschlappen, Zahnputzzeug und Wäsche zum Wechseln. Also Vollbetreuung. Von der Ernährung über die Wundversorgung bis zur Hygiene. Das ganze Programm.

Kaum einer wäre auf die Idee gekommen, dass seine größte Schwäche die nach außen spärlich sichtbaren Emotionen waren. Wenn der Tscheche zornig war, neigte er zu vorschnellen Entscheidungen. Fehler passierten ihm nahezu ausschließlich in psychisch anspruchsvollen Phasen.

Da konnte er schon einmal aus Wut mit der Faust eine Hauswand attackieren und gebrochene Fingerknöchel riskieren. Oder einen Stuhl mit einem Fußtritt quer durch ein Zimmer fegen. Beziehungsweise einen Konkurrenten oder Verräter bis aufs Blut quälen, foltern und dabei darauf vertrauen, dass die fürchterlichen Schreie nicht nach außen drangen.

Zum Glück war er bei den Schallschutzwänden großzügig gewesen. Da hatte er nicht gespart, sich für das Teuerste vom Teuersten entschieden. Die paar Tausender zusätzlich hatten sich schon x-fach ausgezahlt. Gänzlich verschont blieb er zum Beispiel vom Wimmern des Jungen im Nebenraum. Wobei er trotzdem darüber nachdachte, wovon dieser Jakub gerade träumen mochte.

Vielleicht von den Fragen, die er seinem Entführer heute gestellt und auf die er keine Antwort bekommen hatte. Obwohl es so einfach gewesen wäre.

Du bist hier, weil sich deine Mutter wie eine Idiotin benommen hat. Weil sie mehr wollte, als ihr zustand. Weil sie mit dem Feuer gespielt und ihren Auftraggeber hintergangen hat.

On this night of a thousand stars, let me take you to heaven's door, where the music of love's guitars, plays for evermore.

Sein Handy-Klingelton. Brachte hervorragend auf den Punkt, wie sich der Tscheche fühlte, wenn ihm ein großer Deal gelang. Wenn die Geschäfte prächtig liefen. Wenn sich seine Konten füllten.

„Hallo? Gute Nachrichten?"

„Leider nein." Die Stimme am anderen Ende klang zurückhaltend und vorsichtig.

„Was war in Eliskas Wohnung?"

„Das Paket, nach dem du suchst, war dort leider nicht zu finden."

„Verflucht! Hast du überall nachgesehen?"

„Freilich, Chef. Fast zu gründlich. Kaum war ich aus dem Haus, ist eine junge Frau gekommen. Wahrscheinlich von der Polizei."

„Polizei? Die können doch keine Ahnung haben."

„Hab meine Fühler ausgestreckt. Chef, Eliska ist tot. Sie ist ermordet worden."

Verdammte, entsetzliche, fürchterliche Scheiße, hätte der Tscheche jetzt gerne laut gebrüllt und dabei am liebsten sein Handy gegen die Wand gepfeffert.

Aber er beherrschte sich. Blieb nach außen völlig ruhig, obwohl diese Information seine Pläne gehörig durcheinanderbrachte.

„Du musst sofort untertauchen."

„Untertauchen? Und wie soll ich dir deine Ware liefern?"

„Indem du noch heute deine ganze Hexenküche zusammenpackst und sie woanders wieder aufbaust. Du hast einen Jungen von der Straße gefischt, dessen Mutter getötet wurde. Wir können nicht ausschließen, dass dich jemand gesehen hat."

„Verfluchter Mist!"

„Du fährst jetzt sofort nach Vyšší Brod, machst deine Bude dicht und haust ab."

„Alles klar. Du weißt, wo du mich findest."

„Ich finde dich immer, Cheng."

Der Tscheche drückte die rote Taste auf seinem Handy, atmete tief durch und dachte nach. Hatte Eliska jemandem erzählt, dass sie für den Tschechen ein Paket im Wert von etwa fünfzigtausend Euro über die Grenze bringen sollte? Hatte man sie deswegen umgebracht? Und hatte der Mörder das Paket in seinen Besitz genommen?

Tatsache war, dass der Junge jetzt völlig wertlos geworden war. Jede Zuwendung an ihn stellte ab sofort eine eklatante Verschwendung von materiellen und zeitlichen Ressourcen dar. Sah ganz so aus, als ob er ihn möglichst rasch loswerden und entsorgen musste.

17

Auch eine Melodie für Fertigteilhäuser in Niedrigenergiebauweise braucht enorme kreative Empathie. Du musst dich ins Material und in die Form vertiefen und das Besondere des Gesamtprodukts begreifen, bevor du eine erste Ahnung für stimmige Töne entwickeln kannst.

Das Drehbuch für den Spot war längst geschrieben. Michael, der gern in Bildern dachte, fiel es nicht schwer, den kurzen Film vor sich ablaufen zu sehen.

Der mit einem Blumenstrauß heimkehrende Ehemann oder Lebensgefährte. Öffnet die Haustür, durchstreift das stylische Wohnzimmer und die hyperperfekte Küche, wandert die Treppe hinauf zum Schlafzimmer, wo sich die spärlich bekleidete Frau des Hauses gerade Netzstrümpfe über ihre schlanken, makellosen Beine streift, ins kleine Schwarze schlüpft und darin ihren Ehemann mit einem zärtlichen Kuss begrüßt.

Michaels Musik sollte ein Sammelsurium an Appetitmachern und Sehnsuchts-Triggern transportieren: knisternde Erotik, wohltuende Heimeligkeit, entspannende Sicherheit, befriedigender Besitz und einen gewissen Hauch von Luxus. Das Sich-Abheben vom Durchschnitt. Trotz einer Null-acht-fünfzehn-Architektur, die keinen aus dem Sessel hob.

Und das alles musste er auf eine simple Tonfolge reduzieren, die einer möglichst großen Masse von Menschen nicht mehr aus dem Ohr ging.

Aber der Weg dorthin war weit, der brauchte vor allem absolute Ruhe und gebündelte Konzentration. Wichtiger war jetzt allerdings ein sechsjähriger Junge mit ganz großem Gesprächsbedarf. Er erzählte ununterbrochen davon, dass sein Banknachbar linkerseits wie die meisten in der Klasse ein eigenes iPhone hatte.

Ohne wirklich Luft zu holen, berichtete Tobi auch von dem Mädchen zu seiner Rechten, das bei jeder Frage der Lehrerin als Erste die Hand in die Höhe streckte.

Wie ein Wasserfall purzelten die Worte und Sätze aus ihm heraus und erzählten vom Klassenraum, den Schulbänken, dem Schulwart, der Schulmilch, den vierzehn Mädchen und elf Buben und dem Sticker mit lachender Sonne, den sie als Willkommensgruß von der Frau Lehrerin erhalten hatten und mit dem sie die oberste rechte Ecke der ersten Seite eines Schulhefts schmücken durften.

Tobis frische Eindrücke waren natürlich bedeutungsvoll, die mussten raus, die verdienten Michaels ungeteilte Aufmerksamkeit. Zugleich saß ihm die Marketingchefin im Nacken, die der geballten Konkurrenz dringend etwas entgegensetzen musste und die sich von dem Jingle das achte Weltwunder erhoffte.

Michaels Aussichten auf Zugang zu seinen kreativen Potentialen erhöhten sich, als er Sabines Schlüssel hörte.

„He, Tobi, Mama ist da!"

Der Junge sprang vom Esstisch auf und raste in den Vorraum. Michael raffte inzwischen die am Tisch liegenden Notenblätter zusammen und steckte sie in seine Tasche.

„Hallo Michael", sagte Sabine, als sie mit ihrem Sohn ins Zimmer trat. „Ich hab nicht den Eindruck, dass Tobi völlig fertig ist."

„Eher ziemlich aufgedreht. Okay, ich muss ins Studio ... ich hab Ende der Woche etwas zu liefern."

„Du hast mich aber nicht von den Ermittlungen weggeholt, damit du komponieren kannst?"

„Von Komponieren kann keine Rede sein. Ich hab noch nicht einmal eine Idee."

Michael küsste Sabine auf den Mund, strich Tobias über die Haare, verließ das Zimmer und drückte hinter sich die Wohnungstür ins Schloss. Für Tobias war das ein Zeichen, wieder loszulegen und auch seiner Mutter von seinen ersten Schulerlebnissen zu berichten.

Sabine fand es fragwürdig, dass Michael so schnell das Weite suchte, zugleich wollte sie nicht ungerecht sein. Dafür, dass Michael nicht der leibliche Vater ihrer Kinder war, nahm er ihr einiges ab und erfüllte einen guten Teil der Betreuungs- und Erziehungsaufgaben selbstverständlich und verlässlich. Außerdem hatte sie sich diesen verkappten Künstler selbst ausgesucht. Sie hatte gewusst, wie wichtig ihm seine Musik und seine Arbeit waren, und wie sehr er darauf hoffte, irgendwann einmal nicht mehr von der Werbung, sondern von seiner Kunst zu leben.

Ein nett gemeinter Boxhieb von Tobias auf ihren rechten Oberarm holte sie wieder in seine Schulwirklichkeit zurück. Sie zwickte ihn in die Nase, fischte zwei Twinnis aus dem Tiefkühlfach, hockte sich zu ihm an den Tisch, und dann schleckten sie Eis und redeten, bis seine Augen schwerer und schwerer wurden und er sich schließlich von seiner Mama auf die Couch legen, zudecken und in einen schwer verdienten Nachmittagsschlaf streicheln ließ.

Eigentlich müsste da auch noch ein zweites Kind zu Hause sein, dachte Sabine und begab sich zu jener Kinderzimmertür, hinter der das kleine Chaosreich ihrer Tochter begann.

Kerstin lag in einer kurzen, roten Hose und einem ärmellosen, weißen T-Shirt auf ihrem Bett, hatte Stöpsel in den Ohren und bemerkte nicht, dass hinter ihr ihre Mutter eintrat. Die Wände waren bis auf wenige freie Flecken und Streifen mit Bildern und Postern zugeklebt.

Sabine konnte es kaum glauben, aber vor Kerstin lag tatsächlich ein Mathematikbuch. Entweder sie hatte die Ankunft ihrer Mutter mitbekommen und ein Täuschungsmanöver eingeleitet, oder sie bereitete sich tatsächlich auf das neue Schuljahr vor.

Sabine tippte ihr auf die Schulter und musste dabei unwillkürlich an den Jungen von Eliska Cerny denken, der vermutlich noch nicht wusste, dass er seine Mutter verloren hatte. Man konnte nur hoffen, dass ihr dünnes, freches und unbekümmertes Mädchen noch viele Jahre vor sich hatte, in denen sie sich auf ihre Mama voll verlassen konnte.

„Hi", sagte Kerstin und zog die Stöpsel aus den Ohren.

„Hallo, mein Schatz", antwortete Sabine und küsste sie auf die Wange. „Jetzt sag nicht, dass du dich freiwillig auf Mathe vorbereitest."

„Vorbereiten ist übertrieben. Ich versuch, mich an den Stoff vom Vorjahr zu erinnern."

Sabine fuhr Kerstin durchs Haar. Wirklich sehr erstaunlich, dass ihre Tochter mit Lernen beschäftigt war, obwohl das Schuljahr noch gar nicht richtig begonnen hatte.

„Dann will ich dich nicht weiter stören", meinte Sabine, stand auf und ging zur Tür.

„Mama?"

„Ja?"

Sabine drehte sich um. Bei dem unschuldigen und betont gelassenen Blick, den ihr Kerstin jetzt zuwarf, spürte sie sofort diesen gewissen Druck im Magen. Irgendwas war da im Busch. Wenn Kerstin so augenscheinlich für entspannte Stimmung sorgte, bereitete sie gerne den Boden für eine unangenehme Nachricht vor.

„Ich will dich nur darüber informieren, dass ich heute bei Papa schlafe."

Um die frappierende Wirkung zu verstehen, die dieser Satz auf die Bezirksinspektorin Sabine Schinagl ausübte, musste man wissen, dass der leibliche Vater ihrer Kinder in den letzten Monaten kein Thema gewesen war. Ihr selbst und auch Kerstin und Tobias saß noch der böse Obsorgestreit in den Knochen, den ihr Ex erbittert und unnachgiebig geführt hatte, obwohl er sich um seine Tochter und seinen Sohn jahrelang kaum gekümmert hatte. Das Gerichtsverfahren wurde zu Gunsten von Sabine entschieden, aber offensichtlich hatte Klaus noch nicht aufgegeben und nahm wieder Kontakt zu seinen Kindern auf.

Sie hielt sich am Griff von Kerstins Kleiderschrank fest, um eine plötzliche Schwindelattacke auszugleichen. Wie ein Schiff, das von einer unvorhersehbaren Welle erfasst und aus dem Gleichgewicht gebracht wird.

„Du und dein Papa ... ihr habt euch getroffen?"

„Mehrere Male. Ich finde, er hat sich verändert. Ja, er ist wirklich ganz okay. Echt nicht so spießig wie du."

„Was?"

„Dass du meine Handy- und Internetzeiten einschränkst, findet er komplett daneben. Der kapiert, dass ich für sowas schon viel zu erwachsen bin."

Mit diesen altklug vorgetragenen Worten wandte sich Kerstin wieder ihrem Mathematikbuch zu, winkelte die Beine an und schlenkerte sie auf und ab, als ob nichts gewesen wäre.

Ganz anders Sabine, die damit beschäftigt war, den Schlag in die Magengrube zu verdauen. Klar war, dass ihr Ex heimlich um die Gunst der Kinder buhlte und dabei Sabines mühsam aufgebautes Gerüst an Regeln und Grenzen unterwanderte. Vor allem bei Kerstin hatte er damit leichtes Spiel. Für Pubertierende ist der Weg ohne große Hürden immer der attraktivere.

Was für ein heimtückisches, hinterfotziges Dreckschwein! Dem müsste man das Kontaktieren seiner Kinder gerichtlich verbieten lassen. Nur würde sich Kerstin dann umso mehr auf die Seite ihres Vaters schlagen und für ihre Mutter nur noch Wut und Verachtung übrig haben.

Nein, sie musste dieser Situation mit Besonnenheit begegnen und vorerst einmal Zeit gewinnen.

„Über das mit dem Übernachten reden wir später."

„Papa und ich haben das aber schon beschlossen. Er und seine Neue holen mich um sieben ab."

Atemberaubend, wie schnell man von der einen Emotion in die nächste kippen kann. Gerade noch wütend und jetzt enttäuscht und machtlos.

Was ich aber in Wirklichkeit nicht bin, dachte sich Sabine. Nur hatte sie Kerstin gerade komplett auf dem falschen Fuß erwischt. Klaus hat eine Neue. Und der will er offenbar seinen Nachwuchs präsentieren. Frisch gekämmt und geschneuzt, ohne Dreck unter den Fingernägeln.

Sie wollen mich aushebeln, und mir fällt nichts dagegen ein. Ich brauche ganz schnell eine Strategie.

Gut, dass sich ihr Handy meldete. Der Brummbär Worschädl war dran. Auf seinen untrüglichen Instinkt, zum richtigen Zeitpunkt anzurufen, konnte sie sich voll und ganz verlassen.

Schinagl ging aus dem Zimmer.

„Robert, eine Wohltat, dich zu hören. Was gibt es?"

„Ich hab mich mit den Kollegen in Prag unterhalten."

„Über den Jungen?"

„Über Jakub. Genau. Er geht regelmäßig ins Ballett. Von seinem letzten Training ist er nicht nach Hause gekommen."

„Aber er ist doch ungefähr in Kerstins Alter, Robert. Da ist sowas nicht ungewöhnlich."

„Für ihn offensichtlich schon. Seine Adoptiveltern behaupten, dass er sie bei einer Änderung seiner Pläne verlässlich verständigt hätte."

„Wurden seine Freunde und Bekannten schon befragt?"

„Ja, aber ohne brauchbare Ergebnisse."

„Klingt gar nicht gut".

„Nein. Jakub ist spurlos verschwunden", antwortete Worschädl mit belegter Stimme.

18

„Hallo Bruderherz."

„Hi Clemens."

„Es ist schon spät."

„Ich weiß. Tut mir leid, dass ich noch störe."

„Kein Problem, Florian. Alles okay?"

„Nicht ganz. Clemens, du hast doch Verbindungen."

„Wie Sand am Meer. Wenn du etwas von Putin brauchst ... oder von Donald Trump und Kim Jong-un ..."

„Die Polizei ist hier gewesen."

„Die Polizei?"

„Die haben mich im Visier."

„Was? Warum? He, Flo!"

„Es geht um Mord."

Clemens Wiesbauer richtete sich abrupt auf. Gerade erst hatte er sich in seiner Wohnung in einem Seitentrakt des Wellnessparadieses ins Bett gelegt. Nach einem dieser für ihn ganz normalen 16-Stunden-Tage.

„Wie bitte? Was ist das für eine Scheiße?"

„Moment! Nur um das klarzustellen: Ich hab nichts damit zu tun."

„Klar hast du nichts damit zu tun. Komm, erzähl mir, was los ist. Und dann bügeln wir das wieder aus."

„Es geht um eine Prostituierte. Ich hab sie getroffen."

„Und hast dich mit ihr hoffentlich nicht nur über Autos unterhalten."

„Natürlich nicht. Die war ein Hammer. Aber jetzt ist Eliska tot."

„Was heißt tot?"

„Ermordet, Clemens. Umgebracht."

Clemens stand auf und ging in seinem grünen Flanellpyjama auf und ab. Da war etwas gravierend aus dem Lot geraten. Da zogen schwere Unwetter auf. Da musste man sich warm anziehen, den Kragen hochschlagen und die Katastrophe möglichst unbeschadet überstehen.

„Du lieber Himmel. Pass auf, nur keine Panik."

„Ist nicht so einfach. Mir geht das ziemlich im Kopf herum."

„Okay, ich komm rüber, du erzählst mir das genauer, und dann hol ich dich da raus."

„Und wie soll das bitte gehen?"

„Ich hab da jemanden im Haus. Der ist mir noch etwas schuldig, weil er mich wissentlich über den Tisch gezogen hat. Der lässt sich sicher aktivieren. Genau den schicke ich ins Feld."

19

Vernetzt muss man sein. Aber nicht nur mit den Wapplern aus dem eigenen beruflichen Segment. Das würde nicht entsprechend tragen. Zügig nach oben schwimmt man nur auf einem breitgefächerten gesellschaftlichen Fundament aus Politik, Wirtschaft, Sport und Kultur.

Letzteres deckte Oberstleutnant Stefan Schweitzer als stellvertretender Bezirkspolizeikommandant ab, indem er regelmäßig die Premieren im stadtbekannten und meist ausverkauften Linzer Donau-Theater besuchte, dessen Spielplan hauptsächlich das Bedürfnis nach seichtem Boulevard bediente.

Dort ging man nicht hin, um sich intellektuell zu bilden, aufwühlende Schicksale zu reflektieren oder sich Gedanken über den instabilen Zustand der Welt zu machen. Nein, während der Aufführungen unter dem Dach eines Altbaus im Stadtzentrum klopfte man sich mindestens zehnmal auf die Schenkel und gab sich dazwischen schmunzelnd den eher seichten Witzen hin.

Danach, beim Sekt im Foyer, wunderte man sich darüber, wie der Intendant und Starschauspieler in einer Person mit seinen 70 Jahren noch immer den Standard-Liebhaber spielen konnte, und schnappte in diesem Zusammenhang Worte wie *Schmierenkomödiant* und *Rampensau* auf, weil der unangefochtene Doyen des Hauses seinen Kollegen auf der Bühne ungeniert die Pointen klaute.

Fast logisch, dass man unter seiner Anleitung in einem Vormittagskurs an der Linzer Volkshochschule lernen konnte, „Wie man sich in Szene setzt". Eigentlich das ideale Angebot für Schweitzer, der dringend an der Vervollkommnung seines Auftritts feilen musste.

Sein unmittelbarer Vorgesetzter, der amtierende Bezirkspolizeikommandant, hatte nämlich vor inzwischen fünf Wochen einen mittelschweren Herzinfarkt erlitten, war seither ans Krankenbett gefesselt und zeigte keine Aussicht auf gesundheitliche Verbesserung.

Nicht, dass ihm Schweitzer eine Verschlimmerung seines Zustands wünschte, aber man musste schon aus purem Verantwortungsgefühl die Möglichkeit einer baldigen Ablöse des äußerst verdienten Spitzenbeamten in Erwägung ziehen. Für Schweitzer bestand kein Zweifel daran, dass seine Wenigkeit für diesen Posten absolut in Frage kam. Nämlich nicht als nur halbgeeigneter Wackelkandidat, sondern als topkompetenter Favorit in Pole-Position.

Deshalb hatte er seine schriftliche Bewerbung bereits vor zwei Jahren in der Schreibtischlade deponiert. Allerdings musste der Job zumindest pro forma ausgeschrieben werden, weshalb Schweitzer voraussichtlich an einem Hearing kaum vorbeikam. Dafür und auch für sein neues Amt wollte er sowohl seine Rhetorik als auch seine Körpersprache optimieren.

Aber als Mann von öffentlichem Interesse mengte er sich natürlich nicht unter ganz normale Seminarteilnehmer. Er kaperte sich den stadtbekannten Schauspieler privat, absolvierte in seinem dreißig Quadratmeter großen Büro im vierten Stock des Polizeikommissariats gerade seine zweite Sitzung und trainierte den Unterschied zwischen dem regionalen und dem globalen Blick.

Dabei klärte ihn der ewige Liebhaber in geschliffenem Bühnendeutsch darüber auf, dass für den einen das ordnende Überschauen des Naheliegenden und Begrenzten nötig sei und für den anderen das visionäre

Betrachten des Gesamten und Grenzüberschreitenden. Hier die erdverbundene, heimatbewusste Lokalgröße, dort der international orientierte Mann von Welt. Einmal Dialekt mit eingestreuter Hochsprache, beim anderen Mal ein mit Fremdwörtern gewürztes, perfektes Deutsch inklusive klug gesetzter Anglizismen.

„Stell dich ans Fenster. Schau in die Ferne. Bis zum Zuckerhut nach Rio. Oder bis zu einer kleinen Insel inmitten des Nil. Geh in Kontakt mit der Landschaft, mit den Menschen."

Eine Imaginationsübung, auf die sich Schweitzer leider nicht einlassen konnte, weil er vom Tuten seines Schnurlostelefons unterbrochen wurde.

Hoppla, die Nummer des Landesdirektors!

In diesem Fall hieß es, den Doyen hinauszuwinken, Haltung anzunehmen, abzuheben und das Gespräch mit einer höflichen Begrüßung zu eröffnen.

Jedoch hatte Schweitzer sein „Einen schönen guten Morgen, Herr Landesdirektor" noch gar nicht fertig ausgesprochen, fiel dieser auch schon mit einer Schimpftirade über ihn her, wie er sie in dieser Heftigkeit zum ersten Mal erlebte. Das war kein lautes Donnerwetter, sondern ein wilder Hurrikan.

Mit jedem Wort aus dem wutentbrannten Mund des Oberchefs sah Schweitzer seine Chancen auf den Posten des Bezirkskommandanten schrumpfen. Hatte er gerade noch seine Großartigkeit genossen, kam er sich nun um drei Köpfe kürzer vor.

Zugleich stieg während des Telefonats sein Groll ins Unermessliche und erreichte beim Auflegen einen absoluten Höhepunkt. Als Schweitzer den Hörer hinknallte, hätte er seine Beamten Robert Worschädl und Sabine Schinagl ohne jede Hemmung durch den Fleischwolf drehen und verwursten können.

Sein Zorn war in keiner Weise verraucht, als die beiden eine halbe Stunde später zum Rapport erschienen. Der Oberstleutnant wies ihnen zwei Plätze an seinem Besprechungstisch zu, baute sich selbst an dessen Stirnseite auf und fixierte seine Mitarbeiter mit einem Blick, den man als vernichtend bezeichnen konnte.

Was Schinagl insofern nicht kümmerte, als sie gedanklich bei ihrer Tochter weilte, die letzte Nacht bei ihrem Vater übernachtet hatte. Chefinspektor Worschädl fiel wiederum hauptsächlich Schweitzers knallrote Gesichtsfarbe auf, die auf keine gesunde innere Verfassung und einen bedenklich erhöhten Blutdruck schließen ließ. Hoffentlich fällt uns das Rumpelstilzchen nicht um, dachte Worschädl, als sein Vorgesetzter so richtig ins Poltern kam.

„Wer hat mich heute angerufen? Wie bitte? War das der Landesdirektor? Wurde der Landeskommandant unmittelbar davor vom Landesrat für Wirtschaft, Sport und Tierschutz kontaktiert? Hat dieser Landesdirektor äußerst echauffiert gefragt, ob es stimmen kann, dass zwei hirnamputierte Vollpfeifen der Kriminalpolizei den Behindertensportler Florian Wiesbauer des grausamen Mordes an einer Prostituierten bezichtigt haben! Was?"

Pause. Schweitzer sah in die verblüfften und betretenen Gesichter seiner Mitarbeiter und war mit sich vorerst zufrieden. Jetzt sind sie baff, jetzt sind sie sprachlos, jetzt habe ich es ihnen ordentlich hineingesagt.

Worschädl schien sich als Erster zu fangen. Er rang nach einer Erwiderung. Sehr gut. Der ewige Renitenzler startete offensichtlich den Versuch einer Generalentschuldigung.

„Stefan, bevor ich auf deine Fragen eingehe: Hast du heute schon deinen systolischen und diastolischen Wert gemessen?"

Wieder Pause. Nur war es jetzt Schweitzer, der nach Worten suchte. Schier verzweifelt. Nach Worschädls Antwort kam er sich vor wie ein soeben noch prall gefüllter, im Aufwind dahinsegelnder Luftballon, der völlig unvermutet an einem Stacheldraht zerplatzte. Oder an der Nadel einer Nordwaldtanne. Paff!

„Das ist nicht das Thema, Robert!“, brachte er zischend und gepresst heraus.

„Natürlich nicht“, antwortete Worschädl mit der weltweit unschuldigsten aller Unschuldsmienen. „Ich will mir nur keine Sorgen machen müssen. Ja, unsere Nachforschungen haben uns zu Florian Wiesbauer und seiner Assistentin geführt. Und selbstverständlich haben wir ihn unserem Auftrag gemäß nach seinem Alibi gefragt.“

„Einen Behinderten, der im Rollstuhl sitzt? Seid ihr komplett wahnsinnig? Begreift euer Spatzenhirn, was los ist, wenn dieser Irrsinn an die Presse geht?“

„Herr Wiesbauer ist voll durchtrainiert“, warf Schinagl ein. „Mit seinen Armmuskeln und seinem Körperbau hätte er die Tat durchaus begehen können!“

„Und wie, wenn ich fragen darf? Im Sitzen vielleicht? Aus dem wackeligen Rollstuhl heraus? Und hat er die Tote womöglich auch noch eigenhändig in den Wald geschleppt?“

„Dabei müsste ihm jemand geholfen haben. Vielleicht seine Assistentin.“

„Ja, freilich! Entschuldigung, aber absurder geht es nicht mehr!“

„Absurd sind nur die Einmischungen des Landesrates und des Landesdirektors“, widersprach Worschädl.

„Vorsicht, Bertl! Du sprichst über deinen Vorgesetzten und einen ranghohen Politiker.“

„Vor denen ich mich nicht in den Staub werfe, nur weil sie einmal lauter husten!“

Schweitzer ging zwei Schritte auf Worschädl zu, baute sich vor ihm auf und streckte seinen rechten Zeigefinger drohend in die Höhe.

„Untersteh dich, mir schon wieder vorauseilenden Gehorsam vorzuwerfen."

„Na ja, wenn Druck von oben droht, fällst du gern prophylaktisch um."

„Irrtum! Nach einer eingehenden Fehleranalyse orte ich eklatante Schwächen bei meinen ermittelnden Beamten! Also stelle ich mich ans Ruder und bring das Boot wieder auf Kurs! Heißt unterm Strich, dass die Befragungen von Florian Wiesbauer ab sofort einzustellen sind!"

„Klingt nach einer gravierenden Beschneidung unseres Handlungsspielraums. Finden Sie das nicht bedenklich?", mischte sich Schinagl ein.

„Bedenklich, werte Frau Kollegin, finde ich Ihren einseitigen Fokus. Sie schießen sich auf die Falschen ein und übersehen dabei völlig, dass auch das Opfer Dreck am Stecken hatte."

Den Blick, den sich Worschädl und Schinagl zuwarfen, deutete Schweitzer als Eingeständnis ihres gravierenden Versäumnisses. Zu wenig recherchiert, kaum Erkundigungen angestellt.

Die hatten nicht den blassesten Schimmer über Eliska Cernys dunkelschwarze Vergangenheit. Ausgezeichnet! Damit hatte Schweitzer wieder die Oberhand gewonnen. Mit ungeschminkter Verachtung knallte er den beiden die Akte der Prostituierten auf den Tisch.

„Bevor ihr einen anerkannten Behindertensportler aus einer Mühlviertler Wellness-Dynastie anpatzt, macht gefälligst eure Hausaufgaben."

„Willst du uns vielleicht die Drogenkarriere der Eliska Cerny als brandneue Erkenntnis präsentieren?", fragte Worschädl.

„Oder ihre rege Schmuggeltätigkeit zwischen Tschechien und Österreich?“, setzte Schinagl nach.

Hätte Schweitzer hinter sich keine Lehne gehabt, wäre er jetzt ins Leere gekippt und auf den Boden gestürzt. So konnte er sich zurücklehnen und rasten. Durchatmen. Womit hatte er diesen Worschädl und diese Schinagl nur verdient?

„Hast du auch den Namen jenes Grenzpolizisten, der sie vor zwei Jahren erwischt, festgenommen und verhört hat?“, holte ihn Worschädl aus seinem emotionalen Jammertal.

Schweitzer musste unwillkürlich schlucken. Ist kein gutes Gefühl, wenn man derart übertrumpft wird.

„Manfred Priglinger“, klärte ihn Schinagl auf.

„Den kenne ich von einem zweitägigen Schießtraining. Wenn du gestattest, werde ich ihn nach unserem Gespräch besuchen“, ergänzte Worschädl.

„Währenddessen möchte ich mich um Wiesbauers Assistentin kümmern. Da werden ja hoffentlich weder der Landesrat noch der Landeskommandant etwas dagegen haben“, meinte Schinagl.

„Und du, Chef“, sagte Worschädl und tippte Schweitzer freundlich auf die Schulter, „solltest mehr Bewegung machen, fettärmer essen und jeglichen Stress vermeiden.“

Damit trollten sich die beiden Ermittlungsbeamten und ließen einen stellvertretenden Bezirkspolizeikommandanten zurück, mit dem der ewige Liebhaber und Intendant des Donau-Theaters wenig Freude gehabt hätte. Von einem globalen Blick konnte im Augenblick nämlich keine Rede sein. Nicht einmal von einem regionalen.

Schweitzers Mimik erinnerte vielmehr an die österreichische Fußballnationalmannschaft. *Wir waren die*

Besseren, aber leider hat uns das letzte Quäntchen Glück gefehlt, wir haben die Kugel nicht ins gegnerische Tor hineinbekommen und völlig unverdient verloren.

20

„Brave Mimi“, murmelte Manfred Priglinger zärtlich und tastete das prall gefüllte Euter ab. „Mindestens fünfundzwanzig Liter. Tüchtige Mimi.“

Aus fünfundzwanzig Litern stellte er etwa fünf Kilo Biokäse her. Als er den Hof vor zwanzig Jahren von den Eltern übernommen und im Nebenerwerb weitergeführt hatte, hätte er niemals vermutet, dass er sich jemals auf Bio kaprizieren würde. Und schon gar nicht auf Biokäse. Inzwischen verkauften sich seine 300 Gramm leichten *Priglinger Käse-Schmankerl* mit ihrer einzigartigen Geschmacksmischung aus Pilzen, Kräutern, Buttermilch, Rahm und Haselnüssen wie die warmen Semmeln.

„Wenn die Nachfrage das Angebot übersteigt, kann sich so ein Husch-Pfusch-Bauer wie ich nur glücklich schätzen“, pflegte Manfred zu seiner Frau zu sagen, die neben ihren fünfzehn Stunden als Gemeindemitarbeiterin den Direktverkauf ab Hof abwickelte, während ihr Mann den Vertrieb übers Internet organisierte.

Aber Manfred war nach wie vor weit entfernt von einem Vollerwerbsbauern. Der Hof stand beruflich nicht ganz oben auf seiner Prioritätenliste, sondern stellte mit den drei Kühen einen idealen Ausgleich zu seinem oft zähen und mühsamen Arbeitsalltag als Grenzschutzpolizist dar.

Wie gern er doch seine Uniform gegen die Arbeitskluft tauschte, sich auf den Traktor setzte und seine flächenmäßig überschaubaren Felder pflegte. Ganz ohne die von den ständigen Einsparungsmaßnahmen deprimierten Kollegen und Vorgesetzten. Und ganz ohne die langweiligen Stunden, in denen man in einem Dienstwagen nahe der Grenze Jagd auf eventuelle Schmuggler machte.

Er fühlte sich ständig gestresst. Kam oft genervt nach Hause. Zog sich zum Entspannen in seinen Stall zurück. Zu seinen Kühen. Zum Melken. Klassisch von Hand.

Dafür nahm er sich auch Zeit, wenn der Arbeitsdruck nahezu unerträglich war. Mit dem Melken kam er zu sich, es beruhigte ihn und war seine beste Therapie.

Zuerst reinigte er die Zitzen. Dann hockte er sich auf den Schemel, klemmte den Kübel zwischen die Knie, schmierte die Hände mit Vaseline ein, nahm mit der linken und der rechten zwei diagonal liegende Zitzen und drückte sie von der Basis sanft nach unten. Vorsichtig und mit Bedacht. Herrlich, wie kräftig die Milch aus dem übervollen Euter zischte.

Dieser frei fließende Rhythmus wurde plötzlich von einer dröhnenden Stimme unterbrochen.

„Hallo, Manfred, bist du da?"

Man konnte nicht behaupten, dass der Priglinger Manfred schreckhaft war. Eher verfügte er über eine besonders dicke, gegen angstmachende Einflüsse äußerst resistente Haut. Nur waren seine Abwehrmechanismen während des Melkvorgangs inaktiv, weshalb er auf das durch den Stall hallende Rufen ganz und gar instinktmäßig, also automatisch reagierte, den Druck seiner Finger an den Zitzen erhöhte und die Kuh Mimi heftig zwickte.

Damit verursachte er einen Schmerzimpuls, der auch bei siebenhundertachtundvierzig Kilo Lebendmasse nicht sang- und klanglos unterging, sondern beim rechten Vorderfuß eine Bewegung verursachte, die man gemeinhin als Ausschlagen bezeichnet.

Der Tritt nach hinten wirkte nicht besonders aggressiv. Eher wie ein Schlenkern, um eine lästige Fliege zu verscheuchen. Wenn man aber gerade vornübergebeugt sitzt, den Kopf nach unten richtet und der durch die Luft schwingende Huf exakt die Schläfe trifft, kann einen das durchaus auf die Bretter schicken.

Das hatte Robert Worschädl nun wirklich nicht beabsichtigt. Wo doch die Fahrt hier herauf ins Umfeld der grenznahen Gemeinde Windhaag nahezu reibungslos verlaufen war. Beim Autobahnstau vor einer Baustelle bei Freistadt hatte er seine Wartezeit mit dem nicht erlaubten Einsatz seines Blaulichts reduziert. Ein Salzweckerl mit pikantem Leberkäse, inklusive einer doppelten Portion Essiggurkerl und süßem Senf plus einem schnellen kleinen Bier an einer Tankstelle trugen ebenfalls zu seinem Wohlbefinden bei. Und vorhin hatte ihn Manfreds so freundliche wie pummelige Frau vor dem Haupthaus ganz unkompliziert in Richtung Stall gewiesen.

So laut hineinrufen hätte ich nicht sollen, sagte sich Worschädl, als er nach dem an einem Haken hängenden Aufwischfetzen griff. Aufregen hätte ich ihn nicht dürfen, warf er sich vor, als er das Tuch in eines der drei Tränkebecken tauchte und damit den Wasserzufluss aktivierte. „Munter musst du mir wieder werden", sagte er nachdrücklich, als er das raue, dreckige und tropfnasse Tuch auf die Stirn des Weggekippten legte.

Worschädl tastete nach der Halsschlagader.

Gott sei Dank. Der Puls war da.

Er legte sein Ohr zu Mund und Nase.

Prima. Die Atmung funktionierte.

Da reichte es, mit der flachen Hand wiederholt die Wangen abzuklatschen.

Bis Manfred Priglinger die Augen aufschlug.

„Jessas, der Robert."

Worschädl erfasste ein Gefühl unendlicher Erleichterung. Seine Stimme, sein Tonus sowie seine Lautstärke hatten den Grenzpolizisten und Nebenerwerbsbauern zum Glück nicht ums Eck gebracht.

„Servus Manfred, alles okay?"

„Verflucht. Wie lang bin ich weg gewesen?"

„Zwei Minuten."

„Eine kleine Ewigkeit. Alles nur wegen der Mimi, diesem Gfrast."

„Die Mimi kann nichts dafür", widersprach Worschädl und klopfte der Kuh besänftigend aufs Hinterteil. „Ich bin leider viel zu laut gewesen."

„Und die Mimi hat viel zu sensibel reagiert."

Manfred rappelte sich hoch, bekam dabei weiche Knie, ließ sich von Worschädl stützen, stand schließlich wie ein von Rum und Seegang beeinflusster Matrose auf den Beinen und fasste sich fahrig an den Kopf.

„Robert, was verschafft mir die Ehre?"

„Eliska Cerny. Kannst du dich an sie erinnern?"

„Eliska Cerny? Die hab ich doch mit einem Kollegen an der Grenze bei Wullowitz hopsgenommen. Was ist mit ihr?"

„Tot. Ermordet."

„Auweh. Aber die ist auch damals sehr riskant unterwegs gewesen. Zuerst haben wir bei ihr nichts gefunden. Aber der Kollege ließ nicht locker. Der hat den Drogenwischtest durchgeführt und auf ihren Händen Spuren von Crystal Meth entdeckt. Drüben nennen sie es Pico."

„Ihr habt den Amtsarzt zugezogen?"

„Und auch eine Gynäkologin. Unvorstellbar, wie brandgefährlich die das Crystal Meth geschmuggelt hat."

„Wie denn, Manfred?"

„Vaginal. Die Gynäkologin hat zwei Kondome mit insgesamt sechs Gramm aus ihr herausgefischt", antwortete Priglinger, setzte sich auf den Schemel, murmelte „Brave Mimi“ und griff wieder nach dem Euter.

„Sorry, Robert, aber ich muss sie fertig melken.“

„Mach nur, Manfred. Wenn so ein Kondom platzt ...“

„... kommen die Schleimhäute mit der Substanz der Droge in direkten Kontakt. Dann ist die Person so gut wie tot“, erklärte Priglinger, während die Milch wieder in den Eimer zischte.

In welchem Zustand man sich wohl befinden musste, um mit sich selbst derart fahrlässig umzugehen? Worschädl waren schon die kaputtesten Typen über den Weg gelaufen. Junkies, die hoffnungslos an der Nadel hingen und die Einrichtung ihrer Eltern für einen nächsten Trip bedenkenlos verscherbelt hätten. Aber bei der zerstörerischen Kraft von Crystal Meth überfiel ihn jedes Mal das nackte Grauen.

„Um wie viel werden sechs Gramm in Tschechien gehandelt?“

„Die kriegst du drüben für hundertachtzig Euro. Und bei uns verkaufst du es um das Doppelte. Für die großen Dealer rentiert sich das, weil sie ein ganzes Heer von Leuten mit kleinen Mengen über die Grenze schicken. Diesem Ameisenschmuggel sind wir in Wahrheit nicht gewachsen.“

„Ich hab deinen Bericht von damals ausgehoben. Da steht, dass euch Eliska von einem asiatischen Kontaktmann namens Cheng Zhang erzählt hat.“

„Stimmt. Angeblich ein vietnamesischer Crystal-Koch.“

„Laut Eliska hat sie sich mit ihm auf einem Asia-Markt in Vyšší Brod getroffen.“

„Ja, aber das war vermutlich frei erfunden. Weil die Fahndung nach diesem Phantom nichts als ein Schlag ins Wasser war. Wahrscheinlich hat sie versucht, uns von den wirklichen Hintermännern abzulenken. Dieser Cheng Zhang hat gar nicht existiert."

„Und die Hintermänner?"

„Wechseln sich ständig ab. Bei den unzähligen Drogenküchen, die da drüben in Kellern, Wohnungen und Hinterzimmern betrieben werden, verliert man den Überblick."

Manfred unterbrach das Melken, stellte den randvollen Kübel ab und griff nach einem leeren. „Tut mir leid, wenn ich dir dazu nichts Genaueres sagen kann."

„Kein Problem. Wie weit ist es von hier nach Vyšší Brod?", fragte Worschädl und wandte sich zur Tür.

„Nicht ganz dreißig Kilometer. Du musst über den Grenzübergang Studánky–Weigetschlag oberhalb von Bad Leonfelden. In einer halben Stunde bist du dort", antwortete Priglinger und griff wieder nach den Zitzen. „Aber Vorsicht. Unternimm nichts ohne das Einverständnis der tschechischen Kollegen."

„Mach ich nicht. Unter keinen Umständen."

„Ich sag das nur, weil du zu Dienstvorschriften bekanntlich ein kreatives Verhältnis hast."

„Regeln wollen manchmal gedehnt und unterlaufen werden. Aber in diesem Fall werde ich mich sehr korrekt verhalten."

„Gut. Bei inoffiziellen Ermittlungen ausländischer Kollegen können die Tschechen nämlich verdammt ungemütlich werden."

21

Milo prügelte wieder auf ihn ein. Vorne an der Tafel, begleitet von den Schreien und dem Gelächter der sie umringenden Mitschüler. Milos Schläge waren hart. In den Bauch. Auf die Nieren. Gegen die Brust. Ins Gesicht.

Die Haut über dem linken Auge platzte. Dann schwollen Jakubs Lippen an.

Das Eigenartige dabei war, dass er keine Schmerzen spürte. Ihm tat nicht das Geringste weh. Im Gegenteil. An den äußersten Nervenenden seiner Finger spürte er sogar ein Kribbeln. Den Impuls, sie zu Fäusten zu formen. Die Lust, die Arme zu heben und zurückzuschlagen.

Aber dazu kam es nicht. Das war einfach nicht zu schaffen. Weil es ihn schüttelte. Vor Lachen. Er lachte den Schläger Milo aus. Verspottete ihn für jeden Hieb und jeden Schlag.

Je öfter Milo auf ihn eintrommelte, desto lauter schallte Jakubs Lachen durch die Klasse und desto leiser wurden die Schreie der Mitschüler. Verblüfft beobachteten sie, dass Milo seinen Gegner nicht in die Knie zu zwingen vermochte. Der ewige Loser hielt all den Attacken wie ein Bollwerk stand und amüsierte sich dabei. Das machte Eindruck, begeisterte das Publikum, ließ es die Seiten wechseln und zu Jakub überlaufen.

Plötzlich war er es, der mit „Jakub"-Schreien angefeuert wurde. Und inmitten seiner neuen Fans stand die bezaubernde Judita. Die mit einem Mal so gar keine Augen mehr für Milo hatte. Ihre Blicke gehörten ab nun dem schlanken, sehnigen Balletttänzer Jakub.

Ihr Lächeln und der dunkle Glanz ihrer Augen trugen ihn durch diesen Kampf. Die luftige Locke in ihrer Stirn half ihm, es durchzustehen.

Bis Milo die Fäuste hängen ließ.
Bis Milo keine Luft mehr hatte.
Bis Milo komplett hinüber war.

Vor allem hatte er keinen Schimmer, wie er Jakub jemals bezwingen könnte.

Durch den dicken Vorhang seiner blau geprügelten Augenlider nahm Jakub das alles nur sehr verschwommen wahr. Keuchend und benommen stand er seinem Gegner gegenüber und sah wie durch einen Nebel, dass sich Judita aus der applaudierenden Gruppe löste und auf sie zubewegte.

Jakub war schon im Begriff, sich umzudrehen, doch dann wurde ihm bewusst, dass sie nicht Milo anvisierte. Nein, ihren bisherigen Helden ließ sie links liegen und begab sich zum neuen ersten Mann im Ring. Zu Jakub.

Das hübscheste Mädchen der Klasse blieb vor ihm stehen, fuhr sich mit beiden Händen durchs Haar, öffnete mit einem Lächeln ihre Lippen, legte eine Hand in seinen Nacken, die andere um seine Hüfte und zog ihn zu sich heran. Seinen Mund zu ihrem Mund.

Fließender Strom. Unbändige Energie.

Die er aber kaum genießen konnte, weil sich etwas dazwischenschob.

Auf sein Gesicht presste.
Ihm plötzlich den Atem raubte.
Ihn zu ersticken drohte.

Der Plan des Entführers war, alle nur erdenklichen Spuren zu verwischen. Absolut nichts durfte darauf hinweisen, dass es zwischen dem Tschechen und dem Jungen auch nur den geringsten Zusammenhang gab. Ein hoher Anspruch, zu dessen Erfüllung er einerseits die Leiche unkenntlich machen und sie andererseits soweit wie möglich von seinem Versteck entfernen musste. Am besten über die Grenze.

Dabei kam ihm zugute, dass es sich um eine innereuropäische Grenze handelte, die auf Grund des Schengener Abkommens offen war. Außerdem kannte er so gut wie jeden breiten, schmalen und kaum begehbaren Weg, der von hier nach drüben führte.

Normalerweise hätte er seinen engsten Mitarbeiter Cheng mit dieser Angelegenheit betraut. Der machte aber hoffentlich gerade seine Bude dicht. Ihm blieb nichts anderes übrig, als die leidige Angelegenheit selber in die Hand zu nehmen.

Es erschien ihm ratsam, den Jungen zuerst zu ersticken.

Dann hielt er es für klug, Jakubs Körper zu portionieren.

Mit der superpräzisen Diamanttrennscheibe seiner elektrischen Säge.

Kopf, Rumpf, Arme und Beine würde er voneinander getrennt in blickdichten Müllsäcken verstauen, sie über die Grenze bringen und an verschiedenen Stellen verscharren oder deponieren.

Wenn dann ein Landwirt oder eine Schulgruppe in ein paar Jahren einen verrotteten Arm oder den von Würmern, Maden und Käfern zerfressenen Kopf ausgrub und eine Legion an Polizisten die restlichen Teile suchte und vielleicht sogar fände, würde kein Mensch die Tat mit ihm in Verbindung bringen.

Als er die Kammer betrat, befand sich der Junge noch im Drogendelirium. Er kicherte, lachte und wälzte sich herum. Seine Stirn schweißnass und glühend heiß. Wie von hohem Fieber. Egal. Der Tscheche beugte sich über ihn und drückte ihm mit ganzer Kraft den schäbigen Polster ins Gesicht.

Spätestens jetzt musste Jakub begreifen, dass es ums Ganze ging.

Er gurgelte und würgte.

Sein Körper zuckte und wölbte sich.

Aber der Tscheche gab ihm keine Chance.

Er kniete auf seiner Brust, mobilisierte seine ganze Kraft.

Abgelenkt wurde er nur von den hin- und herschlagenden Armen und den sich verkrampfenden Beinen.

Außerdem vom hochrutschenden T-Shirt. Darunter wurden Jakubs flacher, durchtrainierter Bauch und ein wohlgeformter Nabel sichtbar. Außerdem die sich abzeichnenden Muskeln. Das nackte, junge, unverbrauchte Fleisch.

Ein Anblick, der den Tschechen ganz spontan auf einen unerwarteten Gedanken brachte. Auf eine Geschäftsidee. Mit der man wahrscheinlich gutes Geld verdienen konnte.

Just als Jakubs Bewusstsein schwand, ließ der Entführer von ihm ab, warf den Polster zur Seite, täschtelte die Wangen des Jungen, hielt ihm die Nase zu und jagte ihm, von Mund zu Mund, kräftige Luftstöße in die Lunge.

Bis sich Jakubs Brustkorb hob.

Bis seine Atmung in Gang kam.

Bis Jakub wieder bei Sinnen war.

22

Fürs Kaufen einer neuen Hose benötigte Worschädl üblicherweise fünfzehn Minuten. Für zwei veranschlagte er nur fünf Minuten mehr, eine zusätzliche kaufte er nur, wenn der Mangel an Beinbekleidung eklatant war. Mit Hemden ging es weitaus schneller, für die hatte er genau ein einziges Geschäft, in dem er immer die gleiche Marke mit der seit Jahren gleichen Größe wählte. Variiert wurde ausschließlich zwischen den Farben Blau, Weiß und Schwarz. Als Alternative kamen nur weich fallende, nicht auftragende Polos in Frage, ebenfalls von einer einzigen Marke.

Geschäfte mit vielfältiger Auswahl waren dem Chefinspektor ein Gräuel und wurden von ihm nur dann betreten, wenn Karoline unbedingt darauf bestand. Weil man ihn, wie sie behauptete, zu seinem Bekleidungsglück leider manchmal zwingen musste.

Ihre Überraschungsangriffe startete sie gerne, wenn sich Worschädl aus purer Nachlässigkeit überreden ließ, sie beim Shoppen zu begleiten. Zuerst stand er sich in den diversen Geschäften tapfer die Beine in den Bauch, vergaß dabei nicht auf anerkennende Bemerkungen wie „sehr schön“ und „hochattraktiv“. Zwischendurch gab er auch längere Wortspenden wie „steht dir ganz ausgezeichnet“ von sich und lieferte eselsgeduldig Komplimente ab, auf deren Basis Karoline dann mit sich selber diskutierte.

Unfassbar, welchen Genuss es seiner Gattin bereiten konnte, Kaufentscheidungen nahezu unendlich vor sich herzuschieben. Da wurden minimalste Vor- und Nachteile stundenlang gegeneinander abgewogen, Für und Widers ins Spiel gebracht und wieder verworfen, Plus- und Minuslisten bis ins kleinste Detail erstellt, aber die wahre Freude lag offenbar in diesem entschlusslosen Offenhalten.

Lernfähig, wie Worschädl nun einmal war, begleitete er dieses langwierige Hin und Her ohne rollende Augen, ohne Aufstöhnen, ohne ein grantiges Wort. Nichts sollte dazu beitragen, dass Karoline dann nicht zuschlug und womöglich mit einer leeren Einkaufstasche das Geschäft verließ.

Nach so einer Tortur hatte der Chefinspektor für gewöhnlich das dringende Bedürfnis nach Kaffee mit Mehlspeise. Oder nach einem kleinen Bier und einem Paar Debreziner mit süßem Senf und Pfefferoni.

Karoline jedoch, die hatte nach solchen Anstrengungen jedes Mal noch Lust auf mehr. Die wollte dann immer zusätzlich etwas für ihren Bertl kaufen, weckte aber mit diesem Ansinnen bei ihm jeden nur erdenklichen Widerstand. Weil er zu Recht eine Koalition zwischen seiner Frau und diversen Verkäuferinnen befürchtete, die ihn vielleicht gemeinschaftlich dazu nötigten, nicht nur eine oder zwei, sondern bis zu sechs oder sieben Hosen anzuprobieren und damit seinen Toleranzspielraum drastisch zu überreizen.

Worschädls hochökonomische und ressourcenschonende Einkaufsprinzipien galten im Übrigen auch für Möbel, Geschirr, Kosmetik, Putzmittel oder sonstige Gegenstände zur Bewältigung des Alltags.

Insofern war das exorbitante Angebot an Waren am Asia-Markt im tschechischen Vyšší Brod überhaupt nicht dazu angetan, ihn zum Erstehen diverser Erzeugnisse zu animieren. Obwohl er ununterbrochen von Verkäufern angesprochen und umworben wurde, fühlte er sich weder zu den gefälschten Taschen von Armani noch zu den Sonnenbrillen von Gucci hingezogen. Mit Ramsch und Plagiaten konnte er nicht einmal seiner Karoline eine wirkliche Freude machen. Vermutlich auch nicht mit einem der unzähligen Gartenzwerge, die ihm schlau, blöd oder tückisch entgegenlächelten.

Auf Worschädls Frage nach Cheng Zhang reagierten alle asiatischen Verkäufer mit dem Hinweis, dass er sich an jemanden im hinteren Bereich der vielen Verkaufsstände wenden musste. Diese Antwort wiederholte sich mehrmals, und so bewegte sich der Chefinspektor zwischen Kosmetikartikeln, Feuerwerkskörpern, Lebensmitteln, Elektrogeräten, Taschen, Schuhen, DVDs, CDs, Alkohol und Zigaretten immer tiefer hinein in dieses wirre Dickicht aus Ständen und Ladentischen.

Mit jedem Schritt dünnten sich die Kunden aus. Nach und nach auch die Verkäufer. Sie tauchten jetzt nur mehr vereinzelt auf, gingen nicht mehr auf ihn zu, sondern verschwanden bei seinem Anblick hinter Rollläden und aufgespannten Plastikplanen.

Die Gänge wurden immer enger, immer verwinkelter, ein Ausgang war längst nicht mehr in Sicht. Mit einem Mal war Worschädl klar, dass er dorthin vorgedrungen war, wo nur mehr Verbotenes gehandelt wurde. Elektroschocker, Springmesser, Schlagringe, Drogen in allen Variationen. Kein Zweifel, dass man ihn beobachtete und jeden seiner Schritte mit Argusaugen überwachte.

Der Chefinspektor bewegte seine Hand fast automatisch zum Schulterhalfter, griff aber ins Leere, weil er die Glock im Auto gelassen hatte. Falls ihn ein tschechischer Kollege kontrollieren sollte, wollte er nicht auch noch bewaffnet sein. Nur hatte er jetzt den Eindruck, in eine Falle zu tappen oder schon mittendrin zu sein.

Meiner Karoline darf ich das nicht erzählen, dachte Worschädl und versuchte, zwischen den Marktständen etwaige Gefahren auszumachen. Wenn die erfährt, dass ich mich wie ein Anfänger völlig ungeschützt in den inneren Kern eines Asia-Marktes locken lasse, setzt es erstens eine Predigt und zweitens würde sie sich in Zukunft wieder mehr Sorgen als nötig machen.

Zum Glück habe ich die Gefahr rechtzeitig erkannt und trete, bevor es richtig brenzlig wird, selbstverständlich den Rückzug an.

Diesen Entschluss hätte Worschädl allerdings etwas früher fassen müssen, weil ihm schon bei seinen ersten Schritten ein Mann asiatischer Abstammung den Weg versperrte. Das fragile Geschöpf in Jeans, rotem T-Shirt und mit weißem Strohhut auf dem Kopf lächelte ihn freundlich an und sagte: „Falsche Richtung. Weiter nach hinten."

Interessant. Der Mann schien bestens gebrieft zu sein.

„Sehr nett, danke. Aber eigentlich wollte ich gerade gehen." Worschädl bemühte sich, unaufgeregt und entspannt zu wirken.

„Aber du suchen Cheng Zhang. Cheng Zhang hat Pico. Da hinüber." Der Vietnamese deutete in die Richtung hinter Worschädl und verschränkte dann die Arme. Wohl ein Zeichen dafür, dass er Worschädl nicht gestatten würde, einen anderen Weg zu wählen. Der Chefinspektor startete dennoch einen Versuch.

„Sehr gern, aber ich muss mir vorher noch etwas aus dem Auto holen."

Worschädl ging entschlossen auf den Vietnamesen zu, hielt jedoch sofort inne, weil sich in diesem Augenblick etwas in seinen Nacken bohrte, das sich unschwer als Lauf einer Pistole identifizieren ließ.

„Hände vom Körper wegstrecken und nicht umdrehen." Die schnarrende Männerstimme hinter ihm duldete keinen Widerspruch. Worschädl streckte seine Hände weit von sich, spürte die Schweißtropfen, die sich auf seiner Stirn bildeten, und forderte sich selber auf, seine aufkeimende Furcht zu überwinden und mit dem Unbekannten hinter ihm ins Gespräch zu kommen.

„Ich möchte Herrn Cheng Zhang nur zwei, drei harmlose Fragen stellen. Wenn das nicht möglich ist, will ich gar nicht länger stören."

Eine deeskalierende Wirkung erzeugte Worschädl mit seinen vorsichtig formulierten Sätzen nicht. Im Gegenteil.

Von hinten legte sich der dünne Draht einer Garotte um seinen Hals. Worschädl waren die schmalen Holz- oder Metallgriffe, mit denen ein dünner Draht gespannt und zugezogen wurde, wohl bekannt. Aber er hatte diese mörderische Waffe noch nie auf seiner eigenen Haut verspürt.

Der messerscharfe Draht drückte seinen Kehlkopf brutal nach hinten.

Schnürte ihm sofort die Luft ab.

Eine mörderische Enge, die ihn zum Husten, Röcheln, Würgen brachte.

Der Stahl durchdrang seine Haut. Drückte Blut aus einer quer verlaufenden, strichdünnen Wunde. Worschädl schickte ein Stoßgebet in Richtung Himmel. Zu dem Gott, an den er eigentlich nicht glaubte. Der aber, falls es ihn dennoch gab, bitte nicht auf ihn vergessen sollte.

Aber Gott war nicht auf Empfang geschaltet. Oder ein ungläubiges Schaf wie Worschädl fiel nicht in seinen Zuständigkeitsbereich.

Der Draht wurde noch fester zugezogen. Dem Chefinspektor quollen die Augen aus den Höhlen, sein Gesicht färbte sich blau, die Ladentische und Regale um ihn herum verschwammen zu einem diffusen In- und Durcheinander.

Dein verfluchter Leichtsinn. Aus und vorbei, dachte er noch.

Da wurde der Draht plötzlich gelockert.

Die Luft, die durch Worschädls Kehle strömte, klang wie das Knarren einer Tür. Er klappte vornüber, stützte sich auf seine Knie, keuchte, spuckte Schleim und Blut.

Jemand packte seine Haare, riss seinen Kopf hoch.

„Machen Sie bitte keinen Fehler", krächzte der Chefinspektor.

„Worauf Sie sich verlassen können."

Der Tritt kam von hinten und traf ihn in der linken Kniekehle. Seine Beine versagten, er ging nieder auf die Knie. Kaum erreichte er den Boden, wurde ihm ein schwarzer Stoffsack über den Kopf gezogen.

Die sind noch nicht fertig, dachte er.

Die haben gerade erst angefangen.

Ich bin zu tief in ihr Territorium eingedrungen.

Und habe die falsche Frage gestellt.

Worschädl hörte Stimmen.

Schnelle Anweisungen.

Er fühlte sich wie in einer weit entfernten, nicht verstehbaren, fremden Welt. In der er nichts zu sagen hatte. In der er verloren war.

Worschädl wurde von einer Panikwelle erfasst.

Spürte, wie sich der Lauf der Pistole wieder hart in seinen Nacken bohrte.

In diesem Moment war er sich sicher, dass er diesen Ausflug nicht überleben würde.

23

Wer in der oberösterreichischen Landeshauptstadt den 252 Meter breiten Donaustrom zu überqueren hatte, brauchte gute Nerven, ausreichend Proviant und einen möglichst vollen Tank. Weil es für die rund 60.000 Autos, die im Zentralraum in den Stoßzeiten vom einen zum anderen Ufer strebten, nur exakt eine Verbindung gab. Alles, was zwei, drei oder vier Räder hatte, rollte in Linz über die Nibelungenbrücke.

Das lag allerdings nicht an der Attraktivität des noch unter Adolf Hitler errichteten, auf zwei Betonpfeilern ruhenden grauen Bauwerks. Man verzeichnete auch keinen Prestigegewinn, weil man von einer Fahrt über die Nibelungenbrücke erzählen konnte. Nein, diesen Weg nahm man, weil einem schlicht und ergreifend nichts anderes übrig blieb. Wegen einer in ganz Europa beispiellosen, nervtötenden, den gesamten Zentralraum täglich drangsalierenden Brückenarmut.

Diesem verkehrspolitischen Meisterstück ging der notwendig gewordene Abriss der in die Jahre gekommenen Eisenbahnbrücke voraus, für die nicht rechtzeitig Ersatz geschaffen wurde. Zugleich wurden bei zwei weiter östlich gelegenen Brücken aufwendige Renovierungsarbeiten durchgeführt, wodurch sich auch der dortige Verkehr in Richtung Zentrum verlagerte. Der Bau einer zusätzlichen neuen Brücke westlich vom Linzer Stadtkern war vor über zwanzig Jahren beschlossen und bis dato nicht realisiert worden. Die Schildbürger lassen herzlich grüßen.

So hatte auch Schinagl das zweifelhafte Vergnügen, an diesem Vormittag den Fluss auf der Nibelungenbrücke zu überqueren. Schritttempo war in der hauptsächlich stillstehenden Kolonne das Höchstmaß an Geschwindigkeit.

Hoch über ihr kreiste ein Hubschrauber. Vermutlich war dort einer jener superwichtigen Reporter mit an Bord, die den im Stau stehenden Autoinsassen via Radio mitteilten, dass sie im Stau standen.

Schinagl war bei der vergleichsweise kurzen Suche im Internet sehr schnell auf den zweiten Arbeitsplatz von Marlies Fischer gestoßen. Die Physiotherapeutin unterstützte nicht nur Florian Wiesbauer in nahezu allen Lebenslagen, sondern war auch im *Zentrum für Therapeutisches Reiten* tätig. Es lag am nordwestlichen Stadtrand von Linz und bestand neben der großzügigen Koppel, einem Stall für zwölf Pferde und einem schmalen Bürogebäude auch aus einer Reithalle mit Wänden aus hellem Holz und einem grau gedeckten, niedrig gehaltenen Giebeldach.

Schinagl lenkte ihren Dienstwagen nach einer gefühlten Ewigkeit auf den Parkplatz neben dem Bürogebäude, stellte den Motor ab und drehte sich zu ihrem kleinen Begleiter um.

„Wie geht's den Bauchschmerzen, Tobi?"

Das Gesicht ihres siebenjährigen Sohnes wechselte augenblicklich von äußerst entspannt zu erbärmlich leidend. Mit diesem Blick hatte er auch seine Lehrerin überzeugt, die zuerst versucht hatte, ihn abzulenken und aufzumuntern, bevor sie das Handtuch warf und Schinagl am Telefon bat, ihren von schlimmen Krämpfen geplagten Sohn möglichst rasch von der Schule abzuholen.

Dabei hatte Schinagl so gehofft, dass Tobias sein im Kindergarten oft und oft zelebriertes Spiel mit dem Übergang in die Schule nicht mehr nötig haben würde. Wie sehr sie sich doch ein Ermitteln ohne unvorhergesehene Unterbrechungen wünschte. Wie unprofessionell es ihr erschien, ihren Sprössling so wie heute beim Ermitteln mitzuschleppen. Im Dienstrecht für Kriminalbeamte war das wohl kaum so vorgesehen.

Aber was soll man machen, wenn der Filius schon am zweiten Schultag einen Hilferuf losschickt und damit sowohl seine Lehrerin als auch seine Mutter aktiviert? Am besten, man organisiert sich neu, fährt einen Umweg über die Schule, spielt das Abholtaxi, beherrscht seinen Ärger und findet es keineswegs erstaunlich, wenn man beim Losfahren im Rückspiegel das heimliche Lächeln bemerkt, mit dem der Sohn seinen Sieg genießt.

Bei Mama sein. Mit ihr durch die Gegend kutschieren und dann noch bei einem richtigen Reitstall mit echten Pferden landen. Angesichts eines derart attraktiven Angebots konnte sich die Schule verstecken.

„Mit Bauchschmerzen kannst du leider nicht mit zu den Pferden kommen", sagte Schinagl zu Tobias, der seinen Blick auf jenen Braunen gerichtet hatte, der von einer Betreuerin gerade am Langzügel durch die Koppel geführt wurde und auf dessen Rücken eine Jugendliche, von Marlies gehalten und gestützt, auf dem Bauch quer über dem Sattel lag.

„Doch, Mami, das geht. Das schaff ich schon."

Wenige Sekunden später stand Tobias neben seiner Mutter auf dem Parkplatz und wirkte in seinen braunen Jeans, dem gelben Polo und seinen kurzgeschnittenen Haaren zumindest halbstramm und halbentschlossen.

„Mama, wieso liegt die so komisch auf dem Sattel?", fragte Tobias und starrte auf die Koppel.

„Weil ihr das hilft. Sie macht eine Hippotherapie."

„Und warum?"

„Der Rhythmus des Pferdes tut ihr gut."

Damit nahm Schinagl ihren kleinen Sturkopf an der Hand und stapfte mit ihm auf die Koppel zu.

„Sandra hat eine spastische Diparese, ihre Beine sind wie taub. Das Liegen auf dem Pferd lockert ihre Muskulatur und fördert, dass sich der Tonus reguliert“, erklärte Marlies, nachdem sie das Mädchen mit Hilfe ihrer Kollegin aus dem Sattel gehoben und seiner Mutter übergeben hatte.

Schinagl bemerkte, dass Marlies so wie bei ihrer ersten Begegnung kaum geschminkt war. Sie hatte ihre schwarzen Haare streng zu einem Schwanz zurückgebunden, trug hohe, dunkelbraune Reitstiefel, eine graue Reithose mit dunkelgrauem Ledereinsatz und ein schwarzes T-Shirt. In ihrer rechten Hand hielt sie eine Gerte, ihr Handy steckte in einer Halterung am Gürtel.

„Kann das auch Buben helfen, die sich ungern in Gemeinschaften einordnen und zu sehr an ihrer Mutter hängen?“, fragte Schinagl und blickte Tobias hinterher, der dahinschritt wie ein kleiner, stolzer Prinz, weil er das Pferd und Marlies’ Kollegin in den Stall begleiten durfte.

„Wir setzen die Hippotherapie auch bei Verhaltensstörungen ein. Aber ihr Sohn wirkt nicht so, als ob er das brauchen würde“, meinte Marlies lächelnd und lehnte sich an den Rand der Koppel.

Stimmt, dachte Schinagl, jetzt macht er nicht den Eindruck, als ob er begrenzt gruppenfähig wäre. Aber sie war nicht hergekommen, um sich über Tobias zu unterhalten.

„Sie haben also zwei Teilzeitjobs“, wandte sie sich wieder Marlies Fischer zu.

„Ja, das hat sich so ergeben und läuft in dieser Kombination ganz gut.“

„Mit Florian Wiesbauer hatten Sie hier am Reitplatz Therapie?"

„Genau, nach seiner Reha."

„Hat ihm das Reiten geholfen?"

„Am Anfang konnte er seine Behinderung überhaupt nicht akzeptieren. Hat seinen Körper gehasst und sich vor mir geschämt."

„Das muss für Sie schwierig gewesen sein."

„Man braucht vor allem viel Geduld. Aber wir müssen die Grenzen unserer Klienten akzeptieren. Sie geben das Tempo vor."

„Und Florian hat ein langsames Tempo vorgegeben?"

„Er hat mich anrennen lassen. Wieder und wieder." Marlies Augen blitzten. Sie war keine, die sich einschüchtern ließ und dann vielleicht auch noch resignierte. „Man darf einfach nicht lockerlassen."

„Und wie lang haben Sie durchgehalten?", wollte die Bezirksinspektorin wissen.

„Bis sich das Blatt gewendet hat. Irgendwann hat er sich ein wenig geöffnet und ist auf meine Angebote eingestiegen."

„Respekt. Wirklich bewundernswert. Und dann hat er Fortschritte erzielt?"

„Schritt für Schritt. Er hat sogar akzeptiert, dass ich mit ihm geritten bin."

„Sie sind mit ihm auf einem Pferd gesessen?"

„Eine übliche Intervention. Direkter Körperkontakt hilft den Klienten, sich selbst besser wahrzunehmen."

„Direkter Körperkontakt kann aber auch Fantasien wecken."

„Ja, vielleicht." Marlies konnte sich ein Lächeln nicht verkneifen. „Aber auf professioneller Ebene gilt es natürlich, die entsprechende Distanz zu wahren."

„Was wahrscheinlich nicht immer ganz einfach ist."

nicht unbedingt gebessert hatte. Seine zunehmend üble Laune hätte sich vermutlich noch verschlimmert, wenn er verstanden hätte, worüber sich der Polizist per Funk unterhielt, während er Worschädl argwöhnische Blicke zuwarf. Da war von *ohrožování státní bezpečnosti* und *ministerstvo vnitra* die Rede, was auf Deutsch nicht weniger als *Gefährdung der Staatssicherheit* und *Innenministerium* bedeutete.

„Worauf wollen Sie hinaus?“

„Würde mich nicht wundern, wenn sich Florian in Sie verliebt hätte. Vermutlich waren Sie die einzige Frau, die ihm damals körperlich so nahe war.“

„Deshalb habe ich ihm auch nicht den geringsten Anlass gegeben, da etwas zu verwechseln.“

In die Stimme von Marlies Fischer hatte sich jetzt ein scharfer, pragmatischer Ton gemengt, als ob sie die unbedingte Fachlichkeit ihrer Arbeitshaltung unterstreichen wollte. Zugleich blickte sie auf die Uhr und signalisierte damit, dass sie das Gespräch beenden wollte. Höchste Zeit für Schinagl, etwas direkter zu werden.

„Und wie war das umgekehrt? Was hat er bei Ihnen ausgelöst?“

Ein plötzliches Funkeln in Marlies’ grünbraunen Augen. Giftige Pfeile, die Schinagl treffen, verwunden und vernichten sollten. Sich verengende, schmäler werdende Lippen, die nicht zuließen, dass Marlies zu viel über sich selbst verriet. Aber Schinagl hatte genug gesehen.

„Vielleicht haben Sie eine intensivere Zuneigung für ihn empfunden. Und er hat nicht darauf reagiert. Oder, noch schlimmer, ihm ist das gar nicht aufgefallen.“

Punktlandung. Mitten ins Schwarze.

Marlies Fischer senkte ihren Blick, als würde ihr der Boden aus Sand und Sägemehl dabei helfen, sich zu sammeln. Kurz darauf hatte sie sich wieder im Griff und blickte Schinagl kalt und abweisend an.

„Sie haben absurde Ideen.“

„Na ja, Sie sind für Florian eine Mischung aus Betreuerin, Krankenschwester, Sekretärin und Beifahrerin. Und Sie müssen es ertragen, dass er sich ständig mit Prostituierten vergnügt.“

„Sie sollten Märchenbücher schreiben. Wirklich. Was Sie sich da zusammenreimen."

„Falls es so war, müssen Sie doch extrem eifersüchtig gewesen sein."

„Ach so, ich verstehe. Deshalb habe ich Eliska umgebracht!"

„Das wäre naheliegend."

Marlies atmete durch. „Florian ist der herausforderndste Klient, den ich je hatte. Diese Intensität hat zu einer Arbeitsbeziehung geführt, die weit über das Übliche hinausgeht."

„Was heißt ‚weit über das Übliche'?"

„Welche Physiotherapeutin hat schon die Gelegenheit, in ein Rallyeauto einzusteigen? Ich schätze Florian sehr, aber auch das hat Grenzen, die von mir ganz sicher nicht überschritten werden."

„Selbst, wenn Sie sich das wünschen würden."

„Entschuldigung, aber Sie wollen etwas herbeireden, das nie stattgefunden hat. Ich liebe Florian nicht und ich habe Eliska nicht umgebracht. Denken Sie an unser Alibi."

„Das steht leider auf schwachen Beinen."

„Ach so? Warum?"

„Weil wir nicht glauben, dass Sie uns die Wahrheit sagen."

Damit drehte sich Schinagl um und ließ Marlies Fischer stehen. In einer der Pferdeboxen gabelte sie Tobias auf, dessen Bauchschmerzen beim Füttern und Striegeln komplett verflogen waren.

Dafür stank er im Auto wie ein Haufen Pferdemist, meldete sein dringendes Bedürfnis nach einem doppelten Burger an und nannte Marlies supernett. Schinagl konnte das nur bestätigen. Es stimmte, dass diese Frau nach außen hin sehr hilfsbereit und äußerst kooperativ wirkte. Das war eine, die mit Menschen genauso wie mit Tieren konnte. Aber laut Karoline Worschädl tragen auch die sanftesten Personen dunkle, triebhafte, aggressive Anteile mit sich herum. Und Schinagl konnte sich des Eindrucks nicht erwehren, dass genau diese Anteile erst kürzlich mit Marlies Fischer durchgegangen waren.

24

Das kurzatmige Keuchen, die undurchdringliche Finsternis, der übers Gesicht strömende Schweiß.

Dazu minutenlange Stille.

Und das Warten auf den Schuss.

Unmöglich, unter einem schwarzen Sack und einer Pistole im Nacken besonnen und ruhig zu bleiben.

War da nur dieser Unbekannte hinter ihm? Oder wurde er von einer ganzen Horde umringt? Wollten sie ihn erschießen, köpfen, in Streifen schneiden und in die Moldau werfen? Erwartete ihn ein Strick um den Hals?

Der Wahnsinn war, dass es keinen Strohhalm gab. Nicht Schinagl, Schweitzer oder ein anderer Kollege. Nicht einmal Karoline, die auch den ausweglosesten Situationen stets mit einer unerbittlichen Zuversicht begegnete.

Hoffnungslos gilt nicht.

Ratlosigkeit ist keine Option.

Uns hat immer etwas einzufallen.

Mit ‚uns' meinte sie ihren Berufsstand der Psychotherapeuten und verwandte Professionen wie Mediatoren und Sozialarbeiter. Nachdem sie mit einem Kriminalpolizisten verheiratet war, schloss sie auch seine Spezies mit ein.

Phänomenal, wie sehr ihre Stimme nach so vielen Ehejahren in ihm verankert war. Besonders bei Krisen oder wenn er sich in Gefahr befand.

Bertl, du musst in die Gänge kommen.

Du darfst es nicht den anderen überlassen.

Wenn du keine Chancen siehst, musst du die Initiative ergreifen.

Sag was.

Verwickle sie in ein Gespräch.

Übernimm die Führung, Bertl.

Karoline hatte natürlich recht. Er musste seine Stimme aktivieren. Mit diesen Leuten sprechen. Sich trotz seiner starken Schmerzen im Hals zurück ins Spiel bringen.

„Sorry, aber ich kenne Sie nicht. Ich weiß nicht, womit ich Sie verärgert habe. Ich wollte niemandem zu nahetreten."

Schweigen. Fehlversuch. Nächster Anlauf.

Bertl, rede nicht lang herum! Lass die Katze aus dem Sack!

„Hören Sie, ich bin österreichischer Kriminalbeamter. Polizist. Ich suche nach Cheng Zhang. Kann sein, dass er in einen Mord verwickelt ist."

Gespannter Nacken, elektrisierte Kopfhaut, Gesichtskrampf. Jetzt, dachte Worschädl, werden sie mich hinrichten. Schlachten.

Jemand fischte seinen Ausweis aus der Jackentasche. Statt des zu erwartenden Hiebes mit einer scharf geschliffenen Machete vernahm er den Klang einer Stimme. Schnarrend, aber in gutem Deutsch.

„Welcher Mord?"

„An der Prostituierten Eliska Cerny."

„Cheng Zhang nicht hier, Herr Robert Worschädl. Der hat sich aus Staub gemacht."

Sie sprachen ihn mit seinem Namen an und lieferten eine erste magere Information. Ob richtig oder falsch, damit dokumentierten sie eine gewisse Dialog- und Gesprächsbereitschaft.

„Seit wann ist er nicht mehr hier?"

„Verschwunden gleich nach Mord an Eliska."

„Sie kennen sie?"

„Freilich. Schöne Frau. Hat so wie Cheng Zahng gearbeitet für Tschechen."

„Für die oder den Tschechen?“

„Für den Tschechen. Der große Unbekannte. Drückt die Preise. Versaut Geschäft.“

„Das Geschäft mit Crystal Meth?“

„Mit Pico. Ja, genau. Cheng Zhang produziert für Tschechen in Drogenküche. Eliska hat geschmuggelt.“

„Wissen Sie, warum sie getötet wurde?“

„Das kann Ihnen nur Cheng Zhang erklären.“

„Dazu muss ich ihn erst finden.“

„Wir Ihnen helfen.“

Mit so viel Entgegenkommen hatte Worschädl nun wirklich nicht gerechnet. Sein Gesprächspartner und dessen Kumpane hatten gar nicht vor, ihn aufzuspießen und auf den Grill zu werfen. Vielmehr versuchten sie, ihn für ihre eigenen Interessen einzuspannen, von denen er natürlich nicht die geringste Ahnung hatte. Aber es sah ganz so aus, als hätten sie nichts dagegen, diesen Cheng Zhang mit Worschädls Hilfe loszuwerden.

„Falls Sie mir seinen Aufenthaltsort nennen können ... was wünschen Sie sich dafür von mir?“

„Sie ihn verhaften und bringen hinter Gitter viele Jahre.“

Mit diesem Satz rollten Zentner von Worschädls Seele. Er konnte spüren, wie sein Kopf aus der Schlinge glitt. Wie er dem Totengräber von der Schaufel rutschte. Der Chefinspektor sah wieder Land.

Dabei war die Hitze unter dem dunklen Sack inzwischen unerträglich. Wie nach fünf Aufgüssen in einer Sauna. Aber anders als noch vor drei Minuten erfasste Worschädl ein Hauch von Zuversicht.

Die brauchen mich. Die sind Cheng Zhangs Kontrahenten. Da konkurriert die eine mit der anderen Drogenbande. Und ein Protagonist der anderen soll von mir aus dem Verkehr gezogen werden. Allemal besser, als mit einem Messer zwischen den Rippen entsorgt zu werden.

Man soll, hätte Karoline jetzt gesagt, die Hand nicht auslassen, die einen aus dem Abgrund zieht. Oder anders formuliert: Gelegenheiten warten nur darauf, dass man sie am Schopf ergreift.

„Okay. Einverstanden. Ich bin dabei."

„Sehr gut. Wir brauchen Ihre Handynummer."

„Meine Handynummer?"

„Wir müssen Sie erreichen können."

Natürlich müsst ihr mich erreichen können, dachte Worschädl. Zugleich betrachtete er es als schwere Sünde, einem potentiellen Verbrecher seinen Telefonkontakt zu überlassen. Andererseits war das der Deal, mit dem er hoffentlich aus dieser miserablen Lage kam.

„Meinetwegen. Aber vorher noch eine Frage: Kennen Sie einen Harry Kovac?"

„Den Betreiber von Bordell?"

„Vom *AllYouCan*. Ganz genau."

„Der arbeitet ebenfalls für Tschechen. Leitet Drogen weiter nach Deutschland, Holland und Frankreich. Jetzt Handynummer."

Na gut, dachte sich Worschädl. Dann liefere ich mich diesem Kerl eben mit Haut und Haaren aus.

Beim Ansagen der Ziffern hörte Worschädl das leise Kratzen eines Schreibers auf Papier. Dann erklärte ihm der Vietnamese, dass er den Sack genau in zehn Minuten von seinem Kopf ziehen und sich dann vom Platz bewegen dürfe.

Danach Schritte, die sich entfernten.

Schließlich Stille – außer dem fernen Motorenlärm.

Der Spuk schien vorbei zu sein.

25

Das Praktische an so einem Tablet war, dass er es wie nebenbei verwenden konnte. Als ob er gar nicht groß damit beschäftigt wäre. Es lag vor ihm, verband ihn mit dem Netz, empfing und versendete seine Mails, und er selbst konnte zugleich den Eindruck erwecken, den Worten seines Chefs zu lauschen.

Sein flüchtiges Wischen oder Tippen störte auch keinen von den zwei weiblichen und drei männlichen Kollegen, die sich in dem nüchternen Büro zur wöchentlichen Teambesprechung eingefunden hatten.

Ein weiterer Vorteil: Das Tablet zeigte keinerlei menschliche Allüren. Jammerte nicht über mangelndes Lob oder fehlende Zuwendung. Strengte einen nicht mit wechselnden Launen an. Verhielt sich garantiert loyal, fiel einem niemals in den Rücken. Flach wie eine dickere Scheibe Emmentaler, ein tiefgefrorenes Schollenfilet oder ein zweifach verglastes Fenster ließ es sich niemals dazu verleiten, zugunsten des eigenen Vorteils miese Indiskretionen zu begehen.

Dafür musste es natürlich entsprechend ausgestattet sein. An vorderster Stelle stand eine eigene, private Internetverbindung. Außerdem hatte er nicht irgendeine Firewall installiert, sondern wirklich die allerbeste. Sie war Bestandteil einer Software, die sich wie eine Tarnkappe über seine IP-Adresse stülpte und ihm das anonyme Surfen von Homepage zu Homepage ermöglichte. Darüber hinaus verwendete er als Browser nicht *Google* oder *Firefox*, sondern den Anonymisierungsdienst *Tor*, der den Rechnerstandort inklusive der IP-Adresse verschleierte und eventuelle Spuren im Internet verwischte.

Für den Mann war Tor aber noch weitaus mehr. Er benutzte den Zugang als Eintrittskarte in den Wilden

Westen des Second Life, in das virtuelle Reich des Bösen, in die digitale Unterwelt. Mit Tor konnte er problemlos das Darknet betreten.

Wie zum Beispiel gerade jetzt. Er hatte sich wieder so an den Besprechungstisch gesetzt, dass weder seinem Chef noch den Kollegen die Sicht auf das Display seines Tablets möglich war. Sie mussten also annehmen, dass er in Stichworten festhielt, was ihnen gerade an Informationen geliefert wurde.

In Wahrheit reichte es ihm, die Inhalte später in jener schiftlichen Zusammenfassung nachzulesen, die der Chef am Ende jeder Besprechung verlässlich verteilte. Niemand in der Runde konnte ahnen, dass er im *Hidden Wiki* gerade einschlägige Suchbegriffe eingab und sofort jede Menge illegaler Homepage-Vorschläge auf dem Bildschirm hatte.

Die angegebenen Adressen enthielten mit der Endung *onion* die Kennzeichnung für die Darknet-Welt. Hinter ihnen verbargen sich kleinere oder auch große Foren und eine Vielzahl an Versandhändlern, die eine breit gefächerte Palette an verbotenen Produkten boten.

Schier unglaublich, welches Waffensortiment aus aller Welt man per Mausklick erstehen konnte.

Kalaschnikows zum Schnäppchenpreis.

Eine Panzerfaust mit Tagesrabatt.

Maschinenpistolen im Sonderangebot.

Oder die James-Bond-Pistole Walter PKK, Kaliber 7, 65 Millimeter um günstige sechshundertsiebzig Euro beziehungsweise 0,20000 Bitcoins.

Wer nach Amphetaminen, Marihuana, Koks oder anderen unerlaubten Suchtmitteln suchte, wurde ebenfalls problemlos fündig. Es lief in etwa wie bei einem dieser Onlineriesen ab: Man wählt ein Produkt, legt es in den Einkaufswagen, stellt die Daten seiner Kreditkarte zur Verfügung und nach ein paar Tagen erhält man die Ware mit der Post.

Probleme konnte es eigentlich nur bei Sendungen aus dem Ausland geben. Hin und wieder wurden sie bei einer der seltenen Zollkontrollen entdeckt und führten die Beamten direkt zu den Adressaten.

Der Mann, der gerade einer Kollegin zulächelte, seinem Chef zunickte und sich dann wieder seinem Tablet widmete, hatte im Darknet schon einiges an Geld gescheffelt. Von der Idee, seine äußerst beliebte Produktpalette um ein Angebot zu erweitern, fühlte er sich angenehm beflügelt. Mal sehen, wie sich dieses neue Format entwickeln würde.

Mit Waffen- und Drogenplattformen war ihm diesmal nicht gedient. Für einen erfahrenen Darknet-User war es aber kinderleicht, auch ein Forum für perversen und brutalen Sex zu finden. Nur ein paar Wischer und er stieß auf einen wahren Ozean an Angeboten: Hier konnte man Seitensprünge vereinbaren und organisieren, Sexsklavinnen ersteigern sowie jede Menge minderjähriger Mädchen und Knaben für alle nur erdenklichen Spiele buchen. Wunderbar. Hier war er richtig. Hier wollte er sein neues Produkt platzieren.

Als er aus den Augenwinkeln wahrnahm, dass die Besprechung beendet wurde, minimierte er die Darknet-Seite, stand mit den anderen auf, schnappte sich eine ausgedruckte Zusammenfassung, trat auf den Gang, ging hinüber zu seinem Büro und entwarf dabei im Kopf den Text für seine Anzeige.

Nachdem er die Tür geschlossen hatte, setzte er sich an den Schreibtisch, brachte die minimierte Seite in den Vollbildschirm-Modus und gab den Anzeigentext ein.

Junger Stricher, vielseitig, attraktiv, muskulös mit zarter Haut. Nur gegen Höchstgebote.

Enter.

Worschädl hielt zwei Minuten durch, bis er sich den schwarzen Sack vom Kopf riss, gierig die frische Luft einsog, den kühlen Wind erlösend auf seinem Gesicht spürte, sich umsah und als einziges menschliches Lebewesen eine kleine Asiatin entdeckte, die in einer dicken Jacke und einer ins Gesicht gezogenen Baseballkappe jede Menge Schuhe aus einer überdimensional großen Pappschachtel in ein Regal schlichtete.

Klar, dass sein Gesprächspartner und dessen Kumpane schon verschwunden waren. Eigentlich unwirklich, dass die Begegnung so glimpflich ausgegangen war. Worschädl hätte jetzt genauso gut in einem Straßengraben liegen oder, versenkt in einer Baugrube, von einer Ladung Beton für immer begraben sein können.

Stattdessen musste er beim Ausgang des Asia-Marktes nur einen dezenten, dunkelblauen Schal erstehen und um den schmalen, roten Strich an seinem Hals wickeln, und schon deutete nichts mehr darauf hin, dass er dem Sensenmann gerade die Hand geschüttelt hatte.

Zu der entspannten Laune, mit der er wenig später seinen Wagen in Richtung der österreichischen Grenze lenkte, trug auch bei, dass Schweitzer nun nichts von seinem inoffiziellen Ausflug in den Nachbarstaat erfahren würde. Auf dessen cholerische Schreiattacken konnte er genauso gut verzichten wie auf eine minutenlange Belehrung über jene Vorschriften, die bei einem Einsatz im Ausland unbedingt einzuhalten waren.

Worschädl wählte Schinagls Nummer, berichtete ihr von den jüngsten Ereignissen, hörte sich ihre kollegiale und besorgte Ermahnung an und nahm ihr zugleich das Versprechen ab, seiner Frau über den Ausflug nach Tschechien bitte kein Wort zu erzählen.

Schinagl informierte ihn wiederum über ihre Recherchen zur Vereinsversammlung jenes Rallyeclubs, dessen Vorsitzender Florian Wiesbauer war. Im Protokoll war das Sitzungsende tatsächlich mit zwanzig Uhr eingetragen. Falls das Alibi, das Florian von seiner Assistentin Marlies bekommen hatte, doch nicht stimmte, hätte er ausreichend Zeit gehabt, den Mord an Eliska Cerny zu begehen.

Zugleich stand für Schinagl nach der erneuten Begegnung mit Marlies Fischer fest, dass sich die gute Dame seit Jahren wie ein Mauerblümchen fühlen musste, das vergeblich darauf wartete, endlich auf die Tanzfläche geholt zu werden. Gut möglich, dass sie ihre Rivalinnen am liebsten erdolcht oder vergiftet hätte.

„Sabine, mit drei potentiellen Verdächtigen wird die Lage zwar ein wenig kompliziert ..."

„Was aber überhaupt nicht schaden kann. Bei verzwickten Fällen läufst du gern zur Hochform auf."

„Dennoch gibt es Herausforderungen, auf die ich verzichten könnte."

Konkret bezog sich Worschädl auf die Einsatzwagen der tschechischen Polizei, die etwa zweihundert Meter vor ihm nicht zu übersehen waren. Mit kreisenden Blaulichtern fungierten sie als Straßensperre, und zwischen sowie hinter ihnen hatten sich Polizisten mit Maschinenpistolen postiert.

„Robert, sag schon, was ist los?"

„Straßensperre. Vielleicht wird ein Bankräuber gesucht."

„Oder es ist die ganz normale Drogenfahndung."

„Vielleicht beides. Wo bist du?"

„Vor meiner Haustür. Ich liefere Tobias ab."

„Okay. Ich melde mich, sobald ich durch bin. Kann sich nur um Minuten handeln."

„Alles klar."

Damit beendete Worschädl das Gespräch, drosselte das Tempo, hielt den Wagen auf Höhe zweier tschechischer Polizisten an und ließ das Fenster herunter.

„Guten Tag. Gibt es Probleme?"

„Nur dann, wenn Sie uns welche machen", gab der tschechische Polizist in ausgezeichnetem Deutsch zurück. „Hände weg vom Lenkrad."

„Moment, ich bin österreichischer Kriminalbeamter", erklärte Worschädl. Diese Information trug in keiner Weise zur Entspannung seines Gegenübers bei. Vielmehr richtete der Kollege jetzt den Lauf seiner MP gezielt auf Worschädl. Eine stumme Aufforderung, die keinen Raum für Interpretationen ließ.

Worschädl, sei vorsichtig. Mit solchen Typen ist nicht zu spaßen.

„Langsam aussteigen, Hände an den Wagen, Beine auseinander! Hopp, hopp!"

He, verdammt, wir sind vom selben Stamm! Du und ich, wir sind das Gesetz! Genauso wie ihr bin ich einer von den Guten!

„Ist schon in Ordnung. Aber darf ich Ihnen meinen Ausweis zeigen?"

Null Reaktion. Nur ein Wink mit der MP.

Worschädl kletterte aus dem Wagen, ließ sich widerspruchslos gegen die Karosserie drücken, nach nicht vorhandenen Waffen oder Drogen absuchen, und verband damit die Hoffnung, dass der Zirkus schnell vorbei war.

„Langsam umdrehen."

„Selbstverständlich. Ist ja alles in Ordnung."

„Finden Sie?" Der diensteifrige Polizist, dem der Ehrgeiz aus allen Poren spritzte, zeigte auf seinen Kollegen, der sich in gebückter Haltung am Unterboden von Worschädls Wagen zu schaffen machte und einen Metallbehälter hervorholte, der offenbar mittels Magnet befestigt worden war.

„Verfluchter Mist", schimpfte Worschädl. „Das muss mir jemand untergejubelt haben. Ich seh das zum ersten Mal."

„Das sagen sie alle." Der Kollege klappte den Behälter auf. Er enthielt mehrere kleine Plastiktüten mit einer geringen Menge feiner, durchscheinender Kristalle. Crystal Meth.

„Woher haben Sie das?", fragte der Polizist.

„Keine Ahnung. Ich habe dieses Zeug noch nie gesehen! Da hat mich jemand für seine üblen Zwecke eingespannt! Bitte sehen Sie sich endlich meinen Ausweis an!"

Sein Gegenüber griff in Worschädls Tasche, fischte nach seinem Ausweis und warf einen abschätzigen Blick darauf.

„Chefinspektor Robert Worschädl aus Linz. Sie wären nicht der erste Kollege, der sich von uns seinen privaten Vorrat rüberholt."

„Entschuldigung, aber es reicht! Ich will sofort Ihren Vorgesetzten sprechen!"

Grantige Äußerungen erschienen dem Kollegen offenbar nicht angebracht. Er wollte auch nicht diskutieren. Stattdessen drehte er Worschädl ohne Vorwarnung die Arme hart nach hinten, dann war das Klicken von Handschellen zu vernehmen, und gleich danach wurde Worschädl sehr ruppig auf den Rücksitz eines Einsatzwagens verfrachtet. Schließlich telefonierte der zweite Beamte mit seiner Zentrale und gab Worschädls Daten durch.

Man kann es dem Chefinspektor nicht verdenken, dass sich sein Wohlbefinden in den letzten Minuten

27

Schweitzer fuhr, als wären Pest und Teufel hinter ihm her. Aber Schinagl, die am Beifahrersitz um ihr Leben bangte, vermutete, dass der Antrieb für diese Höllenfahrt von innen kam. In Schweitzer wütete ein unbändiger und wilder Zorn.

Schinagl fühlte sich bestätigt, als Schweitzer wie verrückt die Hupe drückte. Oft und oft, weil sich der Fahrer vor ihm an die Geschwindigkeitsbegrenzung hielt. „Verfluchter Idiotentrottel!"

Er schrie den Fahrer an, meinte aber Worschädl. Dessen war sich Schinagl sicher. Wie gut, dass sie bis jetzt jedes unbedachte Wort vermieden hatte. Sie hob ihr brummendes Handy ab.

„Hallo, Karoline!"

„Sabine, ich wollte Bertl erreichen. Aber unter seiner Nummer hat sich jemand in einer Fremdsprache gemeldet. Hast du eine Ahnung, wo er stecken könnte?"

„Wahrscheinlich in einer längeren Besprechung mit tschechischen Kollegen", antwortete Schinagl nach kurzem Zögern. Im Sinne eines auch in Zukunft gedeihlichen Ehelebens der Worschädls drückte sie sich ganz bewusst sehr vage aus.

„Aber warum hebt er nicht selber ab? Muss ich mir Sorgen machen?"

„Nein, musst du nicht. Bertl geht's gut."

„Aber nicht mehr lange", knurrte Schweitzer und überholte einen Zwölftonner aus Budweis in einer Kurve, die an Unübersichtlichkeit nicht zu überbieten war.

„Chef, bitte nicht ganz so wahnsinnig", krächzte Schinagl.

„Nur keine Panik, Schinagl. Alles im grünen Bereich!" Schweitzer legte noch einen Zahn zu.

„Sabine, ist Stefan Schweitzer bei dir? Wo fahrt ihr hin?"

Karoline fragte in ihrer Aufregung so laut, dass es auch Schweitzer mitbekam.

„Zu deinem Mann!" Sein Ärger war nicht zu überhören. „Der Vollkoffer sitzt wieder einmal bis über den Hals in der Scheiße!"

„Ich hab's gewusst. Ich hab's gespürt. Wo ist er denn?"

„Auf einer Polizeistation in Tschechien."

„Was macht er dort?"

„Mir auf die Nerven gehen. Zuerst besucht er ohne Verstärkung einen Asia-Markt und wird beinahe umgebracht, und dann wird er an der Grenze auch noch wegen des Schmuggels von wirklich harten Drogen festgenommen."

„Stefan, das ist total absurd! So was macht doch der Bertl nicht."

„Entschuldige, bei deinem Mann ist alles möglich. Aber keine Angst, irgendwie hole ich ihn da schon raus!"

Damit war für Schweitzer das Gespräch beendet. Schinagl versicherte Karoline noch, dass für ihren Mann auch ein österreichischer Grenzpolizist namens Priglinger in die Bresche springen würde, legte auf und kam wieder einmal zum Schluss, dass Schweitzer ein echter Kommunikationsberserker war. Hatte seinen Film laufen, fühlte sich vollkommen im Recht, ratterte mit der Wucht einer Dampfwalze los und bretterte alles nieder. Ohne jegliches Gespür für das Empfinden anderer.

Mit dieser Einschätzung traf Schinagl den Nagel auf den Kopf. Schweitzer war ausschließlich auf seinen Lieblingsfeind konzentriert. Und den würde er schon in Kürze niederbetonieren können.

Er blendete allerdings aus, dass beim tschechischen Grenzschutz ganz andere Gepflogenheiten als im Linzer Polizeikommando herrschten. Zudem bedachte er in keiner Weise, dass hier an der Grenze die Einbeziehung eines lang gedienten Kollegen wie Manfred Priglinger eine soeben noch vertrackte Lage gravierend entschärfen konnte.

Zum Beispiel, weil es von Priglingers Hof bis zur Grenze gerade einmal ein Hupfer war. Oder, weil die Beamten im Grenzgebiet hervorragende bilaterale Beziehungen unterhielten, indem sie sich in gewissen Abständen zum Kegeln oder Eisstock- beziehungsweise Asphaltstockschießen samt anschließendem Umtrunk trafen.

Zwischen der einen und der anderen Seite des in Schengen-Zeiten nur imaginären Grenzbalkens wurde eine – mitunter auch alkoholgeschwängerte – schnelle Kommunikation gepflegt. Und ein beliebter Kollege wie der Priglinger drang dann eben nicht nur in der Uniform, sondern auch im Stallgewand problemlos zum tschechischen Dienststellenleiter vor und konnte ihm Worschädls absolute Glaubwürdigkeit garantieren: schräger Vogel ja, Drogenschmuggler nie und nimmer.

Insofern konnte Schweitzer auch nicht ahnen, dass der hiesige Dienststellenleiter sofort eine spontane Besprechung einberief. Sie begann mit einer Zurechtweisung des österreichischen Kollegen wegen seiner nicht ganz offiziellen Ermittlungen. Im selben Atemzug wurde dieses Vergehen im Sinne einer positiven länderübergreifenden Zusammenarbeit mit einem Augenzwinkern vom Tisch gewischt.

Nun war Platz für Worschädls Schilderung der Ereignisse am Asia-Markt in Vyšší Brod. Die Episode mit dem über den Kopf gestülpten Sack löste ein allgemeines Raunen aus: Man hätte Worschädl auch mit aufgeschlitzter Kehle und herausquellenden Augen auffinden können.

Der Aufmerksamkeitsgrad der kleinen Runde stieg gravierend, als Worschädl berichtete, dass der unbekannte Vietnamese einen Tschechen und auch Cheng Zhang erwähnte. Diesen beiden Figuren haftete etwas Mystisches an, weil sie angeblich existierten, bisher aber weder aufgespürt und schon gar nicht verhaftet werden konnten. Und nun lieferte ihnen ausgerechnet ein oberösterreichischer Kollege eine neue Spur.

Der depressive Schleier, der sich über die sonst so tüchtige, in letzter Zeit jedoch erfolgsentwöhnte Dienststelle gelegt hatte, war mit einem Mal verflogen. Den gesamten Mitarbeiterstab erfasste ein Frohlocken, eine schon ewig nicht mehr gekannte Aufbruchsstimmung. Dieser atmosphärische Wandel sorgte sogar dafür, dass der Dienstellenleiter, ein sogenannter Süßer, seine Sekretärin endlich wieder einmal zum nächsten Bäcker um tschechische Buchteln schickte.

Die Laune der tschechischen Grenzschützer unterschied sich also wesentlich von jener des österreichischen stellvertretenden Bezirkskommandanten Schweitzer, der nur wenig später vor dem tschechischen Amtsgebäude aus seinem Wagen sprang, im Stechschritt das Gebäude enterte, sich vom Journaldienst zum Besprechungsraum im zweiten Stock verweisen ließ und auf dem Weg dorthin – mit Schinagl im Schlepptau – jeweils zwei Stufen auf einmal nahm.

Innehalten vor dem Besprechungsraum.

Scharfer Blick zu Schinagl.

„Nur damit Sie sich nicht wundern: Zuerst wird er von mir selbstverständlich maximal geschützt. Sobald wir im Auto sitzen, gibt er seinen Ausweis ab und wird dem Erdboden gleichgemacht. Daran führt kein Weg vorbei."

Ihr Chef, befand Schinagl, wirkte erschreckend entschlossen. Wie ein Mann mit einem klaren Ziel und dem absoluten Willen, dieses auch durchzusetzen.

Wie zackig er sich seinen Kragen richtete.

Wie bestimmt und forsch er seine Fingerknöchel gegen das Türblatt schlug.

Wie konzentriert er der kommenden Dinge harrte.

Doch da kam nichts. Nichts und niemand.

Worauf Schweitzer sich räusperte, nach der Klinke griff, die Tür öffnete und mit Schinagl auf eine Szene blickte, die sich beide so keinesfalls erwartet hätten. Und die Schinagl wahrscheinlich problemloser verkraftete als ihr sichtlich verwirrter Chef.

Der sich nicht von der Stelle rührte.

Der im ersten Moment nicht in der Lage war, auch nur einen Fuß in den Besprechungsraum zu setzen.

Nicht wegen der Blicke der drei männlichen und zwei weiblichen Grenzschützer, welche die Neuankömmlinge nicht sonderlich beachteten. Auch nicht wegen des würzigen Kaffeeduftes, der über der entspannt wirkenden Runde lag. Viel eher wegen Worschädl, der statt der erwarteten Handschellen einen schicken, blauen Schal trug, locker und gelassen inmitten der tschechischen Kollegen saß und gerade beherzt in eine böhmische Buchtel biss.

Das konnte so einfach nicht sein. Schweitzer war doch von Worschädls Festnahme verständigt worden. Wegen unerlaubten Ermittelns und verbotenen Drogenschmuggels. Und jetzt hob der Dienststellenleiter, welch ein Affront, auch noch zu einer Lobeshymne an.

„Sie müssen Oberstleutnant Schweitzer sein. Herzlich willkommen. Ich erzähle Ihnen nichts Neues, aber Ihr Worschädl ist ein guter Mann. Könnte die Vorschriften genauer nehmen, liefert aber exzellente Ergebnisse.“

Durchaus begreiflich, dass Schweitzer mit einem heftigen Husten reagierte. Sein Hals war plötzlich belegt. Da wären deftige Flüche für Worschädl parat gelegen. Die musste er nun loswerden, hinunterschlucken und durch Aussagen mit ganz anderen Inhalten ersetzen.

Schinagl konnte kaum glauben, dass ihr brummbäriger Kollege der angekündigten Kopfwäsche zu entgehen schien. Zugleich litt sie ein wenig mit Schweitzer, der sichtlich nach Worten rang und schließlich mit heiserer Stimme bestätigte, dass Worschädl tatsächlich unersetzlich war, aber zu Vorschriften und Regeln seit jeher ein großzügiges Verhältnis pflegte.

„Worüber wir hinwegsehen, wenn er uns weiterhin Hinweise auf wesentliche Drahtzieher des organisierten Drogenhandels liefert", meinte der Dienststellenleiter und bat Schweitzer und Schinagl mit einer ausladenden Handbewegung an den Besprechungstisch.

„Ich darf vorstellen", ergriff jetzt Worschädl das Wort, „mein Chef Stefan Schweitzer und meine Kollegin Sabine Schinagl."

Die vorher schon überschwängliche Stimmung übertrug sich direkt auf die Heftigkeit des Händeschüttelns. Schinagl wäre nicht verwundert gewesen, hätte ihr die tschechische Kollegin in ihrer Herzlichkeit die rechte Schulter ausgekegelt. Auch Schweitzer schüttelte und schüttelte und lieferte dabei sein gesamtes Repertoire an Höflichkeitsfloskeln ab.

Als ihm endlich Kaffee serviert wurde, hatte er sich so weit gefasst, dass er mit ironischen Bemerkungen und privaten familiären Verbindungen ins Südböhmische zu punkten wusste. Als Antwort darauf wurde von tschechischer Seite mehrfach der Wunsch nach einer zukünftig verstärkten Zusammenarbeit an ihn herangetragen. Ein überaus erfreulicher Erfolg, der nach

Schweitzers Ansicht vor allem seiner global und international gefärbten Rhetorik zu verdanken war.

„Wenn es für Sie passt, deponieren wir dieses Ersuchen ganz offiziell beim österreichischen Innenministerium. Natürlich unter ausdrücklicher Betonung Ihrer hochqualitativen Vorarbeit", meinte der Dienststellenleiter.

„Sehr gerne", gab Schweitzer zurück und konnte sein inneres Aufjubeln nur mit Mühe unterdrücken. Gedanklich riss er beide Arme hoch, weil er sich mit dieser glücklichen Entwicklung im Kampf um den Posten des Bezirkskommandanten bereits unangefochten an erster Stelle sah.

„Ich darf Sie aber bitten, unbedingt auch Frau Schinagl und Herrn Worschädl zu erwähnen."

„Selbstverständlich."

„Unter meiner Führung gelingen den beiden ja wirklich immer wieder erstaunliche Ergebnisse", rief Schweitzer, von sich selbst begeistert, in die Runde, griff nach einer böhmischen Buchtel, schwenkte sie hin und her und scherzte, dass man an einem derart erfreulichen Tag schon einmal eine Sünde begehen könnte. Und dann biss er herzhaft zu.

Wobei sich Herzhaftigkeit und die Konsistenz von Buchteln nicht immer optimal vertragen. Weil sich ja jeder Mensch, der in eine Buchtel beißt, auf die ihr innewohnende Füllung freut. In diesem Fall auf dunkelblaues Powidl. Falls der Zubiss allerdings mit übertriebener Energie erfolgt, kommt es vor, dass die Füllung wegen des zu hohen Drucks nicht in der Buchtel bleiben will, sondern sich an unvermuteter Stelle einen Weg nach außen sucht.

Bei Schweitzer ging der Schuss nach schräg unten los. Somit landeten rund 80 Prozent des in der Buchtel enthaltenen Powidls nicht auf Gaumen oder Zunge, sondern auf der hellgrauen Baumwolle seines erst vor zwei Tagen gekauften Hemdes. In Bauchhöhe. Sehr prominent.

Unglück im Glück, dachte sich Worschädl, den Schweitzers Lob nicht sonderlich beeindruckt hatte und der seine Buchtel in Ruhe und ohne größeres Malheur verzehrte.

Schinagls Zugriff auf eine Buchtel wurde hingegen von ihrem Handy unterbrochen. Adele beziehungsweise Kerstin. *Set Fire to the Rain.* Oder, präziser, what about Kerstin.

„Hallo, mein Schatz."

„Hi, Mama. Du, ich hab mir gedacht, dass ich noch eine weitere Nacht bei Papa bleibe."

„Moment. Das war nicht ausgemacht."

„Das hat sich eben so ergeben. Papas Freundin ist supercool. Und Papa sowieso. Kann sogar sein, dass ich noch länger bleibe."

„Nein, Kerstin, das kann unmöglich sein."

„Aber wieso? Wir haben sogar überlegt, ob ich nicht ganz bei ihm und Simone wohnen soll. Für immer, Mama."

Manchmal sind Kinder gnadenlos. Da sitzt man bei Kaffee und Buchteln an der tschechischen Grenze, beobachtet seinen Chef, der mit einer Papierserviette vergeblich einen dicken Fleck entfernen will, und die plappern heraus, was ihnen gerade durch den Kopf geht, was sie umtreibt, und brechen dir damit das Herz.

Schinagl spürte, dass Schweitzer sie von der Seite ansah. Gleichzeitig bemerkte sie Worschädls besorgten Blick. Für ein paar Sekunden brachte sie kein Wort heraus. Die Vorstellung, dass Kerstin ihre Sachen packen und zu ihrem Vater übersiedeln könnte, raubte ihr den Verstand.

Sie stand auf und ging auf den Gang hinaus.

Das half ihr, sich zu fokussieren.

Nicht ihre Tochter war der Arsch, sondern ihr Ex. Und dem musste sie offenbar erneut seine Grenzen aufzeigen.

„Kerstin, ich sag dir, was du machst. In einer Stunde packst du deine Sachen ..."

„Nein, Mama, auf keinen Fall."

„Und hältst dich bereit."

„He, ich hab gesagt, ich bleibe noch eine Nacht."

„Und sobald ich da bin, kommst du runter und fährst mit mir nach Hause."

„Das kannst du vergessen!"

„In einer Stunde bin ich da."

Schinagl legte auf, atmete durch und wischte sich über die Augen. Plötzlich stand Worschädl neben ihr.

„Schlechte Nachrichten, Sabine?"

„Kerstin. Und mein Ex, der wieder einmal mein Familienleben torpediert."

„Falls du jemanden brauchst, der ihn ordentlich vermöbelt ..."

„Jetzt brauch ich nur jemanden, der uns hier loseist. Ich muss möglichst rasch zurück."

„Alles klar. Schweitzer kann ja noch bleiben und seine neuen Fans genießen. Und wir zwei, wir knallen uns einfach das Blaulicht aufs Dach."

28

„Was Schönes geträumt?“

Falsche Frage. Wendete die Laune des Bordellbetreibers Harry Kovac jedenfalls nicht ins Positive. Gut so, dachte Worschädl, der Schinagl vor zehn Minuten bei ihrem Wagen abgesetzt und sich dann gleich zum Rendezvous mit dem Bordellbesitzer begeben hatte.

Jetzt lümmelte er im Verhörzimmer auf seinem Stuhl und blätterte demonstrativ in einer Zeitung, während sein Gegenüber mit dunklen Augenringen und zerzausten Haaren nach einer Sitzhaltung suchte, in der sich die Schmerzen in der Steißbeingegend lindern ließen.

„Aber dein Zimmer ist okay? Und hoffentlich auch das Personal?“

Kovacs Kopf zuckte nach vorn. Ganz leicht. Ein Reflex. Der Ansatz eines Stoßes.

In einer anderen Situation hätte es Kovac wissen wollen. Da hätte er seine Stirn gegen die von Worschädl krachen lassen.

Der Chefinspektor deutete das um. Nahm es als etwas Positives. Als Bejahung.

„Sehr schön. Und wo geht es 2040 im Sommer hin?“

Hochschießende Augenbrauen beim Bordellier.

Jetzt will er mich nicht nur vierteilen, sondern hält mich auch noch für verrückt, dachte Worschädl.

„Italien, Kroatien, Griechenland? Alpines Wandern in den Bergen? Oder bevorzugst du den Norden? Norwegen, Lappland? Eine Schlittenhundesafari übers Eis?“

„Wieso 2040?“

Schöne Gegenfrage. Der Idealpass sozusagen. Worschädl ließ sich mit seiner Antwort Zeit.

„He, wieso 2040?“

„Weil du bis dahin unser Gast bist."

Kunstpause. Heftiges Schnauben von Kovac. Er brauchte seine ganze Selbstkontrolle, um dem Chefinspektor die Faust nicht mitten in die Fresse zu knallen.

„Dir haben sie ins Hirn geschissen."

„Ich beherrsche nur das kleine Einmaleins. Man muss ganz einfach die Jahre zusammenzählen, die für Mord, Kindesentführung und Drogenhandel verhängt werden, dann kommt man ganz gut hin. Also, im Sommer 2040, was hast du da im Urlaub vor?"

Achtung! Du sollst dich mit einer Steißverstauchung nicht allzu schnell erheben! Schon gar nicht wegen eines plötzlich aufwallenden Hassempfindens.

Da möchtest du diesem Arsch vor dir eine derartige krachen, dass es ihn in seine Bestandteile zerlegt. Aber noch im Hochwuchten deines Körpers und im Vorschießen deiner Faust fährt dir aus unheiterem Himmel ein heißer Blitz mit 100 Millionen Volt ins Kreuz!

Elegant wirkte die Position, in der Kovac zur Salzsäule erstarrte, eher nicht: unschlüssig, halb aufrecht, verkrümmt. Kein Fall für gute Haltungsnoten.

Worschädl stellte fest, dass er kein Mitleid, sondern Genugtuung empfand. Seine Provokation hatte mehr als die gewünschte Wirkung erzielt. Kovac hing nicht nur mental in den Seilen, sondern stand nun auch physisch auf denkbar schwachen Beinen. Und Worschädl war im Moment der Einzige, der ihm Linderung verschaffen konnte.

„Wie wäre es mit einer Spritze? Wirklich, ich hol dir einen Arzt."

„Ich scheiß auf deine verdammte Spritze."

„Solltest du aber nicht. Eine Infiltrierung könnte dein Kreuz entspannen."

„Du kannst dich selber infiltrieren."

Kovac stöhnte auf. Unter seinen Achseln bildeten sich dunkle, feuchte Flecken. Diese jämmerliche Gestalt durfte man jetzt nicht rasten lassen. Die musste auf Trab gehalten werden.

Nächste Attacke.

Am besten eine Links-rechts-links-rechts-Kombination.

„Ganz, wie du meinst. Wie viel Prozent deines Umsatzes machen eigentlich die Drogen aus?"

„Welche Drogen, verdammt?"

„Wie oft hat Eliska Cerny das Zeug für dich von Tschechien zu uns hereingeschmuggelt?"

„Für mich hat keine Sau was reingeschmuggelt."

„Hat sie einen Fehler gemacht? Selbst zu viel konsumiert? Hat sie Geld abgezweigt? Hat sie dich über den Tisch gezogen?"

„Stopp! Eliska war eine meiner Nutten. Basta! Mit Drogen habe ich nichts zu tun!"

„Und was ist, wenn wir dafür Zeugen haben? Wenn wir das beweisen können?"

„Und wie? In Eliskas Wohnung könnt ihr nichts gefunden haben."

Sprach es aus und erkannte mit dem letzten Buchstaben, dass er sich verplappert hatte. Sich im Nachhinein auf die Zunge zu beißen, machte aber wenig Sinn. Also starrte der Zuhälter auf den Boden, während Worschädl seine nächste, sehr naheliegende Frage formulierte.

„Woher weißt du, dass wir in Eliskas Wohnung waren? Da bist du bereits unser Gast gewesen. Hat dir das jemand zugeflüstert?"

„Von mir erfährst du gar nichts mehr."

„Schade. Eliskas Sohn Jakub ist verschwunden. Ich hatte angenommen, dass du uns etwas dazu sagen kannst."

„Keine Chance.“

„Deine Entscheidung. Nur berichte ich dann dem Staatsanwalt, dass du dich unkooperativ, abweisend und feindselig verhalten hast. Auf dein Strafausmaß wirkt sich das nicht günstig aus. Wird wohl 2050 werden. Ist aber nicht mein Problem.“

Jetzt kippte Kovac in wabberndes Selbstmitleid. Er war in eine Sackgasse geraten. Wusste nicht mehr weiter. Da konnte es schon vorkommen, dass einem die Mundwinkel zitterten und die Nase etwas tropfte.

Worschädl stand auf, ging zur Tür und drehte sich noch einmal um: „Aber wenn du mir doch etwas sagen willst ...“

Kovac hob beschwichtigend die Hände. Ein Zeichen, dass ihr Gespräch nicht zu Ende war.

„Eliska hat sich mit komischen Typen eingelassen.“

„Das brauche ich genauer, Kovac.“

„Tschechische Mafia. Wahnsinnige.“

„Haben die etwas mit der vermutlichen Entführung ihres Sohnes zu tun?“

„Keine Ahnung, was du mit Entführung meinst. Aber sie war in letzter Zeit nervös. Die haben sie unter Druck gesetzt.“

„Was hat sie für die gemacht?“

„Irgendwas mit Drogen. Mehr weiß ich nicht! Verstanden? Mehr weiß ich ganz einfach nicht!“ Die Stimme von Kovac überschlug sich.

„Du kannst mir doch sicher Namen nennen.“

„Die kannte nicht einmal Eliska. Das sind echte Profis. Die schrecken vor nichts zurück.“

„Auch nicht vor Mord?“

„Ein Toter mehr oder weniger ... das ist denen scheißegal.“

Worschädl ging zum Verhörtisch, stellte sich hinter Kovac und legte ihm die Hände auf die Schulter. Fast freundschaftlich, wäre nicht dieser Druck gewesen, der die Schmerzgegend am Steiß sehr unangenehm stimulierte.

„Und du, Kovac, hast mit denen nichts zu tun?“

„Gar nichts.“

„Zwischen dir und denen gibt es auch keinerlei geschäftliche Verbindungen.“

„Genau so ist es.“

„Und wieso glaub ich dir das nicht?“

„Ist deine Angelegenheit. Scheiße! Gib deine Hände weg!“

„Du bist der Rädelsführer, Kovac!“

„Was? Spinnst du?! Aua! Das ist Folter!“

„Du bist der Kopf der ganzen Bande!“

„Dafür zeig ich dich an! Und ich sag dir was, du Arsch!“

Worschädl stützte sich auf die Schultern von Kovac.

„Was denn, Kovac?“

„Aua, Scheiße! Du solltest dich nicht zu weit aus dem Fenster lehnen.“

„Das klingt nach einer Drohung, Kovac.“

„Ich mach dir nur klar, dass sich auch ein scheiß Bulle wie du nicht alles erlauben kann.“

29

Die Häuserzeile, in der Schinagls Ex in ein gemachtes Nest gezogen war, lag in der Nähe des Uni-Campus und unweit eines im Sommer meist überlaufenen Badesees. Die unterschiedliche Gestaltung der kleinen Vorgärten, die sich dicht aneinanderreihten, ließen Schlussfolgerungen auf die Lebensführung der jeweiligen Bewohner zu.

Hier dezente Hortensien, bescheidene Stiefmütterchen, die schlichte Heckenmyrthe und unaufdringlich gelegte Steinornamente, daneben ein strahlendes Kunterbunt an Zierblumen in alten, eingefärbten Lederschuhen, und daran anschließend wuchtige Keramiktöpfe und duftende Kräuter mit mediterranem Flair. Ein paar Schritte weiter protzte – in der Mitte eines ausladenden Zierbrunnens – eine sich gen Himmel reckende, halbnackte griechische Göttin, die einsame Spitzenreiterin in den Kategorien Kitsch und Geschmacklosigkeit.

Genau dort drückte Schinagl auf den messingfarbenen Klingelknopf.

Im besten Fall, dachte sie, öffnet sich die Tür und Kerstin steht fix und fertig angezogen mit gepacktem Rucksack vor mir. Möglichst ohne ihren Vater und hoffentlich ohne seine Neue.

Laut Kerstin eine Simone. Ein Name, der Schinagl bis jetzt ganz gut gefallen hatte, der aber auf einmal mit einem billigen Beigeschmack versehen war.

Es war Simones Haus. Ihr Vorgarten. Ihr Brunnenfehlgriff. Lauter Beutestücke aus einer gewinnbringenden Scheidung nach einer zu lange kinderlosen Ehe. Neue Liebe, neues Begehren. Mit Schinagls Vollkoffer von einem Ex. Ein Mann, mit dem jede Frau eher früher als später auf dem Boden der Tatsachen landen musste. Ein Faulsack und Pascha, der dem Alltag und den Tiefen des ganz normalen Beziehungslebens in keiner Weise gewachsen war. Gut möglich, dass er und seine Simone das Abflachen des Höhenflugs mit so einem Prachtmädchen wie Kerstin übertünchen wollten.

Eine besondere Gemeinheit des menschlichen Lebens ist das verlässliche Eintreten des absolut Unerwünschten. Das, was du keinesfalls willst, ereignet sich viel zu oft. Während das Erhoffte hinter den Kulissen bleibt, betritt sein Gegenstück die Bühne. Heute in Gestalt einer Frau namens Simone, die provokanterweise einen durchaus attraktiven Eindruck machte.

Nicht blond. Nicht übertrieben aufgebrezelt. Haare hochgesteckt. Hellgrauer Jogginganzug. Gemütliches Feierabendoutfit.

„Hi, Sabine. Du willst sicher mit deiner Tochter reden."

„Ich will nicht mit ihr reden, ich hole sie ab. Und ich wüsste nicht, warum wir zwei uns duzen sollten."

„Schade, aber gut, okay. Wie du ... also ... wie Sie meinen. Nur ... wie ich das einschätze, haben Sie bei Kerstin keine Chance. Die hat beschlossen, hierzubleiben, und das ist ihr auch nicht auszureden."

Unschuldiger Augenaufschlag. Als wäre sie auf Sabines Seite und hätte zusammen mit Klaus versucht, Kerstin zum Nachhausefahren zu bewegen. Dabei hatten sie und er nur das Gegenteil im Sinn.

Die wollen sich möglichst ohne Aufwand meine Tochter unter den Nagel reißen, dachte Schinagl.

Einfach ein bisschen mit ihr spielen. Ein bisschen kuscheln. Ein bisschen auf Mama und Papa machen. Ganz ohne die aufwendige und jahrelange Zeit davor.

Ganz ohne das noch völlig unklare Danach. Ganz ohne dieses lästige Erziehungsdrumherum. Und bei Nichtgefallen geht das Paket wieder an den Absender zurück.

Genau die Masche von Kerstins Erzeuger. Wie aufs Stichwort tauchte der auch prompt hinter Simone auf.

„Hallo, Sabine! Du bist hoffentlich nicht sauer, aber Kerstin hat es bei uns sehr genossen. Und wir natürlich auch. Oder, Simone?"

„Total. Wir haben uns gleich super verstanden und super geredet. Wir haben natürlich auch super viel Zeit für sie gehabt."

Wer das Wort „super" derart inflationär verwendet, leidet unter einem Wortschatzdefizit und somit unter mangelnder Intelligenz. Für Schinagl ein willkommener Anlass, um Simone in die ihr angemessenen Schranken zu weisen.

„Ich will nicht unhöflich sein, Klaus, aber die Wortspenden deiner Simone finde ich ziemlich entbehrlich."

„He, Sabine, du sprichst über meine Lebensgefährtin auf keinen Fall in diesem Ton", pudelte sich Klaus auf.

„Ist ja kein Wunder, dass Kerstin nicht mehr zu ihr nach Hause will", sagte Simone. „Außerdem kapier ich nicht, wieso sie so ein Theater macht, nur weil Kerstin einmal bei ihrem Papa übernachten will."

„Richtig", meinte Klaus. „Sabine, du hast deine Tochter tief gekränkt. Sie sitzt stinksauer in ihrem Zimmer. Sie will dich heute nicht mehr sehen."

Na bravo, sie haben ihr schon ein Zimmer eingerichtet, dachte Sabine. Wahrscheinlich mit eigenem Flachbildschirm, WLAN und einem iPhone, um die Grundbedürfnisse einer Pubertierenden prophylaktisch gleich einmal zu befriedigen.

„Aber in diesem Alter ist sowas doch ganz normal", wandte sich Simone kumpelhaft an Sabine. „Da muss man doch nicht gleich hysterisch werden."

„Kerstin ist außerdem alt genug, um selber zu entscheiden, wo sie wohnen will. Das haben wir zu respektieren. Sie bleibt also heute Nacht bei uns, und morgen sehen wir dann weiter", gab Klaus seinen Senf dazu.

Gut, dass Schinagl eine ausreichende Menge an Deeskalierungs-Fortbildungen absolviert hatte. Nur so schaffte sie es, ihrem Ex und seiner Simone nicht an die Kehle zu gehen. Stattdessen kanalisierte sie ihre Emotionen und verpackte sie in eine Ansage, die hoffentlich klar und unmissverständlich rüberkam.

„Ist hier irgendjemand mit der österreichischen Gesetzgebung vertraut? Offenbar nicht. Sonst müsste allen klar sein, wer das Sagen hat. Nämlich jene Person, die mit Kerstins Obsorge betraut ist."

„Meine Güte, Sabine. Komm uns doch nicht mit Formalitäten. Uns geht es wirklich ganz ehrlich ausschließlich um das Kind", sagte Klaus.

„Und dieses Kind hat mit seiner Mutter eine Vereinbarung getroffen. Diese Vereinbarung ist einzuhalten. Danach kann alles wieder neu verhandelt werden. Punkt."

„Entschuldige, aber war die immer so bescheuert?", rutschte es Simone heraus.

„Lass sie ausreden, Simone. Also, Sabine, was soll das heißen?"

„Ganz einfach. Kerstin hat exakt fünf Minuten Zeit, um bei mir im Auto zu sitzen. Sonst muss ich die Polizei verständigen."

„Das darf nicht wahr sein. Sie wird dich dafür hassen, aber dir ist eben nicht zu helfen", stöhnte Klaus künstlich auf.

„Und noch was …“, setzte Simone zu einem Statement an.

„Ihr ‚noch was‘ können Sie sich schenken“, unterbrach Schinagl. „Sie steuern die ganze Zeit nur Unsinn bei und haben im Grunde nichts zu sagen. Ihr Textkontingent ist also aufgebraucht.“

Damit wandte sich Sabine um, ging zu ihrem Auto, ließ sich in den Sitz fallen, schlug die Tür zu, blickte demonstrativ auf die Uhr, zückte deutlich sichtbar ihr Handy und fragte die E-Mails ab. Pro forma. Sowohl kognitiv als auch mental war sie vollkommen vom erneut aufgeflammten Machtkampf zwischen ihr und ihrem Ex besetzt.

Sabine fand es ungerecht, dass sie sich wieder einmal bis zur Erschöpfung auf die Beine stellen musste. Außerdem war jetzt auch noch diese Tussi mit im Spiel. Und natürlich Kerstin, die in Gefahr war, zwischen die Fronten zu geraten.

Schinagl hätte losheulen können, als ihr kleines Mädchen drei Minuten später aus dem Haus kam, durch den kitschgetränkten Vorgarten stapfte, wutentbrannt ins Auto stieg und ihre Mutter keines Blickes würdigte. Zugleich war Schinagl froh, dass sie die Polizeikarte nicht spielen musste. Die Gegenpartei war offenbar zur Vernunft gekommen. Und Kerstin hatte verstanden, dass sie es nicht bis zum Äußersten treiben durfte.

„Danke, Kerstin. Es wird dir nicht leichtgefallen sein, aber für mich ist es wirklich beruhigend und wichtig, dass ich mich auf dich verlassen kann“, sagte Schinagl ohne jeden ironischen Unterton. Kurzer Blick in den Rückspiegel: Kerstin funkelte sie an und vergrub sich in ihrer Jacke.

Kontakt gelungen, dachte Schinagl, spürte eine Welle der Erleichterung, legte den Gang ein und gab Gas.

30

Die Ursprungsfamilie von Karolines letzter Klientin an diesem Tag stammte aus dem tiefsten Pinzgau. Sie hatte Linz als Lebensort gleich nach dem Studium in Wien gewählt. Einerseits der Liebe wegen. Andererseits, weil ihr die Größe der Stadt entgegenkam. Die Bundeshauptstadt war ihr von Anfang an zu groß gewesen. Zu komplex. Linz hingegen mit seinen zwei überschaubaren Hälften nördlich und südlich der Donau, seinem kompakten Zentrum und der unmittelbaren Nähe zum Land kam ihren Wohnvorstellungen nahezu optimal entgegen.

Ihre im Stadtteil Urfahr eröffnete Kinderarzt-Praxis war bald heillos überbucht, die Zeit für die eigene Familie und einige Freunde war knapp bemessen, die Pinzgauer Onkel, Tanten, Cousinen und Cousins rückten in weite Ferne. Bis zu jener Familienfeier vor zwei Wochen, die sie bis ins Mark erschüttert hatte.

„Ich meine, als Kind ist Richard mein Lieblingscousin gewesen."

„Sie fuhren zu dieser Familienfeier und hätten sich den früheren Richard erwartet", sagte Karoline, die mit übereinandergeschlagenen Beinen auf einem der Stühle in ihrer Praxis saß.

„Ja, den Richard, mit dem ich Fußball gespielt und im Heustadl herumgetobt bin. Und dann sitzt er neben mir und zieht über die ach so faulen und notgeilen Ausländer her! Und kein Mensch hat etwas gesagt! Weder meine Mutter noch mein Vater, niemand! Mehr als ein schiefes, peinliches Lächeln war nicht drin."

„Ihr Mann war nicht dabei?"

„Der konnte zum Glück seinen Dienst im Krankenhaus nicht verschieben. Frau Worschädl, ist das nicht unglaublich? Die wissen alle, dass ich mit einem Oberarzt mit schwarzer Hautfarbe verheiratet bin. Und dann darf sich dieses, Verzeihung, Arschloch ausrotzen und kein einziger meiner Verwandten steht mir bei.“

Der brünetten, robust gebauten Frau schossen Tränen in die Augen. Sie nahm die Brille ab und griff nach der Box mit den Taschentüchern, die immer auf Karolines Praxistisch stand.

„Sie hätten sich Unterstützung und Hilfe erhofft?“

„Na klar. Ich meine, das ist doch verrückt. Die sind alle dagesessen, als ob nichts gewesen wäre.“

„Und ihr Cousin ...?“

„Der hat mich am meisten erschüttert. Früher hab ich den so gern gehabt.“

„Aber bei dieser Familienfeier ...“

„... war ich über ihn entsetzt. Überhaupt darüber, dass jemand aus meiner Familie Menschen anderer Herkunft derart diffamieren kann. Ich hab uns das nicht zugetraut.“

„Ein ziemlicher Realitätsschub, oder?“

„Stimmt“, lachte die Klientin verbittert auf. „Willkommen in der Wirklichkeit. Aber was mache ich jetzt damit?“

„Sie könnten sich nach wie vor gerne an Ihren früheren Cousin erinnern.“

„Aber nur an den früheren?“

„Genau. Das Gute und Angenehme darf ruhig im Gedächtnis bleiben.“

„Und mein heutiger erwachsener Cousin?“

„Würden Sie den in Ihre Wohnung lassen?“

„Na ja, ich bin mit ihm verwandt.“

„Aber viel wesentlicher verwandt sind Sie mit Ihrem Mann. Und mit dessen Hautfarbe scheint Ihr Cousin nicht sonderlich klarzukommen.“

„Stimmt. Deshalb wird er seinen Fuß nicht über meine Schwelle setzen. Der bleibt draußen."

„Klingt überzeugend."

„Und ich darf das einfach so sagen, ich darf das einfach so denken."

„Weil Sie erwachsen sind und Ihre eigene Lebenshaltung entwickelt haben."

„Sehe ich genauso. Vielen Dank. Für mich passt das."

Ein schöner Moment.

Ein guter Abschluss.

Eine halbe Stunde später öffnete Karoline das Fenster ihres Beratungsraums. Gerade hatte sie noch letzte Notizen in ihr Klientenprogramm eingetragen, einen Blick auf die Termine des kommenden Tages geworfen und festgestellt, dass sie dringend Frischluft brauchte.

Sie beugte sich über die Fensterbank und genoss den kühlen Wind. Eine Frau mit einer schweren Einkaufstasche in der einen und einem hochgeschossenen Buben an der anderen Hand überquerte die Straße. Dann fuhr einer dieser kleinen, sympathisch kompakten Linienbusse vorbei.

Gegenüber, unter einer der Straßenlaternen, die in diesem Augenblick eingeschaltet wurden, stand ein nicht allzu groß gewachsener Mann und telefonierte. Vielleicht mit seiner Freundin, seiner Frau. Eine Verabredung für heute Abend.

Blickte er zu ihr herüber, während er sich aus dem Lichtkegel der Laterne bewegte? Wahrscheinlich nicht. Wieso sollte er eine müde und überzuckerte Psychotherapeutin bemerken, fragte sich Karoline und schloss das Fenster.

Im angrenzenden Büroraum, in dem sie ihre Verwaltungsarbeiten erledigte, brummte ihr Handy. Aber sie dachte nicht daran, abzuheben und womöglich noch ein Gespräch mit einer Klientin oder einem Klienten zu führen. Nach einem Tag des pausenlosen verbalen und nonverbalen Kommunizierens war erst einmal nichts als Ruhe angesagt.

„Irgendwann, liebe Leute, ist auch bei mir der Ofen aus", murmelte Karoline, griff nach ihrer Tasche, schlüpfte in ihre rote Lederjacke, schloss die Tür ihrer Praxis und trat wenig später auf die Straße.

Sie registrierte, dass der telefonierende Mann verschwunden war, marschierte los und freute sich schon jetzt auf ein nettes Gläschen Wein. Auf dem Balkon über dem Hafen. Mit ihrem Bertl.

31

Die Gegend rund um die Wiener Straße südlich des Bulgariplatzes gehört zu den charakterlosesten der oberösterreichischen Landeshauptstadt. Der Architektur der Häuser fehlt ein verbindender Plan, ein Kern. Wer die lange, vierspurige Straße mit dem Auto oder der Straßenbahn entlangfährt, wird fast zwangsläufig von einem deprimierenden Vorstadtfeeling erfasst.

Weder Fisch noch Fleisch.

Vernachlässigt und unverbindlich.

Die ideale Gegend für ein Puff.

Noch dazu im deprimierenden Licht einer farblosen Abenddämmerung.

Das halbdunkle Grau passte überhaupt nicht zur übermotivierten Stimmung von Jürgen Binder, der im Chefbüro des *AllYouCan* gerade die These widerlegte, dass es sich bei der Gattung Mensch um lernende Wesen handelt. Auf Grund seiner Vergangenheit hätte er es besser wissen müssen. Aber er zeigte ein ähnliches Verhalten wie damals in der Bank.

Dieses Bedürfnis hatte sich wieder zurückgemeldet.

Dieser drängende, starke Sog.

Allgemein als Gier bekannt.

Wonach genau diese Gier strebte, war nicht präzise auszumachen. Vielleicht Geld. Beziehungsweise Frauen. Oder einfach nur Anerkennung. Wahrscheinlich von allem etwas.

Der Chefsessel aus glattem, schwarzem Skai-Leder mit kippbarer Hochlehne hatte Binder angetriggert. Der war ihm zu Kopf gestiegen. Er knotzte darin wie ein echter Superboss. Lehne schräg nach hinten, Füße auf dem Schreibtisch, und im Mund eine von Harrys fetten Zigarren. Davidoff Royal Release Salomones.

Wohlfeile hundertzwei Euro im Onlinehandel. Herrlich, so eine sündteure Granate vor sich hin zu paffen.

Die ging, hatte Binder beschlossen, aufs Haus. Als Wiedergutmachung für die erlittene Kränkung wegen des vollgekotzten Freiluftpools. Genauso wie der exquisite Champagner, den er sich gestern aus Kovacs Kühlschrank geangelt und mit den im Haus anwesenden Damen geleert hatte. Einfach so.

„Weil ihr gute Arbeit macht. Weil dank euch der Kunde bei uns immer noch König ist. Weil euch das *AllYouCan* seinen guten Ruf verdankt."

Ein derart begeistertes Gläserklirren wie nach seiner kurzen Ansprache ihres Bienchens hatte man hier im *AllYouCan* garantiert noch nie gehört. Nicht, dass die Frauen ob seines Lobs vor Rührung in Tränen ausgebrochen wären. Nein. So dünnhäutig waren die nicht gestrickt. Die kippten eher zufrieden ihr Glas, verlangten nach einer nächsten Füllung und tauschten ordinäre Witze aus.

Aber es schien ihnen zu gefallen, dass ihr Bienchen noch am Tag von Harrys Festnahme dessen Büro okkupiert und vorübergehend zu seinem Arbeitsplatz erkoren hatte. Überhaupt wirkten sie seit dem Abgang ihres eigentlichen Chefs sehr ausgelassen und entspannt.

Ja, Kovac, so macht man das, das ist Mitarbeiterinnen-Führung! Eine Prise Wertschätzung, eine Portion Anerkennung, und schon steigen Motivation und Arbeitsfreude. Das wirkt nicht nur bei Huren, sondern wird auch ganz normalen Bankberatern eingeimpft!

An seinem früheren Arbeitsplatz wurde Binder bereits im zweiten Monat auf ein Fortbildungsseminar geschickt: „Effizient kommunizieren". Dort lernten sie, wie man einem Kunden mit größtmöglicher Freundlichkeit den Abschluss eines Bausparvertrages unterjubelt und ihm als Draufgabe auch noch ein Vorsorgeprodukt verkauft.

Verkaufs- und Rhetoriktrainings, Kurse in Neurolinguistischem Programmieren und der bewusste Einsatz von Körpersprache – als Bankangesteller hatte er mehrere solche Veranstaltungen absolviert.

Aber Binder hatte seinem Chef Kovac nicht nur die ausgefeilteren Kommunikationsmethoden voraus. Als mehrjähriger Verwalter von Konto- und Netbankingzugängen verfügte er auch über einschlägige Kenntnisse hinsichtlich des Gebrauchs von Passwörtern: Menschen, das stand fest, griffen am liebsten zum Einfachsten und Naheliegendsten.

Geburtsdatum, zweiter Vorname, Vorname der Ehefrau. Als raffinierte Variante alles auch einmal umgekehrt.

67917061 statt 16071976.

Nitnatsnok statt Konstantin.

Agruplaw statt Walpurga.

Oder *Nacuoylla* statt *AllYouCan.*

Probieren geht über studieren. Ein Versuch konnte nicht schaden. Also fuhr Binder den Computer von Kovac hoch und klopfte seine Passwortvermutung in die Tasten. *Nacuoylla.* Fail. Okay. Kovac war flachgeistiger unterwegs als angenommen.

Cavok. Wieder Fail. Achtung. Üblicherweise hat man nicht mehr als drei Versuche.

Unerfahrene Passwortmenschen hätten jetzt kompliziert gedacht und wären alle nur möglichen Varianten durchgegangen. Aber nach Binders Erfahrung führte der Weg fast immer von der Komplexität zur Reduktion. Und Kovac war die absolute Deppenvariante zuzutrauen.

Yrrah statt Harry.

Volltreffer.

Die übliche Windows-Oberfläche machte sich auf. Mit der obligaten nackten Karibikschönheit vor gleißendem Sonnenuntergang als Hintergrund. Binder klickte auf den E-Mail-Button. Mails über Mails. Von Freiern, die sich nach der Wiederkehr abgewanderter Lieblingsdamen erkundigten, Sonderrabatte aushandeln wollten oder sich nach einem Puffbesuch über die mangelnde Bereitschaft zu bizarren und perversen Sexspielen beschwerten. Außerdem von Frauen aus allen Teilen dieser Welt, die sich um einen Job bewarben.

Fast wäre Binder schon ausgestiegen, als er im Ordner „Gesendet“ auf die kürzeste aller bisherigen Nachrichten stieß. Ging vor etwa zwei Wochen raus, war mit einem Blick zu erfassen. Und machte Binder stutzig: *Garage: Morgen, 17.00.*

Für weitere Gedanken blieb keine Zeit, weil es an der Tür klopfte und dieser Kripobeamte schon vor einem „Herein“ das Büro betrat. Natürlich ohne Entschuldigung.

„Holla, das *AllYouCan* hat einen neuen Chef.“

„Um Himmels willen, auf keinen Fall!“, antwortete Binder hinter dem ausladenden Schreibtisch und schloss hastig das Mailprogramm.

„Und trotzdem sind Sie eifrig am Computer?“, fragte Worschädl und ließ sich auf einem mit rotem Kunstleder ausstaffierten Stuhl nieder.

„Nur wegen der aktuellen Mails. Falls etwas Dringendes zu erledigen wäre.“

„Sie sind also sein Stellvertreter?“

„Nicht offiziell, aber so ungefähr. Irgendwer muss sich ja kümmern.“

„Dann könnten Sie doch auch einen Blick in seinen Kalender werfen.“

„Ich glaube nicht, dass ich das darf.“

„Ich spreche Ihnen hiermit eine offizielle Erlaubnis aus.“

„Na gut, mit polizeilicher Genehmigung ... mal sehen.“

„Für einen ehemaligen Bankangestellten müsste das problemlos zu schaffen sein.“

Worschädl platzierte die Worte beiläufig. Als wäre es nicht von Belang. Eine umso stärkere Wirkung erzielte er damit bei Binder. Gesichtsblässe, Hustenanfall, kurze Atemnot.

Der Kripobeamte musste sich eingehend mit ihm und seiner Vergangenheit beschäftigt und dabei Binders dunkles Bankkapitel aufgeschlagen haben.

Für einen Augenblick fühlte sich Binder bloßgestellt. Wie ein Siegfried, der verdrängt hatte, dass ihm beim Bad im Drachenblut ein Lindenblatt zwischen die Schultern gefallen war, und dessen verwundbare Stelle mit einem Mal für jedermann sichtbar geworden war.

Mit mehrfachem Räuspern versuchte Binder, sich zu sammeln und wieder in die Spur zu kommen. Dabei fasste er den Entschluss, jede Äußerung zu unterlassen, die Verdachtsmomente gegen Kovac auch nur in kleinster Weise schwächen könnte. Vielmehr würde er alles daransetzen, seinen Vorgesetzten in ein möglichst schiefes Licht zu rücken, weil sonst ernsthafte Gefahr bestand, dass er selbst, der so verlässliche Diener käuflicher Frauen, in den Fokus dieses beleibten Spürhundes geriet.

Worschädl erweckte den Eindruck eines netten, vertrauenswürdigen Bernhardiners, verfügte aber über den Jagdinstinkt eines bissigen Terriers. Ein vermeintlich gutmütiger Lebensretter, der dir, sobald du eine Schwäche zeigst, die Zähne in die Gurgel gräbt.

„Ich nehme an, dass es Ihnen um die Tatzeit geht“, erkundigte sich Binder unterwürfig.

„Sie können Gedanken lesen.“

„Man bemüht sich“, betonte Binder, erinnerte sich dabei an den E-Mail-Schriftzug *Garage: Morgen, 17.00* und nahm sich vor, dieser Fährte zunächst unter Ausschluss der Exekutive nachzugehen, davon also keine Silbe zu erwähnen.

„Kovac behauptet, dass er in der Tatnacht ab 19 Uhr bei Valerie gewesen ist“, holte ihn Worschädl in das Gespräch zurück.

„Da checken wir besser die Einträge von Valerie. Unsere Mitarbeiterinnen geben die Dauer ihrer Kundenkontakte ziemlich penibel ein. Okay. Am 10. steht um 19 Uhr ein X.“

„Kovac?“

„Genau. Aber bereits um 21 Uhr 30 haben wir ein K. Und um 22 Uhr 30 gleich noch einmal.“

„K für ...?“

„Kunde.“

„Das heißt, dass Kovac nur bis 21 Uhr 30 bei Valerie gewesen ist?“

„Eher bis 21 Uhr 15. Für gewöhnlich legen die Frauen zwischen dem einen und dem nächsten Kontakt eine kleine Pause ein.“

„Okay. Dann hat uns Ihr Chef also angelogen.“

„Oder er hat etwas verwechselt.“

„Er behauptet, dass er bis nach Mitternacht bei ihr gewesen ist.“

„Das muss ein Missverständnis sein.“

„Dann halten Sie es laut diesen Aufzeichnungen nicht für möglich, dass Kovac zur wahrscheinlichen Tatzeit um 22 Uhr 21 bei Valerie gewesen ist?“

Für den Bruchteil einer Sekunde zuckten Binders Mundwinkel nach oben. Diese Andeutung eines kleinen Lächelns ließ Worschädl unwillkürlich an jenes bösartige Lustgefühl denken, das Brutus durchströmt haben musste, als er seinem Imperator Cäsar den Dolch zwischen die Rippen rammte.

„Wenn Sie mich so direkt fragen ... für Kovac tut es mir unendlich leid, aber nein, zur Tatzeit war er garantiert nicht mehr bei Valerie."

„Danke. Hat Kovac jemals von einem Drogendealer geredet, den man den Tschechen nennt?"

Nicht nur geredet, dachte Binder. Der Tscheche hat nach seinen fallweisen Gesprächen mit dem Chef auf Hauskosten unsere Frauen konsumiert und vor wenigen Tagen höchstpersönlich unseren Pool versaut. „Nein, der ist mir völlig unbekannt."

„Okay. Und der Asia-Markt in Vyšší Brod ...?"

„Sie meinen diesen großen Klimbimladen ...?"

„Genau. Wurde der von Frau Cerny oder Kovac erwähnt?"

Erwähnt weniger, aber Eliska ist regelmäßig zum Shoppen hingefahren und manchmal total zugedröhnt wieder hier aufgetaucht, sagte sich Binder. „Nicht, dass ich wüsste, tut mir leid."

„Und ein Asiate namens Cheng Zhang? Ist dieser Name schon einmal gefallen?"

„Cheng Zhang ... nein, nie. Daran sieht man, dass ich hier wirklich nur das allerkleinste Rädchen bin." Binder lächelte, als könne er keiner Fliege etwas zuleide tun.

„Na gut. Dann muss ich Sie noch pro forma fragen, wo Sie zur Tatzeit gewesen sind", setzte Worschädl nach.

„Zu Hause. Ich lebe in einer Wohngemeinschaft."

„Aus finanziellen Gründen?"

„Genau. Wegen meiner Betrugsschulden bei der Bank bin ich aufs Existenzminimum gepfändet. Aber wenn man sich mit drei Leuten Bad und Küche teilt, kommt man ganz gut über die Runden."

„Und Ihre Mitbewohner können Ihre Aussage bestätigen?"

„Zwei von ihnen haben an diesem Abend bis spät in die Nacht gegen mich beim Kartenspielen verloren."

Worschädl nahm an, dass Binder in dieser Hinsicht die Wahrheit sagte. Dennoch forderte er ihn auf, ihm die Namen und Telefonnummern seiner Zeugen aufzuschreiben und kündigte an, sie ehestens zu kontaktieren.

Der Chefinspektor fand es bemerkenswert, dass sich Binder im Büro seines Chefs offenbar wie ein Fisch im Wasser fühlte. Als würde er schon immer in die oberste Puff-Etage gehören und die Fäden in der Hand haben.

Es schien ihm zu gefallen, dass er jetzt ungenierter schalten und walten konnte und die Aufmerksamkeit der Prostituierten nicht mit einem grobschlächtigen Mannsbild wie Kovac teilen musste.

Hätte der Chefinspektor sein Radar noch intensiver auf Binder ausgerichtet, wäre ihm in dessen Blick ein Anflug von Verschlagenheit aufgefallen. Verschlagenheit gepaart mit Gier.

Ein Rückfall in alte, schlechte Zeiten.

Woraus Worschädl vielleicht geschlossen hätte, dass der Kerl etwas im Schilde führte.

Damit hätte er hundertprozentig Recht gehabt.

Aber Robert Worschädl war mit etwas weitaus Wichtigerem beschäftigt.

Binders Gesichtsausdruck erinnerte ihn plötzlich an sein letztes Verhör mit Kovac. Am Ende hatte der Bordellbesitzer eine eindeutige Drohung ausgesprochen. Worschädl hatte sie nicht weiter beachtet und weggesteckt. Aber plötzlich war es ihm ein dringendes Bedürfnis, Karoline anzurufen.

Ich muss sie sofort bitten, dachte er, von ihrer Praxis auf keinen Fall zu Fuß nach Hause zu gehen. Sie muss auf mich warten oder sich ein Taxi nehmen und bis vor die Haustüre bringen lassen. Wo ich sie dann erwarten werde.

Er wählte ihre Nummer.

Aber Karoline ging nicht ran.

Sie hatte ihr Handy ausgeschaltet.

Saß vermutlich noch in einer Therapie.

Hoffentlich.

Worschädl beschloss, seine Frau abzuholen. Jetzt. Sofort.

Binder fand es eigenartig, dass der Kripobeamte einfach aufstand, sich mit einem Brummen verabschiedete und davonmachte. Höflich war das nicht gerade.

Aber egal. So konnte Binder ungehindert die oberste Lade von Kovacs Schreibtisch öffnen. Und nach dem Schlüssel greifen, auf dessen Plastikanhänger ein großes G stand. G wie Garage.

32

Als überzeugte Öffi-Nutzerin schlug Karoline zuerst den Weg zur Bushaltestelle ein, doch nach wenigen Schritten meldete ihr Körper den Bedarf nach einem längeren Spaziergang an. Sehnen und Muskeln hatten einen Tag in konzentrierter Sitzhaltung zugebracht und brauchten Dehnung und Bewegung.

Darüber hinaus konnte auch ihre innere Verfasstheit eine gründliche Durchlüftung vertragen. Sieben Klientinnen und Klienten mit sieben unterschiedlichen Problemlagen und Lebenswirklichkeiten hatten sich heute von ihr begleiten, unterstützen und beraten lassen und sich mit ihren Fragestellungen, die einen mehr, die anderen weniger, in Karolines Denk- und Wahrnehmungsapparat eingenistet.

Rasches Gehen oder Laufen war eines der besten Mittel, um sich von diesen importierten Fremdempfindungen zu befreien. Karoline erhöhte das Tempo, schlug sich durch die engen Straßen und Gassen bis zum Linzer Hauptplatz, überquerte ihn in Richtung Donaulände, ließ wenig später die im Abendverkehr dicht befahrene Donauuferstraße hinter sich, freute sich einmal mehr über die so gelungene architektonische Ästhetik des Kunstmuseums *Lentos* und bog kurz darauf in den Schotterweg entlang der Donau ein.

Eine gute halbe Stunde würde sie brauchen, um von hier bis zu ihrer Wohnung zu gelangen, die ideale Zeitspanne, um wieder zu sich selbst zu kommen. Sie ließ die Linzer Schiffsanlegestelle hinter sich, betrachtete die violetten und grünen Farbflecken der bunten Fassade des *Ars Electronica Centers*, die sich im Wasser spiegelten, atmete die herbstlich kühle Luft in vollen Zügen ein und genoss jeden ihrer Schritte.

Der großzügig angelegte Park zählt zu den grünen Lungen der Stadt. Im Sommer vor allem von jungen Leuten frequentiert, begegneten Karoline um diese Jahres- und Uhrzeit gerade einmal eine Handvoll Jogger, zwei Liebespaare, wenige Radfahrer, vier einzelne Spaziergänger und ein älterer Herr mit Hund.

Mit leichtem Unbehagen stellte sie wieder einmal fest, dass sich, je näher sie dem Hafengelände kam, die Abstände zwischen den am Wegrand installierten Laternen vergrößerten.

Es roch nach Regen, sie hatten schlechtes Wetter angekündigt, und der Himmel musste tatsächlich von dicken Wolken überzogen sein, weil sich weder Mond noch Sterne zeigten. Aber zum Glück spendeten die erhellten Fenster eines nahen Hotels und die fernen, grellen Schriftzüge diverser Reklametafeln etwas Helligkeit.

Eigenartig, dass sich Karoline plötzlich vor dem Geräusch des knirschenden Kieses fürchtete. Obwohl sie es doch selbst erzeugte.

Noch seltsamer, dass sie jetzt zwischen ihren Schritten ein zusätzliches Knirschen hörte.

Scheinbar von jemand anderem.

Der Schreck fuhr Karoline wie ein Stromschlag durch die Glieder.

Nein. Sie war hier nicht allein.

Da war jemand in ihrer Nähe.

Komm schon, sei nicht feig, dreh dich um, sagte sie sich im Vorwärtsschreiten, fasste all ihren Mut zusammen und wirbelte plötzlich herum.

Niedrige Sträucher, dahinter Bäume, am linken Wegrand die Konturen einer Bank, und, sich in der Dunkelheit verflüchtigend, das dunkelgraue Band des Weges.

Keine Bewegung, kein Anzeichen eines Nachtschwärmers oder gar eines Verfolgers.

Karoline spürte, wie sich in ihrem Brustkorb ein Knoten löste. Wie sie mit einem Mal wieder freier atmen konnte. Sie hatte sich getäuscht. Ihre Emotionen hatten ihr einen Streich gespielt.

Die Psychotherapeutin mahnte sich zur Vernunft.

Denk dich rauf in die Vogelperspektive. Mit einem Blick von oben lässt sich vieles relativieren. Eine Frau in einem Park, der garantiert zu den sichersten in Österreich und ganz Europa zählt und in dem höchstens alle paar Jahre ein Verbrechen passiert. Also bitte keine Panik.

Ein paar Minuten noch, dann würde sie wieder auf der Straße sein, da gab es Scheinwerfer, Autofahrer, ausreichend Licht und öffentlichen Verkehr.

Zugleich fiel ihr ein, dass sie die Anrufe auf ihrem Handy checken musste. Sie holte es aus ihrer Tasche, setzte ihren Weg fort und blickte dabei auf die hell schimmernde Oberfläche mit den neun Punkten. Entsperren.

Zwei unbeantwortete Anrufe von Bertl. Und drei Nachrichten. Mist. Vielleicht wollte er mit ihr essen gehen. Zu ihrem Lieblingsitaliener. Oder in das nette orientalische Restaurant unweit von ihrer Wohnung.

Sie hörte seine Nachrichten nicht ab, sondern wählte gleich seine Nummer. Spürte ihre unermessliche Erleichterung, als sie hier, im finsteren Park, seine ihr so wohl bekannte Stimme vernahm.

„Hallo Karo. Ich hab versucht, dich zu erreichen."

Sie wollte ihm erklären, dass sie wegen der heute so intensiven Therapien auf ihr Handy vergessen hatte. Wollte ihm sagen, wo sie war, und dass sie sich schon auf ihn freute. Wollte ihm mitteilen, wie erlösend es war, dass sie jetzt, inmitten dieser beklemmenden Dunkelheit, mit ihm reden konnte.

Aber das schaffte sie nicht mehr.

Dazu war es jetzt zu spät.

Das scharfe Surren kam von links.

Instinktiv riss sie den linken Arm hoch. Spürte einen brutalen Schmerz. Hörte das Krachen, mit dem ihr Unterarmknochen brach.

Sah die dunkle Jacke. Die ins Gesicht gezogene Kapuze. Den hochschwingenden Arm. Den Knüppel.

Er krachte ihr gegen die Schläfe. Jagte ihr einen Stich quer durch den Schädel. Als ob es ihren Kopf in zwei Hälften spalten würde.

Dann traf sie ein nächster Hieb ins Kreuz. Der erschlägt mich, der bringt mich um, schoss es Karoline durch den Kopf.

Schreien. Du musst schreien, hätte ihr Bertl jetzt geraten.

Also brüllte sie los, aus Leibeskräften. Schrie um Hilfe, schrie nach Bertl.

Das Absurde war, dass sie zugleich seine Stimme hörte. Aus dem Handy, das ihr aus der Hand glitt und in den Schotter fiel.

Er klang verzweifelt.

Sie versuchte, oben zu bleiben, sich aufrecht zu halten, nicht zu fallen.

Taumelte drei, vier Schritte, versuchte, ihrem Peiniger zu entkommen.

Doch der hatte seine Lektion noch nicht beendet. Der holte aus zum nächsten, zum letzten Schlag. Von schräg unten gegen den Hinterkopf.

Er sah, wie es sein Opfer von den Beinen riss. Sah das Rudern der Arme, den Körper im freien Fall, das dumpfe Aufschlagen auf dem Boden. Blickte hinunter auf Karoline, schmatzte zufrieden mit den Lippen und beugte sich über sie.

„Sag deinem Polizistenarschloch, dass er Kovac in Ruhe lassen soll. Sonst muss ich dich wieder besuchen."

33

Wenn der stetige, spärliche Strom der Passanten stockt und alle Augen auf einen Punkt gerichtet sind. Wenn die abendliche Aufmerksamkeit einer Straße nur einem Mann gilt, der neben seinem halb auf dem Gehsteig geparkten Auto steht und einen Namen in sein Handy brüllt.

Karo!

Karoline!

Immer und immer wieder.

Ein Verrückter. Ein Irrer. Ein Fall für die Polizei.

Worschädl nahm die Blicke wahr. Die Unsicherheit, den Argwohn. Die Scheu, auf ihn zuzugehen, ihn anzureden, ihm vielleicht sogar Hilfe anzubieten.

Er signalisierte mit einer abwehrenden Geste, dass man ihn in Ruhe lassen sollte. Ihm war gleichgültig, welchen Eindruck er erweckte. Er musste sofort alles tun, um Karo aus diesem Wahnsinn herauszuholen.

Er sprang in den Wagen, knallte das Blaulicht aufs Dach, rief im Losfahren Schweitzer an. Beschrieb ihm die Situation, forderte ihn auf, die Ortung von Karolines Handy zu veranlassen und jeden Streifenpolizisten, der gerade zu Fuß oder in einem Wagen unterwegs war, zu alarmieren. Informierte ihn darüber, dass er dabei war, den Weg abzufahren, den Karoline wahrscheinlich genommen hatte.

Ein knappes, pragmatisches Telefonat.

Schweitzer ohne jedes Zögern. Ohne unsinnige Frage. Ihm war sofort klar, dass höchste Eile vonnöten war.

Worschädl bretterte durch die Altstadt. Jagte den Wagen durch den Abendverkehr auf der Donaulände, erreichte schließlich mit rotierendem Blaulicht und eingeschaltetem Folgetonhorn den Schotterweg entlang des Flusses.

Falls der Täter noch bei Karoline war, sollte er ihn hören und möglichst schnell die Flucht ergreifen.

Vor Worschädl wichen Fußgänger in die angrenzende Wiese aus, ein Radfahrer sprang nervös zur Seite. Der Chefinspektor strengte seine Augen an, prüfte jeden Schatten, jeden Baum, jeden Strauch, aber er suchte vergeblich. Von der Nibelungenbrücke bis zu jener Stelle, an der einst die Eisenbahnbrücke gestanden war, konnte er keine Auffälligkeit entdecken.

Wann war Karoline vom Schotterweg wieder in Richtung Donaulände abgebogen? Welchen der vielen schmalen, quer durch den Park führenden Wege mochte sie genommen haben?

Gerade, als er beschloss, jeden einzelnen Weg abzufahren, meldete ihm Schweitzer über Funk, dass ein Jogger sie schwer verletzt gefunden und sofort den Notarzt verständigt hatte.

„Robert, es wird alles gut. Karoline ist schon auf dem Weg ins Krankenhaus."

Viel zu viele Minuten später parkte Worschädl direkt vor dem Eingang des Städtischen Spitals und hielt dem Portier an der Rezeption seinen Ausweis unter die Nase: „Karoline Worschädl! Na los!"

Der 40-jährige, glatzköpfige Mann tippte den Namen nervös in den Computer ein: „Die blaue Linie am Boden. Der folgen Sie in den Bau C. Vierter Stock, Intensivstation."

Im Laufschritt den Gang entlang. Ewiges Warten auf den Lift. Endlich das Betreten der Intensivstation. Die Stationsschwester, der man den Mann der soeben erstbehandelten Patientin Karoline Worschädl bereits angekündigt hatte. Die ihn zu einem Zimmer mit Glasfenster führte. Dahinter sah der Chefinspektor diese verfluchten Schläuche, Apparate, Monitore und

Sinuskurven! Dieses scheiß Krankenbett! Und darauf, erbärmlich, hilflos, mit Kopfverband und Hämatomen im Gesicht, seine Karoline.

Er stöhnte auf. Er schlug die Faust gegen die Scheibe. Er hätte so gerne alles rückgängig gemacht.

Die Stationsschwester durfte ihn nicht zu ihr lassen. Schädel-Hirn-Trauma. Dazu der gebrochene Arm. Karolines insgesamt kritischer, noch nicht ausreichend abgeklärter Zustand. Die Schwester sah Worschädls Verzweiflung. Spürte, dass er die Glasscheibe am liebsten mit den Fäusten zertrümmert hätte.

Sie legte ihm die Hand auf den Arm.

„Herr Worschädl, ich weiß, es ist schlimm für Sie. Aber Sie können sich darauf verlassen, dass wir alles in unserer Macht Stehende unternehmen, um Ihrer Frau zu helfen."

Meine Güte, wie sehr man doch so eine hilfreiche Stimme brauchen kann. Wie man sich an jedes dieser Worte klammert.

Worschädl versuchte, sich zu beruhigen. Er blieb auch relativ gefasst, als ihm der herbeigeholte Oberarzt erklärte, dass man Frau Worschädl zur Entlastung des Gehirns in künstlichen Tiefschlaf versetzt hatte und dass es hoffentlich zu keinen bleibenden Schäden komme.

Bleibende Schäden.

Der absolute Wahnsinn.

Worschädl hätte Karoline so gern in seine Arme genommen. Aus dem Bett gehoben, hinausgetragen, nach Hause gebracht. In ihre gemeinsame Wohnung. Auf den Balkon mit Blick auf den Hafen. In dem die Schiffe abfuhren und landeten. Ankamen und wieder ablegten.

Der Lauf der Zeit. Ein Ehepaar mit intensiver gemeinsamer Vergangenheit. Und hoffentlich auch mit Zukunft.

Es muss weitergehen, Karoline. Mit dir. Wir haben noch so viel vor uns. Bitte komm wieder zurück.

„Herr Worschädl, Sie können im Moment nichts tun."

„In Ordnung. Ich habe verstanden."

Noch ein Blick auf Karoline. Noch einmal diese Ohnmacht.

Du musst zuversichtlich bleiben, hätte sie jetzt zu ihm gesagt. Auch wenn die Lage noch so aussichtslos und bedenklich ist.

Zuversicht und Hoffnung sind in unseren Berufen unser Auftrag. Dazu sind wir verpflichtet. Wenn alle aufgegeben haben – wir sind die, die an eine positive Entwicklung glauben.

Worschädl machte kehrt. Schleppte sich hinaus. Den Gang entlang. Zum Lift, aus dem ein Mann trat, den Worschädl nicht erwartet hätte.

„Robert, wie geht es Karoline?"

„Beschissen, Stefan. Total beschissen."

„Verdammt. Tut mir unglaublich leid."

„Lässt sich im Moment nicht ändern. Aber danke fürs Kommen."

„Ist selbstverständlich. Was immer ihr braucht, ich bin da. Und eines kann ich dir versprechen: diesen Mistkerl, den kriegen wir."

Diesmal meint es Stefan Schweitzer ernst. Diesmal ist seine Anteilnahme echt.

Seine Hand auf Worschädls Schulter tat gut. Als ob sie noch immer beste Freunde gewesen wären.

„Ja, den kriegen wir ganz bestimmt." Worschädl schob sich an Schweitzer vorbei. In den Lift.

„Robert, wo willst du hin?"

„Ich muss etwas erledigen."

„Mach nichts Unüberlegtes. Bitte."

Keine Reaktion. Der Chefinspektor war gedanklich bereits auf dem Weg nach unten. Endlich schloss sich die Schiebetür.

Schweitzer atmete tief durch. Er versuchte erst gar nicht, seinen besten Ermittler von irgendetwas abzuhalten. Dafür kannte er ihn viel zu gut.

Wenn es um seine Karoline ging, gab es für ihn kein Zurück.

Da setzte der Worschädl seinen Schädel durch.

Koste es, was es wolle.

34

Schinagl saß am Esstisch, nippte an ihrem Kaffee, blätterte in der Morgenzeitung und las ihr Horoskop: *Fisch. Sie sollten Ihre Batterien aufladen und sich Ruhe und Entspannung gönnen. Genießen Sie einen erholsamen Tag im Kreise Ihrer Liebsten.*

Toller Ratschlag. Passte perfekt zu einem ganz normalen Arbeitstag. Der kleinste Liebste namens Tobias war kaum aus dem Bett zu kriegen und signalisierte mit finsteren Blicken, dass ihn seine Mutter keinesfalls in diesen Höllenschlund namens Schule jagen dürfte. Der älteste Liebste, Michael, war vom Tonstudio erst spät in der Nacht heimgekommen und zeigte beim Läuten des Weckers nicht die geringste Reaktion.

Und die mittlere Liebste schlich, bereits fix und fertig angezogen, gerade zur Tür herein, sah an ihrer Mutter vorbei oder durch sie hindurch und legte eine Kapsel in die Kaffeemaschine. Erstaunlicherweise fast geräuschlos. Ein eindeutiger Fortschritt. Gestern nach der Abholaktion hatte sie noch wütend die Türen zugeknallt.

Die im Horoskop empfohlene Entspannung stellte sich insofern nicht ein, als Kerstins demonstrative Nichtblicke und ihr Nichtkontakt eine ambivalente Botschaft transportierten: *Mama, du kannst mich mal, aber bitte sprich mich an. Ich will mit dir nichts zu tun haben, muss jedoch dringend mit dir reden.*

Kerstin steckte in einem Dilemma. Beendete sie ihr Schweigen, würde sie das als Niederlage empfinden. Andererseits war nicht zu übersehen, dass sie etwas klären wollte, das vermutlich mit dem gestrigen Streit zusammenhing.

Du bist die Erwachsene, sagte sich Sabine. Es ist deine Aufgabe, auf Kerstin zuzugehen und für bessere Stimmung zu sorgen.

„Wie lang hast du heute Schule, Kerstin?“

„Wieso interessiert dich das?“ Trotziger Ton. Rächerblick.

„16 Uhr?“

„Richtig geraten.“ Gnädiges Lächeln. Von oben herab.

„Da hab ich ja Glück gehabt. Ich seh zu, dass es am Abend etwas zu essen gibt.“

„Muss aber nicht sein, Mama.“

„Mach ich gerne. Außer, es passt nicht in deinen Plan.“

Kurzes Zögern bei Kerstin. „Na ja, nicht so direkt. Papa ...“

„Was ist mit Papa?“

„Er hat mich wieder eingeladen.“

„Ihr habt schon in aller Früh telefoniert?“

„Ja, er hat mich angerufen.“

So macht er das also, dachte Sabine. Unterwandert mich, indem er Kerstin nach und nach auf seine Seite zieht. Wenn ich nicht auf der Hut bin, nimmt mir dieser miese Fiesling meine Tochter weg.

Zugleich fiel ihr Karoline ein, die ihr vor nicht allzu langer Zeit einen Ratschlag gegeben hatte: „Achtung, Sabine! Wenn man Pubertierende zu sehr in eine Richtung drängt, wird ihr Widerstandsgeist geweckt. Und dann bleibt ihnen sehr oft nichts anderes übrig als das genaue Gegenteil.“

Also jetzt nur keinen Fehler machen. Nicht in die gewohnten Muster fallen.

„Was hast du deinem Vater geantwortet?“

„Dass du mir das bestimmt nicht erlauben wirst.“

„Interessant. Und warum sollte ich dir das nicht erlauben?“

„Na ja, wegen gestern."

„Wegen gestern? Aber du hast unsere Vereinbarung doch letzten Endes eingehalten. Zwar sehr unfreundlich, aber immerhin."

Kerstin schien sich mit einem Mal wie beim Auspacken eines unerwarteten Weihnachtsgeschenks zu fühlen. Trotz der positiven Überraschung bemühte sie sich um eine coole Antwort.

„Mama, wo du Recht hast, hast du Recht."

„Und alles Weitere muss zwischen uns neu verhandelt werden."

„Okay. Wenn das so ist, dann frage ich dich ganz offiziell, ob ich heute bei Papa übernachten darf?"

„Einverstanden, kein Problem."

Kerstin atmete durch. Mit diesem Ergebnis hatte sie auf keinen Fall gerechnet.

„Und wenn sich Papa wünscht, dass ich drei Nächte bei ihm bleibe?"

Er lässt nicht locker, erweitert das Feld, will nicht nur den kleinen Finger, sondern gleich die ganze Hand. Aber da darf ich Kerstin nicht hineinziehen, das ist ein Konflikt zwischen uns Erwachsenen, sagte sich Sabine.

„Willst du das auch?"

„Klar, unbedingt."

„Na gut. Drei Nächte. Aber nur, wenn es am Ende nicht wieder Diskussionen gibt."

„Versprochen, Mama."

„Fein. Dann ist ja alles klar."

Nach dieser gut verlaufenen Diskussion wäre für Sabine so etwas wie eine Umarmung angebracht gewesen. Oder wenigstens ein flüchtiger Kuss. War aber zu viel verlangt. Es musste reichen, dass ihr Kerstin wieder offen in die Augen sah.

„Ich pack schnell mein Zeug zusammen", hatte es das Mädchen plötzlich eilig und ging zur Tür.

„Gute Idee. Vergiss nichts und pass auf dich auf."

„Mach ich, Mama."

Und raus aus dem Zimmer. Vom nächsten Wirbelwind erfasst. Fortgeweht. Hoffentlich vergaß ihr Mädchen nicht, wo ihr wirkliches Zuhause war.

Gut, dass Sabines Handy sie aus ihren Gedanken holte. Eine unbekannte Nummer.

„Schinagl."

„Hallo. Hier Marlies Fischer. Die Assistentin von Florian Wiesbauer."

„Freut mich. Ist Ihnen noch etwas eingefallen?"

„Nein. Ich mache mir nur große Sorgen."

„Wieso denn? Was ist passiert?"

„Keine Ahnung. Aber heute Früh ... Florian war völlig neben der Spur. Hat total verrückt herumgebrüllt. Ist mit dem Rollstuhl wie ein Irrer gegen alles Mögliche gekracht. Und mich ... mich hat er aufs Wüsteste beschimpft."

„Ganz ruhig, Marlies. Ist Florian in Ihrer Nähe?"

„Nein. Er ist abgedampft."

„Wie? Mit dem Rollstuhl?"

„Und dem Auto. Ich hab versucht, ihn aufzuhalten, aber er ließ nicht mit sich reden."

„Mist."

„Ich will nicht, dass er sich etwas antut."

„Natürlich nicht. Geben Sie mir seine Autonummer."

„UU 325 WI".

„Danke. Ich verständige die Kollegen in Ihrer Umgebung. Die werden nach ihm Ausschau halten."

„Okay."

„Und ich mach mich sofort auf den Weg, Marlies. Ich bin so schnell es geht bei Ihnen."

„Super, danke."

Schinagl legte auf und tippte die Kurzwahl von Worschädl ein. Er meldete sich schon nach dem ersten Tuten.

„Guten Morgen, Sabine." Schinagl fand, dass ihr Kollege ziemlich müde klang. Vielleicht hatte er schlecht geschlafen.

„Hallo Robert. Hast du Lust, mit mir den Saurüssel zu überwinden?"

„Mit dir immer. Jetzt sofort?"

„Ich muss nur noch Tobi in die Schule bringen."

„Passt perfekt. Holst du mich ab? Ich warte vor dem Haupteingang der Justizanstalt."

„Was machst du um halb acht Uhr früh in der Justizanstalt?"

„Das ist eine längere Geschichte. Die erzähle ich dir im Auto."

35

„Bezirkskommandant Oberstleutnant Schweitzer, guten Morgen."

„Eipeldauer. Wäre es ein guter Morgen, hätte ich nicht angerufen."

„Ah, der Leiter unserer wichtigsten Verwahrungsanstalt höchstpersönlich. Herr Dr. Eipeldauer, was verschafft mir das nicht ganz ungetrübte Vergnügen?"

„Der missliche Umstand, dass am Hals eines meiner Häftlinge Würgespuren festzustellen sind."

„Nicht sehr erfreulich, aber was hat das mit mir zu tun?"

„Eine ganze Menge. Die Würgespuren hat ihm einer Ihrer Mitarbeiter zugefügt."

Schweitzer hegte an diesem regnerischen Herbstmorgen nicht den geringsten Zweifel daran, dass der Leiter der städtischen Justizanstalt die Wahrheit sagte. Außerdem war nicht schwer zu erraten, um welchen seiner Mitarbeiter es sich handelte.

Sagenhaft, mit welchen Zumutungen man sich herumzuschlagen hatte. Um exakt 5 Uhr 12 war er trotz des miesen Wetters bestens gelaunt aufgewacht, hatte unter der Dusche ein fröhliches Lied geträllert, ausgewogen gefrühstückt und zwanzig Autominuten später in seinem neuen hellgrauen Anzug hochmotiviert hinter seinem Schreibtisch Platz genommen. Und jetzt ließ bereits der erste Anruf sein inneres Barometer nach unten rasseln und versetzte ihn in die draußen herrschende Tiefdruckstimmung.

Andererseits hatte er mit dieser oder einer ähnlichen Überraschung gerechnet. Worschädl befand sich seit gestern im Ausnahmezustand, und Schweitzer hatte versprochen, ihm auf alle Fälle beizustehen. Jetzt war Gelegenheit dazu.

„Welcher meiner Mitarbeiter soll das angeblich gewesen sein?"

„Na wer schon? Ihr Dauerrenitenzler. Kennt keine Regeln, keine Grenzen, tut, was er will. Worschädl, wer sonst?"

„Robert? Nein, unmöglich. So etwas macht der nicht."

„Wir haben es auf Video."

„Ach so? Und was sieht man da genau?"

„Er hat sich den Kovac heute früh zur Vernehmung in einen der Besucherräume bringen lassen. Kaum war er mit ihm allein, ist er ihm schon an die Gurgel."

Meine Güte. Warum war Worschädl nur immer derart ungestüm? Warum hatte er sich immer wieder so ganz und gar nicht im Griff? Warum brachte er seinen Chef schon wieder in Erklärungsnot und sich selbst womöglich in ernsthafte Schwierigkeiten?

„Falls es wirklich so gewesen ist, wurde er von Kovac provoziert", behauptete Schweitzer.

„Nein, jedenfalls nicht im Besucherraum."

„Aber dafür gestern Nacht. Seine Frau wurde von einem Unbekannten attackiert und schwer verletzt."

„Worschädls Frau? Um Himmels willen! Kovac kann es nicht gewesen sein. Der saß brav in seiner Zelle."

„Hat aber vielleicht einen Helfershelfer aktiviert. Wir gehen davon aus, dass er an dieser schrecklichen Geschichte beteiligt ist."

„Das liegt immerhin im Bereich des Möglichen."

„Wir wissen noch nicht, wie Frau Worschädl das übersteht. Damit, Herr Direktor Eipeldauer, ist wohl klar, dass mein bester Ermittler emotional und psychisch extrem belastet ist."

„Das ist keine Entschuldigung, rückt die ganze Angelegenheit aber in ein neues Licht."

„Eben. So unnahbar und grobschlächtig sich Worschädl oft geben kann, ist er doch äußerst verletzlich und sensibel."

„Diese Seite hätte ich an ihm noch nicht bemerkt ..."

„Weil er sie nicht jedem zeigt. Aber versetzen Sie sich doch in seine Lage. Was machen Sie mit jemandem, der Ihre Frau nicht nur bedroht, sondern sogar schwer verletzt?"

„Dem reiße ich den Schädel aus. Dem säble ich die Kronjuwelen ab."

„Und das, Herr Direktor, haben wir dann hoffentlich nicht auf Video."

Kurze Pause. Vielleicht ging Eipeldauer auf und ab und kratzte sich ratlos am Kopf. Jedenfalls spürte man förmlich, wie die Zahnräder seines Denkapparats rotierten.

„Herr Schweitzer, was wollen Sie mir damit sagen?"

„Dass wir zusammenhalten müssen. Wenn ein Kollege auf diesem Video auf eine Bedrohung reagiert, die darauf nicht zu sehen ist ..."

„... wird seine Handlungsweise falsch eingeschätzt."

„Richtig. Er kommt vor einen Untersuchungsausschuss und hat nicht die geringste Chance, sich ausreichend zu erklären."

„Bis jetzt bin ich ganz bei Ihnen, Herr Schweitzer. Aber was schließen wir daraus?"

„Dass dieses Video als Beweismittel für eine Behauptung, die sich ein mehrfach vorbestrafter Zuhälter aus den Fingern saugt, nicht das Geringste taugt."

Nun wurde am anderen Ende der Leitung heftig geseufzt. Sah so aus, als rang sich der Direktor der Justizanstalt Linz zu einer nicht ganz sauberen Entscheidung durch.

„Herr Schweitzer, Sie meinen, ich soll dieses Video ..."

„Verschwinden lassen. Ganz genau.“

Der Direktor dämpfte seine Stimme: „Das kann ich nur machen, wenn es dieses Telefonat zwischen uns nie gegeben hat.“

„Welches Telefonat? Keine Ahnung, was Sie meinen.“

„Gar nichts. Ich bitte um Entschuldigung.“

„Keine Ursache. Und vielen Dank für Ihr Verständnis.“

Schweitzer legte auf, fiel in seinen Stuhl zurück, wischte sich über die Stirn und war froh, dass er für Worschädl gerade noch in die Bresche springen konnte. Das Verhalten, das er Kovac gegenüber an den Tag gelegt hatte, war natürlich nicht zu tolerieren, aber unschwer nachvollziehbar.

Eigentlich verwunderlich, dass der Zuhälter noch stabil auf seinen Beinen stand und in Besitz all seiner Zähne und Kronjuwelen war. Für seine Verhältnisse musste sich Chefinspektor Robert Worschädl also sogar sehr diszipliniert und kontrolliert verhalten haben.

36

Jenem Teil des Personals, der im Wellnessparadies schon länger eine Anstellung hatte, war die Landesratsgattin wohlbekannt. Weil sie im Zuge früherer Aufenthalte beim Frühstücksbuffet schon immer durch ihr Meckern aufgefallen war, war man auch diesmal auf Meckern eingestellt.

Zum Beispiel über den monatelang gereiften Prosciutto San Daniele, den eine Mitarbeiterin mittels einer gusseisernen, italienischen Aufschnittmaschine direkt neben der reichhaltigen Wursttheke sozusagen live und hauchdünn filetierte. Der sei, hatte Frau Reisinger schon oft moniert, derart dick aufgeschnitten, dass er unmöglich zu essen sei. Da müsse dringend jemand mit mehr Geschick und Gespür an die Maschine.

Die im Gegensatz dazu präzis geschnittenen, orangefarbenen Spalten der Flugmango verursachten bei der Landesratsgattin gerne eine Zungen-Gaumen-Problematik. Etwas zu hart. Eine Spur zu filzig. „Ein Wellnessparadies, das sich derart in den Himmel preist, muss es doch schaffen, dass das Fruchtfleisch tausendprozentig so frisch wie in der Karibik schmeckt."

Einen weiteren Stein des Anstoßes bildete die äußerst mangelhafte Rührei-Konsistenz. Viel zu fest und viel zu pappig. Meilenweit von jener fluffigen Flaumigkeit entfernt, die man sogar im kleinsten Dorfgasthaus serviert bekommt. Tatsächlich brächte der halbblinde Koch vom Kirchenwirt in Hintertupfing ein luftigeres Rührei und einen punktgenauer gebratenen Speck zustande als der hiesige, angeblich haubenverdächtige Chef de Cuisine.

Auch heute wäre das Frühstückspersonal auf solche oder ähnliche Vorhaltungen gefasst gewesen. Umso erstaunlicher, dass diesmal überhaupt nichts kam. Keine verächtlich hochgezogene Augenbraue, keine abschätzig zuckenden Mundwinkel, kein Mucks, kein Muh und auch kein Mäh.

Wobei schnell erklärbar gewesen wäre, weshalb sich die Landesratsgattin heute vergleichsweise bescheiden und lammfromm benahm. Den Anfang hatte diese sonderliche Entwicklung genommen, als sich der Direktor beim unsagbar aufgebrachten Landesrat für das nicht zur Verfügung stehende, südseitige Zimmer mit der Übernahme der Kosten für eine Nacht entschuldigte.

„Da kann man jetzt wirklich nichts sagen!“, zeigte sich Landesrat Reisinger auch noch heute Früh unter der Dusche hocherfreut. Immerhin hatte ihnen seine ganz und gar erfundene Reservierungsgeschichte geschätzte vierhundertvierzig Euro eingebracht.

„Ja, da ist dir wirklich etwas eingefallen!“, bestätigte seine Frau und befühlte den Heizkörper. „Obwohl ... es könnte im Zimmer um eine Spur wärmer sein.“

„Diesmal sehen wir bitte über die eine oder andere Fehlerhaftigkeit hinweg, mein Liebling.“ Der in dieser Aussage mitschwingende Anweisungscharakter war nicht zu überhören.

„Das Zimmermädchen werde ich dennoch darauf hinweisen, dass es beim faltenfreien Spannen des Leintuchs noch sehr viel Luft nach oben hat.“

„Nein, Liebling, das machst du auf keinen Fall. Du lieferst keine einzige deiner üblichen Peinlichkeiten. Nur damit wir uns ganz genau verstehen. Alles klar?“

Der Landesrat hatte seine Frau also an die Kandare genommen und ihr Zügel angelegt. Sie drehte ihm zwar protestierend den Rücken zu und verweigerte trotzig jede weitere Kommunikation, beim Sondieren der Obsttheke am Frühstücksbuffet legte sie jedoch ein tadelloses Benehmen an den Tag.

Was für ein ungetrübter Wellnessmorgen, dachte sich der Landesrat noch. Dabei missachtete er die nicht zu bestreitende Tatsache, dass man für Schurkenstücke wie seine Reservierungslüge früher oder später die Rechnung serviert bekommt. Mitunter aus heiterem Himmel.

So hätte Dr. Eduard Reisinger nicht im Traum damit gerechnet, dass es ihm seinen Teller, den er gerade mit Wildlachs, geräucherter Forelle, einer Scheibe Zitrone und Cocktailtomaten bestückt hatte, just im Gabeln nach einem halben Kaviar-Ei granatenartig aus der Hand fegen würde.

Genauso wenig hätte seine Frau vermutet, dass ihr die soeben mit Ananas-, Honigmelone- und Papayastücken gefüllte Schale plötzlich weggeschlagen würde. Noch dazu mit einem jener Wellnessparadies-Schirme, die in einem Ständer neben der Rezeption kostenlos zur Verfügung standen.

Unangenehm, dass der rechte Mittelfinger des Landesrates eine durchaus schmerzhafte Prellung erlitt und sich der Saft der Südfrüchte ausgerechnet über das sündteure Kostüm seiner Gattin ergoss.

Ein bizarres Szenario, das vom völlig irren Lachen des Rollstuhlfahrers Florian Wiesbauer untermalt wurde, der sich nach diesen Aktionen mit gezücktem Regenschirm dem Tisch mit den Gewürzen näherte, sich eine Flasche Olivenöl schnappte, sie öffnete und das Öl im Vorbeifahren über das Kuchenbuffet mit Marmorgugelhupf, Topfentascherl, Nussschnecken und diversen Törtchen leerte.

Danach krachte Florian im Rückwärtsgang gegen die Anrichte mit den Wurstplatten, um dann in Richtung des Brotbereichs zu rasen. Dort tauschte er den Schirm gegen ein großes, scharf geschliffenes Messer, streckte es bedrohlich in die Luft, zog, unbeeindruckt vom Gekreische der Gäste, eine langgezogene Kurve quer durch das voll besetzte Restaurant, um schließlich in halsbrecherischer Manier in Richtung Wellnessbereich abzuzischen.

„Schnell, ruf die Polizei“, zischte die Frau des Landesrates ihrem verdatterten Gatten zu. „Sag ihnen, dass der Bruder vom Paradieschef Amok läuft.“

37

Als sogenannte Rohrbacher bezeichnet man jenen eigenwilligen Menschenschlag, der im gleichnamigen Bezirk beheimatet ist. Eine ausgeprägte Polka-, Landler- und Blasmusikregion. Urtypische Granitgegend. Sehr viel Stein und wenig Brot.

Will man mit der dortigen, vom Einfluss des Südböhmischen und Bundesdeutschen geprägten und dennoch durch und durch mühlviertlerischen Bevölkerung in Kontakt treten, ist das Bewältigen jener Bundesstraße vonnöten, die über eine Anhöhe namens Saurüssel führt.

Jedem Oberösterreicher, der über durchschnittliche Merkfähigkeit und einen amtlichen Führerschein verfügt, ist hinlänglich bekannt, dass diese von unzähligen Kurven geprägte Straße den Rohrbachern als private Rennstrecke dient.

Erfahrene, fest im Leben stehende Autofahrer lassen den Rohrbachern schon aus reiner Vernunft den Vortritt und lenken ihre Fahrzeuge zurückhaltend und defensiv. Sie erachten es als zu gefährlich, sich auf Wettkämpfe einzulassen, die nicht zu gewinnen sind.

Junge, ungestüme Lenkerinnen und Lenker ahnen zumeist noch nichts vom legendären rohrbacherischen, hauptsächlich auf Bundes-, Land- und Nebenstraßen ausgelebten Siegeswillen. Gut möglich, dass sie bei einer Beschränkung auf 70 Stundenkilometer einen Gegner mit dem Kennzeichen „RO" mit 80 oder 90 km/h verputzen wollen.

Unmöglich. Echte Rohrbacher, Radarpistole hin oder her, wollen unbedingt als Erste ins Ziel gelangen. Die drehen auch bei einer 30er-Beschränkung bedenkenlos auf 120 auf. Eine Siebenhundertfünfzig-Euro-

Strafe löst bei ihnen höchstens ein Achselzucken aus. Hauptsache, sie erkämpfen sich die Pole-Position.

Dabei entscheiden sich die Rohrbacher nicht einmal willentlich für diese Form der Raserei. Nein, denen ist es in die Wiege gelegt, durch die Wald-, Wiesen- und Ackerlandschaft ihres Saurüssels wie die sprichwörtlich gesengte Sau zu rasen. Sie haben mit der Muttermilch aufgesogen, dass man sich so lang in den Kofferraum seines Vorderfahrzeugs zu schieben hat, bis dessen Fahrer das Handtuch wirft und freiwillig den Weg freimacht.

In Rohrbach muss ein Tag ohne waghalsiges Überholmanöver dem Pfarrer gebeichtet werden. Weniger als vier zur Buße auferlegte Vaterunser setzt es zur Reinwaschung von dieser schweren Sünde nie.

Schinagl, mit diesen Verhältnissen bestens vertraut, hielt sich schon bei der Ausfahrt aus Linz an die polizeiinterne Erkenntnis, dass den Rohrbachern ausschließlich mit Blaulicht und Folgetonhorn beizukommen ist. Nur dann wagen sie es nicht, ihren Rivalen auf der ersten kurzen Geraden mit Karacho hinter sich zu lassen.

Die junge Bezirksinspektorin machte schon in den Kurven gleich nach Rottenegg klar, dass sie die Nummer eins im heutigen Saurüssler Straßenrennen war. Wer nicht sofort zur Seite wich, wurde mit einem wahren Lichthupenstakkato zusätzlich unter Druck gesetzt. Auf Fahrzeuge, die ihr beim Überholen entgegenkamen, hielt sie gnadenlos zu und zwang sie, ihr möglichst unverzüglich eine Gasse freizumachen. Es gab tatsächlich kein einziges Auto mit dem Kennzeichen „RO", das sich ihrem Diktat nicht fügte.

Dabei, in ihrer Stimmungslage hätte sie größte Lust darauf gehabt, jemanden so richtig abzustrafen. Ein Führerscheinentzug auf mehrere Monate und eine damit verbundene Pflichtuntersuchung beim Psychologen wäre ihr gerade Recht gekommen. Weil Sabine Schinagl zornig war. Zornig bis zum Gehtnichtmehr.

Zuerst erschrak sie darüber, wie mitgenommen Worschädl aussah, als er zu ihr ins Auto stieg. Völlig fertig, um gefühlte zehn Jahre gealtert, ganz ohne seinen üblichen Elan und Witz. Kein Wunder bei den unglaublichen Vorgängen, von denen er ihr mit einer viel zu kraftlosen Stimme berichtete.

Einen starken, energievollen Charakter wie Worschädl zwang so schnell nichts in die Knie. Aber wenn sein absoluter Herzensmensch ausgerechnet durch seine kriminalistische Arbeit in ernsthafte Gefahr geriet und sogar zu Schaden kam, knickte er ein. Da taumelte er wie angeschossen und verwundet durch die Gegend.

„Deine Karoline schafft das, Robert. Die kommt wieder auf die Beine."

„Fragt sich nur wie. Ich möchte sie so wiederhaben, wie sie war."

„Auf unsere Ärzte ist Verlass. Die kriegen das wieder hin. Aber lass uns noch einmal rekapitulieren. Du bist dir sicher, dass diese beschissene Aktion von Kovac eingefädelt wurde?"

„Über Kontakte im Gefängnis. Ein Mithäftling. Oder sogar ein Justizwachebeamter. Bei meinem letzten Verhör hat er mir so etwas angedroht. Aber ich Volltrottel hab es zu wenig ernst genommen."

„Was ist mit Florian Wiesbauer? Scheidet der jetzt völlig aus?"

„Ich trau ihm nicht zu, dass er jemanden losschickt, um die Ehefrau des ermittelnden Chefinspektors zu attackieren."

„Und dieser Puffhausmeister? Oder eine der Prostituierten?"

„Du meinst, ich hab mich zu sehr auf Kovac eingeschossen?“

„Überhaupt nicht. Der ist sicher kein Unschuldslamm. Aber beim Mord an Eliska Cerny tappen wir nach wie vor im Dunkeln. Vielleicht wissen wir mehr, wenn wir uns mit dem durchgeknallten Rallyefahrer unterhalten haben.“

„Falls wir die Fahrt zu ihm überleben sollten“, murrte Worschädl, als Schinagl den Dienstwagen in einer nicht sehr übersichtlichen Kurve an einem Rohrbacher vorbeitrieb.

Na also, der Brummbär brummt wieder, dachte Schinagl erleichtert und reduzierte die Geschwindigkeit.

„Besser?“

„Na ja. Geht so.“

Kurz angebunden und ein bisschen grantig. Ganz so, wie sie ihn mochte. Aber Worschädls Stimmung geriet gleich wieder ins Wanken, als sich sein Handy meldete.

„Das Krankenhaus“, meinte er mit einem Blick aufs Display.

Schinagl legte den Schongang ein, nahm die nächsten Kurven wie auf rohen Eiern. Sie schloss aus Worschädls wenigen Worten, dass er mit einem Oberarzt verbunden war. Aber sie konnte vorerst nicht erkennen, ob er gute oder schlechte Nachrichten erhielt.

„Danke, vielen Dank.“ Damit beendete der Chefinspektor das Gespräch, steckte sein Handy in die Jackentasche, lehnte sich zurück, atmete tief durch und knallte plötzlich seine Faust so fest gegen das Armaturenbrett, dass der Deckel des Handschuhfaches aufsprang.

„Eine Gehirnerschütterung! Es ist nur eine verdammte Gehirnerschütterung!“

„Ich hab es dir gesagt!“

„Keine bleibenden Schäden! Nichts!“

„Sensationell!“

„Du meine Güte“, stöhnte Worschädl auf und wischte sich mit der Hand über die Augen. „Und ich hab solche ... Sabine ... ich kann dir gar nicht sagen, wie sehr ich mich ...“

„Klar. Immerhin geht es um deine Karoline“, merkte Sabine mit einem Lächeln an.

„Ja, genau. Um meine Karoline.“ Wörschädl griff nach einem Taschentuch, drückte es an seine Nase und schnäuzte sich ausgiebig und innig. „Trotzdem, den Drecksack, der ihr das angetan hat ...“

„Den kriegen wir, Robert.“

„Hoffentlich. Allerdings, bei deinem Tempo ...“

„Noch immer zu schnell?“

„Wie bitte? Du fährst fast im Rückwärtsgang.“

„In vier Minuten sind wir da!“

„Warum nicht in zwei? Na los, gib diesem alten Gaul die Sporen.“

Schinagl zögerte keine Sekunde und sorgte dafür, dass der Wagen einen regelrechten Sprung nach vorn machte.

Die Welt sollte ruhig mitbekommen, dass Chefinspektor Worschädl wieder zurück war. Er saß wie ausgewechselt neben ihr, grinste wie ein Kind unter dem Weihnachtsbaum, und dann pfiff er mit geschürzten Lippen auch noch die Europa-Hymne. Freude, schöner Götterfunken!

38

Es besteht wohl kein Zweifel daran, dass sich eine 6200 Quadratmeter große Wellnesslandschaft mit fünf verschiedenen Pools, acht Saunen, einer großzügigen blickgeschützten Liegewiese und unzähligen Therapie- und Schönheitsangeboten einzigartig nennen darf.

Weiters ist es keine Übertreibung, einem Gebäudekomplex mit 106 luxuriös ausgestatteten Zimmern von der Junior- über die Grandsuite bis zum Luxus-Penthouse mit Rundumterrasse und Kingsizehimmelbett palastähnliche Dimensionen zuzuschreiben.

Wenn dann auch noch hervorragend geschultes Personal mit unaufdringlicher Höflichkeit nahezu sekündlich für die leibliche und seelische Zufriedenheit sorgt, sind die Gäste dort gelandet, wo Träume Wirklichkeit werden und sich fast jeder Wunsch erfüllt: im Garten Eden der Körperpflege, im Schlaraffenland des Wohlbefindens beziehungsweise im Wellnessparadies Wiesbauer.

Aber womit das Ganze steht und fällt, sind nicht die für den Fitnessraum erst kürzlich angeschafften Ergometer mit Komfort-Riemenpedalen, Handpulssensoren und elektronisch gesteuerten Wirbelstrombremsen um tausendneunhundertachtzig Euro pro Stück. Auch die wöchentlich wechselnden Volksmusik- und Tanzabende machen das Kraut nicht wirklich fett.

Nein. Damit so ein logistisch aufwendiger Betrieb wie am Schnürchen funktioniert, braucht es einen, der auf der Brücke steht, den Tanker lenkt, die Fäden in der Hand hält und mit Weitblick dirigiert.

Über die Führungsqualität hinaus muss er aber unbedingt auch mit seinen Gästen können. Nämlich mit der intellektuellen, in sich versponnenen Buchverlegerin aus Hamburg genauso wie mit dem grobgestrickten, polternden Baufirmenchef aus einem Kuhdorf an der Maltsch.

Den Kapitän muss jeder spüren, den müssen alle respektieren und in den Himmel loben, der sorgt für die so wesentliche Kundenbindung und somit fürs laufende Geschäft.

Genau darin lag eines der großen Talente des einst bedenklich laxen und jetzt so disziplinierten und fleißigen Paradieschefs Clemens Wiesbauer. Mit seinem Credo „Das macht der Chef persönlich" punktete er von Anfang an. Zugleich lief er Gefahr, sich als Hans Dampf in vielen Gassen zu überheben.

Denn natürlich war die Gartensauna beim wöchentlichen Chef-Aufguss jedes Mal gerammelt voll. War eben ein himmelhoher Unterschied, ob der durchaus talentierte Saunameister die heiße Luft mit dem Saunatuch verteilte oder der originelle und witzige Hausherr persönlich. Seine ewig gleichen anzüglichen Scherze ernteten schallendes Gelächter, während die des Saunameisters bei höflichem, peinlich berührtem Schmunzeln im Zischen des Wassers verpufften. Heiße Luft auf heißem Stein.

Bei Clemens klatschten sie sich auf ihre nackten Schenkel, hielten sich die Bäuche, rieben sich eifrig mit Honig und Meersalz ein und hüpften nach drei kreislaufintensiven Aufgüssen mit Hurra ins frostige Kaltwasserbecken oder unter eine der etwas milder eingestellten Duschen. Eine Begeisterung und Zustimmung, die auch in den nächsten Wochen und Jahren für Furore sorgen sollte.

Auch die von Clemens angeleitete Wassergymnastik hatte inzwischen einen Beliebtheitsgrad erreicht, der kaum mehr zu überbieten war.

„Arme seitwärts langsam hoch und runter, sehr gut, ganz wunderbar, aber Achtung, keine unsittlichen Berührungen. Und jetzt den Kopf ganz langsam nach links und dann nach rechts, aber bitte mit Zurückhaltung, seit #MeToo darf man sich bitteschön nicht mehr verschauen!“

Nicht alle Bewegungswilligen, die brav im Wasser standen und zu Clemens hochsahen, brachten ihre Arme ganz nach oben, aber alle amüsierten sich.

„Das Beste kommt erst! Meine Lieben, lasst bitte euer Becken kreisen. Zuerst in die eine Richtung und dann in die andere. Alles schön brav unter Wasser, damit sich niemand sexuell belästigt fühlt“, rief Clemens seinen Gästen vom Beckenrand des 35 Grad warmen Hallenbads zu, registrierte das amüsierte, anzügliche Kichern und Glucksen der überwiegend schmerbäuchigen Geriatriepartie und nahm genau dafür in Kauf, dass er sich zum Kasperl machte.

„Sehr schön. Das tut eurem Kreislauf gut, da kommt das Cholesterin in Ordnung, da dürft ihr beim Abendessen wieder ordentlich sündigen!“

Sein salopper Du-Ton, sein passables Aussehen, seine Versprechungen über die positiven Auswirkungen auf Kondition und Gesundheit erweckten Hoffnung und Optimismus. Das sprach sich herum und wirkte sich vorteilhaft auf den Umsatz aus.

Aber Vorsicht! Gerade dann, wenn du in deinem weißen Trainingsanzug und mit deinem lustigen Flinserl im linken Ohr glaubst, dass du ein makelloses Image hast, kann sich ein Ereignis in dein Leben schieben, das dich unvorteilhaft in die Zeitung bringt. Weil auch Gäste, die müde in ihren Liegen fläzen, in ihren Bademanteltaschen ihre verfluchten Handys stecken haben.

Ehrlich. Kaum krachte dieser Rollstuhl herein, wurde sofort drauflos fotografiert. Noch dazu saß darin der Bruder des Paradieschefs, da drückten die einen oder anderen sogar auf Video und drehten gleich einen ganzen Film.

Wie der Rollstuhl auf das Becken zuraste.

Wie der Lenker in keiner Weise auf die entsetzten Rufe der Gäste reagierte.

Wie die Wassergymnastiktreibenden abtauchten, davonkraulten, nahezu um ihr Leben schwammen.

Wie Clemens Wiesbauer aus Leibeskräften brüllte: „Bremsen, Flo, bremsen, sofort!"

Wie Florian Wiesbauer jedoch eben nicht zur Bremse griff, sondern – ein Rallyefahrer vom Scheitel bis zur Sohle – extra auf die Tube drückte.

Wer am darauffolgenden Tag im Fernsehen die lokalen Abendnachrichten verfolgte, konnte in Zeitlupe sehen, wie der Rollstuhl über den Beckenrand sprang und dann, arschbombengleich, im Wasser landete. *Copyright Lutz Zieselmann, Düsseldorf.*

Ein weiteres Filmchen zeigte Clemens Wiesbauer, der seine Gäste mit schriller Stimme und nervösen Gesten darum bat, Ruhe zu bewahren und das Schwimmbecken sowie die Halle vorübergehend zu verlassen. Seine letzten Worte gingen in dem kühnen Köpfler unter, mit dem er ins Wasser hechtete, um seinen Bruder, der an der tiefsten Stelle gelandet war, vor dem Ertrinken zu bewahren. Zoom auf das Wasser rund um den Rollstuhl. Helles Gelb. Notdurftfärbung. *Irma Seitenstättner, Batteriezeichen am Bildschirm, Akku beinahe leer.*

Im nächsten Handybeitrag war Florian zu sehen, wie er, inzwischen bereits im Seichten und nur bis zur Brust im Wasser, mit der einen Hand belustigt aufs

Wasser klatschte, während er mit dem großen Brotmesser herumfuchtelte und so seinen auf ihn einbrüllenden Bruder auf Distanz hielt.

„Clemens, einen Schritt näher, und ich schlitze dich von oben bis unten auf", lallte Florian kaum verständlich.

„Spinnst du komplett? Weißt du, wie dieser Scheiß die Runde macht? Ich hab den Laden in Schuss gebracht! Ich arbeite mir rund um die Uhr den Arsch ab! Ja, auch für dich, du Idiot. Ich investiere wie ein Verrückter! Ich brauche jeden, wirklich jeden Gast. Und dann führst du hier so einen irrsinnigen Wahnsinn auf. He! Hörst du mir überhaupt zu?"

Nein, scheinbar nicht. Florian zog es vielmehr vor, ein zusammenhangloses Kinderlied vor sich hin zu trällern: „Backe, backe Kuchen, der Clemens hat gerufen, wer will guten Kuchen backen, der muss haben sieben Sachen."

Dazu schwang er das Messer in großen Bewegungen vor sich her. Nahezu gymnastisch, zugleich aber nicht ungefährlich, was offenbar auch die Hobbyfilmerin Irma Seitenstättner veranlasste, die Stopp-Taste zu drücken und die Schwimmhalle zu verlassen.

Der Auftritt der Ermittlungsbeamten Robert Worschädl und Sabine Schinagl, die zeitgleich mit Florians Assistentin Marlies Fischer eintrafen, wurde nämlich nicht mehr auf Video festgehalten.

Was sich Worschädl auch sofort verboten hätte. Er hasste die Facebook- und Twitterkultur, die Menschen dazu veranlasste, Fotos von ihrem privaten Sonntagsessen oder ihren verschwitzten Laufsocken zu posten. Außerdem schätzte er die Situation in der Schwimmhalle als äußerst heikel ein.

Der Mann bei Florian Wiesbauer musste dessen Bruder sein, die Ähnlichkeit war unverkennbar.

„Clemens Wiesbauer?“

„Kennen wir uns?“

„Ich glaube nicht. Chefinspektor Worschädl.“

„Ah, dieser übereifrige Polizistenstreber, der meinen Bruder ernsthaft verdächtigt, jemanden umgebracht zu haben. Bravo! Eine Meisterleistung! Sie sehen ja, wozu das führt.“

„Das kann noch viel schlimmer werden, wenn Sie nicht sofort aus dem Wasser kommen.“

„Entschuldigung, aber ist Ihnen klar, dass ich hier das Sagen habe? Und dass ich alleine entscheide, was ich mache und was nicht?“

„Irrtum, Herr Wiesbauer“, meldete sich Schinagl zu Wort. „Ein Schnitt mit diesem Messer kann sie lebensgefährlich verletzen. Das ist unser Zuständigkeitsbereich. Also los jetzt, raus mit Ihnen.“

„Hallo, keinen Befehlston, ja? Mit mir immer schön höflich bleiben! Ich brauche Ihre Hilfe nicht. Ich regle das ganz allein“, schimpfte er, während das Brotmesser in der Hand seines Bruders sein Gesicht nur knapp verfehlte.

Schinagl signalisierte ihrem Kollegen, dass er das Gespräch wieder übernehmen sollte. Einer Frau ordnete sich der Chef des Hauses offenbar nicht gerne unter.

Worschädl war bewusst, dass er diesem von sich selbst unglaublich überzeugten und jetzt sehr gestressten Alphatier ausschließlich mit Autorität beikam. Der ließ sich nur von jemandem etwas sagen, der mit mehr Macht ausgestattet war als er.

„Bei der nächsten dummen Bemerkung führe ich Sie in Handschellen aus Ihrem Wellnessparadies. Wegen Widerstands gegen die Staatsgewalt. Ihre Gäste werden begeistert sein.“

Ein Wink mit dem Zaunpfahl, der Clemens Wiesbauer sofort zum Einlenken bewegte: „Hallo, war doch nicht so gemeint. Ich will ja nur, dass diese Geschichte möglichst diskret behandelt wird.“

„Ist aber leider schon im Netz“, meldete sich Marlies Fischer und winkte mit ihrem Handy.

„Was heißt im Netz?“, fragte Clemens entrüstet.

„Deine Gäste haben schon die ersten Videos gepostet. Es gibt bereits einige Likes.“

„Super! Hervorragend! Perfekt! Genau das, was man als Unternehmer braucht! Aber jetzt ist Schluss damit! Gib mir das Messer!“

Clemens streckte seine Hand aus, in die sich noch in derselben Sekunde die Spitze des Messers bohrte.

Der gellende Aufschrei des Paradieschefs war für Worschädl der Startschuss für einen wuchtigen Sprung ins warme Nass. Als er in voller Montur neben den Wiesbauer-Brüdern landete, zog Schinagl wie automatisch ihre Waffe. Falls Florian noch einmal jemanden mit dem Messer attackieren sollte, würde sie ohne Zögern schießen.

Doch im Moment stach der Rollstuhlfahrer nur ins Leere. Weil sich der Chefinspektor längst unter die Wasseroberfläche begeben hatte.

Wegen des Auftriebs seiner Kleidung hielt sich Worschädl nur mit Mühe ganz unten am Beckenboden. Er tauchte am Rad des Rollstuhls vorbei, gelangte an die Rückseite, sammelte dort noch einmal seine ganze Kraft.

Stieß sich mit beiden Füßen ab.

Schoss hinter Florian Wiesbauer hoch.

So elegant wie ein Delphin.

Allerdings nicht wie einer dieser dressierten Flipper, die in den diversen Tierparks dreimal täglich ihre Sprünge und Kunststücke präsentieren.

Nein. Wie ein Zahnwal.
Ein Zahnwal im vom Wind gepeitschten Ozean.
Ungestüm. Und voll wilder Angriffslust.

39

bestbieter@gmx.com

Betreff: Junger Stricher. Höchstgebot

Wie alt ist dein Angebot?

office@dertscheche.com

Junge 15.

bestbieter@gmx.com

Betreff: Junger Stricher. Höchstgebot

Gesund?

office@dertscheche.com

Alles bestens. Bis auf eine kleine Wunde am rechten Unterschenkel.

bestbieter@gmx.com

Betreff: Junger Stricher. Höchstgebot

Zähne?

office@dertscheche.com

Sehr gepflegt.

bestbieter@gmx.com

Betreff: Junger Stricher. Höchstgebot

Hautfarbe?

office@dertscheche.com

Weiß.

bestbieter@gmx.com

Betreff: Junger Stricher. Höchstgebot

Sauber?

office@dertscheche.com

Wird für dich in Rosenöl gebadet.

bestbieter@gmx.com

Betreff: Junger Stricher. Höchstgebot

Er ist zu allem bereit?

office@dertscheche.com

Einziges Tabu: Tötung.

bestbieter@gmx.com

Betreff: Junger Stricher. Höchstgebot

Biete 5000.-

office@dertscheche.com

Er gehört dir.

40

Als sich der Ermittlungsbeamte Robert Worschädl hinter dem Rollstuhlfahrer Florian Wiesbauer aus dem Wasser schraubte, sprang der Zeiger der großen Wanduhr über dem Ausgang auf 10 Uhr 30.

Zeitmäßig weit entfernt von einem Szenario wie in „High Noon“.

Aber die Stimmung kam jener des gleichnamigen, legendären Films nahe.

Denn zur exakt selben Zeit geschah parallel noch dreierlei:

Der Schrei der Hippotherapeutin Marlies Fischer gellte durch die Halle.

Von der Hand des Paradiesdirektors Clemens Wiesbauer löste sich ein fetter Tropfen Blut.

Der rechte Zeigefinger der Bezirksinspektorin Sabine Schinagl zuckte am Abzug ihrer Waffe.

Doch noch löste sich kein Schuss.

Vielmehr umschlang der Zahnwahl mit seinen Flossen den vor ihm zappelnden Fisch, saugte ihn mitsamt dem Rollstuhl zu sich heran und unterband dessen hilfloses Fuchteln mit dem Messer, indem er ihn unters Wasser drückte. So lange, bis die Hand des Zappelfischs erschlaffte, worauf das Messer, leicht wie eine Vogelfeder, auf den Grund des Beckens schwebte.

Der gellende Schrei erstarb in seinem Echo.

Der Blutstropfen zog zarte Schlieren.

Schinagls Finger entkrampfte sich.

Als der Chefinspektor den Rallyefahrer wieder nach oben wuchtete, rang der sofort gierig nach Luft. Neben ihm stieß sein Bruder wilde Flüche aus. Wegen des verdammten Blutes. Weil es zusammen mit dem Urin die Wasserqualität verdarb.

Schinagl steckte die Waffe weg, watete die Stiege hinunter und half Worschädl, den Rollstuhl mitsamt seinem vor sich hin lallenden Fahrer aus dem Becken zu hieven. Kein leichtes Unterfangen.

„Was um alles in der Welt haben Sie eingeworfen?“, fragte sie laut, als der klatschnasse Florian endlich wieder auf sicherem Boden stand.

„Einen Scheißdreck hab ich eingeworfen“, keuchte Florian, als hätte er sich selbst getragen.

„Sag ihnen die Wahrheit! Bitte!“, insistierte Marlies, die bleich wie ein Leintuch war und ihrem Schützling eine Wellnessdecke über die Schulter legte.

„Welche Wahrheit denn?“

„Jetzt reicht es“, sagte Worschädl, beugte sich zu Florian und packte ihn an den Schultern. „Was ist los? Haben Sie Spundus vor dieser Rallye?“

„Was?“

„Die Granitstein-Rallye, auf die sie sich mit Marlies so gewissenhaft vorbereitet haben.“

„Und die ich ... die ich ... verdammt ... auch gewinnen werde.“

„Ach so? Und wieso pumpen Sie sich dann mit Drogen voll?“

„Ich und Drogen? Blödsinn! Herr Chefinspektor, Sie reden Mist!“

„So einen Zirkus veranstaltet man nur, wenn man nicht bei Sinnen ist. Wie Sie hier aufgemischt haben, das schafft man nicht ohne idiotische Substanzen“, stellte Schinagl klar.

„Wissen Sie, wo Sie mit dem Zeug landen, das Sie in Ihrem Körper haben?“, setzte Worschädl nach. „Im

Straßengraben! Im Dreck! Sie schaufeln sich damit Ihr Grab!“

Jetzt kam Florian ins Grübeln. Langsam begann er sich der lächerlichen Situation im Schwimmbecken seines Bruders bewusst zu werden.

Ein anstrengender Denkprozess. Das schloss Worschädl aus Florians extrem gefurchter Stirn und dem fast erstaunten Blick, mit dem er die Personen am Beckenrand zu erfassen und einzuordnen schien.

„Kann mir wer sagen, was hier los ist?“

„Erst, wenn Sie uns verraten haben, womit Sie sich derart zugedröhnt haben.“

„Mit gar nichts. Okay?“

„Sie stehen unter Drogeneinfluss“, sagte Schinagl. „Daran besteht nicht der geringste Zweifel.“

Erneut verbissenes Schweigen. Für Worschädl Anlass genug, Florian mit dem Rollstuhl unter eine der Duschen zu schieben. Kaltes Wasser. Volles Rohr.

„He, Scheiße, das ist schweinekalt!“

„Tatsächlich? Das gibt's doch nicht.“ Worschädl spielte das Unschuldslamm.

„Worschädl, sind Sie wahnsinnig?“

„Um Himmels willen. Sieht so aus, als hätte ich das falsch aufgedreht.“

„Nach rechts! Den Wasserregler! Nach rechts drehen, aber sofort!“

„Gar nicht so einfach. Könnte aber flotter gehen, wenn Sie uns erzählen, was Sie zu sich genommen haben.“

„Meinetwegen. Dieses Crystal.“

„Na also, geht doch“, meinte Schinagl.

Worschädl drehte das Wasser wärmer. „Crystal Meth? Woher haben Sie das?“

„Von Eliska. Ich sollte es verstecken und aufbewahren.“

„Interessant." Worschädl erhöhte auf angenehme 38 Grad.

„Und wie ist Eliska an das Zeug gekommen?", fragte Schinagl.

„Sie hat es aus Tschechien hereingeschmuggelt."

„Für wen?"

„Für einen Vietnamesen. Der arbeitete wiederum für irgendeinen großen Unbekannten."

„Für welchen großen Unbekannten?", ließ Schinagl nicht locker.

„Keine Ahnung. Sie hat ihn den Tschechen genannt."

Schinagl nickte Worschädl zu. Wieder dieser Tscheche, der angeblich existierte, den aber niemand wirklich kannte.

Worschädl räusperte sich: „Eliska hat Ihnen das einfach so erzählt?"

„Sie war nicht nur meine Hure. Wir waren auch Freunde. Sie hat viel von mir gewusst. Und ich umgekehrt von ihr."

„Das Crystal, um welche Mengen geht es da?"

„Ich schätze, so ein halbes Kilo."

„Gar nicht wenig. Und das wollte sie behalten?"

„Als Druckmittel gegen Kovac, damit er sie gehen lässt. Sie wollte raus aus dem Gewerbe. Sie wollte nach Prag zu ihrem Sohn."

Worschädl drehte die Dusche ab. Drei, vier Sekunden herrschte – untermalt vom Rauschen der Wasserumwälzanlage – nahezu vollkommene Stille.

„Das Crystal Meth war also für Kovac bestimmt?", fragte Schinagl.

„Ja, dem sollte sie das liefern."

„Wenn das wirklich so gewesen ist", sagte Schinagl, „dann hat sie den Tschechen hintergangen."

„Den Tschechen und auch ihren Chef Harry Kovac", fügte Worschädl hinzu.

Florian, dem das Wasser in Strömen übers Gesicht lief, sah die beiden betroffen an: „Sie meinen, dass Eliska von den beiden …?"

„Gut möglich", antwortete Worschädl, „dass Eliska für ihre Vorgehensweise sehr bitter bezahlen musste."

Florian Wiesbauer wirkte kleinlaut und wortkarg, als sie ihn vor dem Wellnessbereich an die dort wartende Marlies übergaben. „Ich bring ihn hinten raus", erklärte sie, überreichte ihnen zwei trockene Garnituren jenes in Weiß und Hellblau gehaltenen Outfits, das hier die Physiotherapeuten trugen, und entfernte sich mit dem Rollstuhl durch einen der abzweigenden Gänge.

Florians Bruder Clemens war schon wieder in seinem Element, als Worschädl und Schinagl in sportiver Trainingskleidung und den typischen flachen Wellness-Schlapfen jenen Teil des Restaurants betraten, in dem das prächtige Frühstücksbuffet gerade geschlossen wurde. Das von Florian angerichtete Malheur war inzwischen bereinigt, und der Herr Direktor ging mit verbundener Hand beschwichtigend von Tisch zu Tisch, entschuldigte sich für die entstandenen Unannehmlichkeiten und lud am Abend zu einem Gratiscocktail ein.

Es kam ihm sichtlich entgegen, dass die beiden Ermittlungsbeamten an einem etwas abseits stehenden Tisch Platz nahmen, und er steuerte am Ende seiner Gästerunde sofort auf sie zu.

„Mein Benehmen vorhin … sorry. Die ganze Situation … ich war ziemlich überfordert. Vielen Dank für Ihren Einsatz."

„Wir haben nur unseren Job gemacht", brummte Worschädl.

„Und hätten noch zwei, drei Fragen", sagte Schinagl. „Wussten Sie, dass sich Ihr Bruder regelmäßig Prostituierte für sexuelle Dienstleistungen ins Haus bestellt?"

„Mein Bruder? So ein schlaues Kerlchen. Davon hör ich zum ersten Mal. So etwas Verruchtes hätte ich ihm gar nicht zugetraut."

„Der Name Eliska Cerny, sagt Ihnen der irgendetwas?"

„Eliska Cerny ... nein ... eine von Florians ... äh ... Bekannten?"

„So ungefähr. Florian hat sie nie erwähnt?"

„Mit keiner Silbe. Wobei ... so viel Kontakt haben wir nicht. Und ich nehme an, dass er dieses Hobby für sich behalten wollte."

Worschädl beugte sich nach vorn und lächelte sanft: „Aber er hat Ihnen doch erzählt, dass wir ihn aufgesucht und befragt haben. Und zwar wegen des Mordes an Frau Cerny."

„Falls er das erwähnt hat, muss es mir entfallen sein."

„Und Ihre Intervention beim Landesrat gegen die zwei hirnamputierten Vollpfeifen der Kriminalpolizei, ist Ihnen die auch entfallen?"

„Ich bitte Sie! Mein Bruder und Mord ... nicht böse sein, aber einem Behinderten trauen Sie das hoffentlich nicht wirklich zu?"

„Wir ziehen immer alle Möglichkeiten in Betracht", erklärte Schinagl.

„Deshalb fragen wir auch Sie, wo Sie am späten Abend des 10. September gewesen sind."

Jetzt folgt sicher der übliche Protest, dachte Worschädl.

Seine Erwartungen wurden prompt erfüllt.

Clemens fasste sich ans Flinserl, seine Lippen verengten sich: „Wenn Sie damit andeuten wollen, dass auch ich verdächtig bin, wäre das eine Kriegserklärung. Und ich schwöre Ihnen, meine Geschütze habe ich in vielen einflussreichen und prominenten Gremien platziert."

„Was auf uns keinen allzu großen Eindruck macht. Wir warten auf Ihre Antwort. Also los jetzt!", drängte Schinagl.

„Moment, so kommen Sie mir nicht! Garantiert nicht in diesem Ton", zischte Clemens und stand abrupt auf. „Ich bedanke mich für das Gespräch."

Schon wieder diese verletzte Alpha-Ehre. Der verträgt es nicht, wenn ihm Schinagl etwas schärfer kommt. Der will wieder von mir zurechtgewiesen werden. Muss ich meinen Lautstärkeregler eben nach oben stellen.

„Hinsetzen! Und zwar sofort!"

Clemens blickte sich erschrocken um. Einige Gäste, alarmiert von Worschädls voluminösem Befehlston, sahen zu ihm herüber. Clemens lächelte jovial zurück, setzte sich und starrte Worschädl wütend an.

„Na gut, wie Sie wünschen. Das wird für Sie wieder ein saftiges Nachspiel haben."

„Wovor wir uns unglaublich fürchten", antwortete Worschädl ungerührt.

„10. September. Zum letzten Mal", setzte Schinagl mit scharfer Stimme nach.

Wenn Blicke töten könnten, wären die Ermittler jetzt zu Staub zerfallen. Und dann hätte sie womöglich ein kleiner, durchs geöffnete Fenster hereinwehender böhmischer Luftzug mit sich davongetragen und irgendwo südlich der Donau wieder fallen gelassen.

Aber noch saßen sie da und hielten stand. Bis sich Clemens endlich zu einer Antwort bequemen ließ.

„Der 10. war ein Montag, oder?"

„Das ist korrekt."

„Montag ist hier jede Woche volkstümlicher Abend mit Tanzmusik."

„Und das bedeutet?"

„Dass ich den Gästen zeige, wie man die Polka tanzt. Oder einen Landler. Dazwischen unterhalte ich sie mit Witzen und Anekdoten. Und pünktlich um zwölf stimme ich mit den Musikern den Mitternachtsjodler an. Zufrieden?"

„Wie lange hat das am 10. September gedauert?" Schinagls Stimme klang wie aus dem Tiefkühlfach.

Clemens blitzte sie an: „Bis zwei Uhr früh. Falls Sie es nicht lassen können, fragen Sie mein Personal. Aber bitte sehr diskret."

„Der Grad unserer Diskretion hängt ganz allein von Ihnen ab."

Angestrengter Blick von Wiesbauer. Klein beizugeben lag ihm nicht. Aber ihm war klar, dass ihm jetzt nichts anderes übrig blieb.

„Na gut. Diesmal kein Landesrat."

„Und auch kein Landesdirektor", stellte Worschädl eine weitere Bedingung.

„Einverstanden."

„Gut so." Schinagl hob ihren Zeigefinger. „Wir sehen uns. Sie müssen sich selbstverständlich jederzeit zu unserer Verfügung halten. Nur, damit wir uns auch wirklich verstanden haben."

41

„Großmut, Güte, Führungsstärke. Drei Facetten des globalen Blicks, mit denen Sie nur gewinnen können“, hatte ihm der Doyen und ewige Liebhaber des Donau-Theaters bei ihren jeweils 90-minütigen Wie-man-sich-in-Szene-setzt-Trainings eingetrichtert. Genau in diesen Disziplinen lief der stellvertretende Bezirkskommandant Stefan Schweitzer heute, wie er selbst befand, zur absoluten Topform auf.

Zuerst seine gegenüber Worschädl ausgedrückte, ehrlich gemeinte Erleichterung darüber, dass Karoline den abendlichen Angriff im Park ohne jeden weiteren Schaden überstehen würde.

Dann das dezente Tadeln seiner Entgleisung in der Justizanstalt und die Zusicherung, dass der dortige Direktor den gewaltsamen körperlichen Übergriff nach Schweitzers eindringlicher Urgenz als Notwehr betrachten würde.

Und schließlich sogar Lob für die gelungene Intervention im Hallenbad des Wellnessparadieses! Als besonders erfreulich bezeichnete Schweitzer die neuen belastenden Hinweise, die den Hauptverdächtigen Harry Kovac betrafen.

„Jetzt müssen wir die Puzzleteile nur mehr logisch zusammenfügen!“, schwärmte er und malte Kringel und Linien auf die neben ihm stehende Flipchart-Tafel. „Wir haben einen ominösen Unbekannten, den alle den Tschechen nennen ...“

„Den uns aber keiner beschreiben kann, weil ihn niemand persönlich kennt“, warf Schinagl ein, die neben Worschädl am Besprechungstisch saß.

„Eben“, bestätigte Schweitzer, ärgerte sich jedoch insgeheim, dass ihn die Kollegin unterbrochen hatte.

„Deshalb werden wir uns auf den Tschechen genauso wenig konzentrieren wie auf diesen angeblichen Crystal-Meth-Koch namens Cheng Zhang."

„Moment, Stefan, wir müssen ..."

„Ihr müsst jetzt vor allem schweigen", wurde Worschädl von Schweitzer unterbrochen. „Schweigen und lauschen, welche Richtung der Kopf dieses Ermittlungsbereichs auf Grund der neuesten Erkenntnisse vorgibt."

Worschädl und Schinagl starrten verblüfft auf ihren Chef. Aber nicht etwa aus Ehrfurcht oder einem plötzlichen Anfall von übermäßiger Disziplin, sondern weil er sich soeben als Denkzentrum des Ermittlungsbereichs Leib und Leben bezeichnet hatte. Angesichts dieser grandiosen Selbstüberschätzung konnte man nur noch verstummen.

Durchaus verständlich, dass Schweitzer die plötzliche Reaktion für ihn günstig interpretierte. Er ging davon aus, dass er sich kraft seiner persönlichen und fachlichen Autorität Respekt verschafft hatte und für seine weiteren Ausführungen die nötige Aufmerksamkeit erhalten würde.

„Die Komplexität dieses Falles macht es nötig, sich auf das Wesentlichste zu konzentrieren. Und das ist nun einmal der Zuhälter Harry Kovac."

„Aber wir dürfen auch auf Florian Wiesbauer und Marlies Fischer nicht vergessen", blieb Worschädl lästig.

„Quatsch!", rief Schweitzer erbost und strich auf der Flipchart alle Namen außer den von Harry Kovac durch. „Er war es, er ist es, und ich möchte ab sofort nicht mehr unterbrochen werden!"

„Vielleicht noch eines", ließ sich Worschädl auch von Schweitzers aufschießender Gesichtsrötung nicht irritieren. „Wenn wir davon ausgehen, dass Kovac den

Sohn von Eliska Cerny entführen ließ, um sein Crystal wieder zu bekommen ..."

„Und wenn wir bedenken, dass er es bis jetzt noch nicht erhalten hat ...", führte Schinagl weiter aus.

„Dann müssen wir uns fragen, weshalb er jemanden töten sollte, der ihm das, was ihm gehört, noch gar nicht gegeben hat. Genau da liegt der Hund begraben", beendete Worschädl die Schlussfolgerungen mit wohlwollendem Tonfall. Schweitzer hatte sich bezüglich des Überfalls auf Karoline fair und mitfühlend verhalten. Deshalb gebührte ihm heute ein Schonprogramm. Wolle, Seide, 30 Grad und ganz ohne Schleudergang.

Nützte aber leider nichts. Wenn sich Schweitzer auf den Schlips getreten fühlte, ging bei ihm das Häferl über.

„Aber freilich! Für den Robert Worschädl muss ja überall ein Hund begraben liegen! Aber diesmal liegst du falsch!" Schweitzer unterstrich seine Worte, indem er mit dem Flipchartschreiber die vor ihm liegende Tischplatte erdolchte. „Die Wahrheit ist in diesem Fall ganz simpel: Kovac hat sich den Betrug von Eliska nicht gefallen lassen. Und deswegen hat er sie getötet. Nicht aus Berechnung, sondern im Affekt. Und damit basta!"

„Wobei für uns auch dieser ominöse Tscheche noch nicht aus dem Rennen ist. Genauso wenig wie der Vietnamese", warf Worschädl blitzschnell ein.

„Außerdem wissen wir noch immer nichts über den Verbleib von Jakub."

Na toll. Auch die Schinagl gibt wieder ihren Senf dazu, dachte Schweitzer.

„Schuster, bleib bei deinem Leisten. Ist euch diese Weisheit bekannt? Genau daran werden wir uns halten. Wir retten nicht die ganze Welt, sondern nur den in unserem Wirkungskreis liegenden Teil des Planeten."

Kunstpause. „Lassen Sie Ihre Botschaften und Pointen wirken“, hatte ihm der Doyen geraten. „Genießen Sie den Effekt, den Sie bei Ihrem Publikum erzielen.“

Allzu große Zustimmung schlug Schweitzer jedoch nicht entgegen. Schinagls Stimme klang eher nach mehrfach zusammengepresster Fassungslosigkeit.

„Ich bin sehr dafür, nach dem Jungen möglichst intensiv zu suchen.“

„Prag und seine Umgebung fällt nicht in unseren Zuständigkeitsbereich. Und wenn Sie mich fragen, ist dieser Junge per Autostopp nach Budweis abgehauen und löffelt dort mit anderen Pubertierenden gerade sehr entspannt ein Eis.“

„Aber ...“, versuchte es Schinagl noch einmal.

„Nein, ab sofort kein Aber mehr. Jetzt ist Schluss!“, setzte Schweitzer einen Punkt, faltete die Hände, führte sie vor seinen Mund und bemühte sich um einen Führungsstärkeblick. „Ab sofort volle Konzentration auf Harry Kovac. Ihr befragt noch einmal seine Angestellten, nehmt sein Bordell auseinander, geht in seine Wohnung und sucht jeden Winkel nach Beweisen ab. Und ihr werdet Beweise finden. Kapiert? Gut. Ende der Diskussion.“

Blick in die kleine Runde. Worschädl sank etwas resignativ in die Lehne seines Stuhls zurück und Schinagl blickte auf die Tischplatte. Gut so. Behaltet euren Ärger nur für euch und fügt euch den Worten eures Chefs, sagte sich Schweitzer. Wie hilfreich, dass es Hierarchien gibt.

Kaum zu glauben, aber Worschädl hob die Hand. Wie ein braver Schüler. Sehr folgsam, sehr angemessen. Schweitzer entschied sich für wohlwollendes Entgegenkommen.

„Noch eine Frage, Herr Kollege?“

„Nur ganz kurz. Bei mir ist gerade eine SMS hereingekommen."

„Und diese SMS könnte für unseren Fall noch eine Rolle spielen?"

„Wahrscheinlich nicht. Meine Kontaktpersonen von diesem Asia-Markt in Vyšší Brod ..."

„Die dir den schwarzen Sack über den Kopf ...?"

„Genau. Die haben mir gerade den Aufenthaltsort von diesem Cheng Zhang verraten."

„Von diesem Crystal-Meth-Koch."

„Der für dich aber nur angeblich existiert. Genauso wie der Tscheche. Ich schlage vor, dass ich die Nachricht lösche."

„Was? Wieso denn?"

„Na ja, laut deiner Anordnung sollen wir uns doch ausschließlich auf Harry Kovac konzentrieren", plauderte Worschädl freundlich vor sich hin. „Alles andere ist nicht mehr von Belang. Okay, das wäre immerhin ein Hinweis. Das wäre sogar eine Spur. Aber du bist hier der Chef. Und wenn du bestimmst, dass wir das nicht beachten dürfen ... uns soll es Recht sein, oder Sabine?"

„Selbstverständlich. Das liegt in der Verantwortung des Chefs. Sollte da etwas schieflaufen ... unser Versäumnis ist es nicht."

Die koalieren miteinander und wollen mich provozieren, dachte Schweitzer. Nur wird ihnen das nicht gelingen.

„Vorlesen, Robert."

„Die SMS?"

„Ja, was denn sonst."

„Sehr gern", antwortete Worschädl. „Cheng Zhang in Restaurant *Blue View*. Vodní nádrž Lipno."

„Na toll. Und was fangen wir mit diesen Hieroglyphen an. Was soll dieses Vodní nádrž heißen?"

„Im Internet ... einen Moment ...“ Schinagl tippte in ihr Handy. „... im Internet wird es mit Stausee übersetzt.“

„Lipno-Stausee“, meinte Worschädl.

„Auch als Moldaustausee bekannt“, ergänzte Schinagl.

Schweitzer blinzelte plötzlich. Als hätte er etwas im Auge. In Wahrheit entdeckte der stellvertretende Bezirkskommandant gerade etwas. Exakt die nächste Sprosse auf seiner Karriereleiter.

„Es bleibt dabei“, ergriff Schweitzer das Wort. „Unser Hauptaugenmerk legen wir auf Harry Kovac.“

„Und diese SMS?“

„Geht bitte sofort an mich. Ich werde sie höchstpersönlich weiterleiten. Direkt ans Innenministerium. Kann ja sein, dass sich daraus eine grenzübergreifende Kooperation ergibt.“

„Falls es dazu kommt, möchten Sabine und ich daran beteiligt sein.“

„Es ist schließlich unser Fall“, unterstrich Schinagl die Forderung ihres Kollegen.

Er hat es nicht leicht mit uns, dachte Worschädl in diesem Moment. Weil seine vorangegangene Argumentationskette schon wieder in sich zusammenbricht. Weil er erneut sein Gesicht verliert. Ich muss ihm ein Stück entgegenkommen und ihn in seiner Position bestärken.

„Natürlich nur dann, wenn sich relevante Erkenntnisse ergeben. Bis dahin werden wir uns ausschließlich mit Harry Kovac beschäftigen.“

Erleichtertes Aufatmen bei Schweitzer. Jetzt fand er wieder ins Spiel zurück.

„Sehr gut, dann sind wir uns ja einig. Und bezüglich des Vietnamesen halte ich euch auf dem Laufenden.“

42

Die Probleme des vierfachen Familienvaters und Malermeisters Deng Lun begannen mit einem Gast, der sich ungebeten in seinem linken Ohr einnistete und nicht mehr verschwinden wollte.

Lun stand gerade im Wohnzimmer eines Kunden auf der Leiter und färbelte mit seinem jungen vietnamesischen Mitarbeiter die Wände an. Polarweiß. Davor hatte er jede Menge Löcher ausgespachtelt und die Ränder abgeklebt. Alles in der üblichen Deng Lun-Manier: supersauber, superschnell und superprofessionell.

Zack, zack, zack. So schlugen die Füße der Leiter auf dem Boden auf, wenn Deng Lun mit ihr wanderte. Ein paar Schritte nach rechts, um die nächsten Meter auszumalen. Oder quer durch den Raum, um eine zu blass geratene Stelle nachzubessern.

Aber plötzlich war da dieses Pfeifen, ein anhaltend hoher, greller Ton, der sich nicht mehr verscheuchen ließ. Das alleine hätte Deng Luns Leben noch nicht vom einen auf den anderen Tag komplett auf den Kopf gestellt. Das eigentlich Dramatische war, dass er mit einem Mal sein Gleichgewicht nicht halten konnte.

Der Boden geriet in Bewegung, die Leiter begann zu wackeln, der Malermeister verrenkte zum Ausgleich seinen Körper, verlagerte beinahe panisch sein Gewicht und stürzte ab. Ungebremst. Auf nackten Beton. Komplizierter Bruch der linken Schulter.

Der behandelnde Arzt stellte die Vermutung an, dass es sich bei Luns Tinnitus um ein Stresssymptom handeln könnte. Zu viel Arbeit, zu große Hektik. Sah so aus, als stünde Deng Lun unter Dauerdruck.

Sein Patient klärte den Arzt darüber auf, dass die Bewältigung eines hohen Arbeitspensums zur vietnamesischen Kultur gehörte. Wenig Beschäftigung wäre für einen echten vietnamesischen Charakter kaum zu ertragen.

Die Schulter wurde repariert, das Streichen mit Pinseln, Bürsten und Rollen ging ihm allmählich wieder gut von der Hand, aber der Gleichgewichtssinn blieb trotz ärztlicher Hilfe sowohl am Boden als auch auf der Leiter irritiert, und mit dem ständig wiederkehrenden Tinnitus wäre es Deng Lun unmöglich gewesen, seiner Arbeit im gewohnten Rhythmus nachzugehen.

Sein Zweimannbetrieb lebte jedoch davon, dass der Chef selbst eifrig Hand anlegte und bei den Aufträgen jeweils den Löwenanteil übernahm. Seinen hervorragenden Ruf verdankte das kleine Unternehmen ausschließlich der hohen Einsatzbereitschaft des Meisters, die sich aber in diesem Ausmaß nun nicht mehr aufrechterhalten ließ. Deshalb kam, was kommen musste: Die Auftragslage brach ein, und irgendwann musste sich Deng Lun eingestehen, dass er seine Firma so unmöglich weiterführen konnte.

Nun war der Vietnamese aber nicht nur unglaublich stolz auf seinen Gewerbeschein, sondern auch auf seine vier Kinder, die es in ordentliche tschechische Schulen geschafft hatten, die, anders als er und seine Frau, tadellos Tschechisch sprachen und die, wenn es nach ihren Eltern ging, Ärzte oder Rechtsanwälte werden sollten.

Dafür brauchte es aber nicht wenig Geld. Deshalb konnte man durchaus von Glück im Unglück sprechen, als plötzlich jener Kunde in der Tür seines Malereibetriebes stand, in dessen Keller er von der Leiter gefallen war. Er schien sich für Luns missliche Situation verantwortlich zu fühlen und bot ihm einen Job an, für den es sinnvoll sein konnte, die bestehende Firmenstruktur zu belassen, nur mehr wenige Malereiaufträge abzuwickeln und dafür einer nicht ganz legalen, jedoch ungleich lukrativeren Tätigkeit nachzugehen.

Auch heute, fünf Jahre nach dieser schicksalhaften Begegnung, erwachte Deng Lun manchmal noch schweißgebadet in seinem Bett und erinnerte sich an den Schockzustand, in den ihn das Angebot versetzt hatte. Weil er sich dazu verpflichten musste, keinen Menschen, auch nicht seine Gattin, einzuweihen. Und weil er, da machte ihm der Kunde keine Illusionen, von nun an ein möglichst raffiniertes Versteckspiel betreiben musste, damit ihm die Polizei nicht auf die Schliche kam.

Sagte er zu, war er ab sofort ein Krimineller.

Einer, der gegen das Gesetz verstößt.

Tagelang wog er die Vorteile gegen die Nachteile ab. Oft und oft blickte er nachts auf das ihm so vertraute, von ihm so sehr geliebte Gesicht seiner Frau, der Mutter seiner Kinder, und fragte sich, ob sie ihm diesen Verrat an ihren gemeinsamen Überzeugungen jemals verzeihen würde.

Nein, er hatte nicht vor, eine heimliche Geliebte zu unterhalten.

Er lief auch nicht Gefahr, das Familienvermögen beim nächtlichen Glücksspiel zu verjuxen.

Ihm wurde schlicht und einfach angetragen, von der ehrlichen, hellen, vertrauenswürdigen Seite der Welt auf die betrügerische, dunkle und verlogene zu wechseln.

Ihm bot sich die Gelegenheit, das Doppelleben eines braven, gesetzestreuen Bürgers sowie betrügerischen Kriminellen zu führen.

Den entscheidenden Ausschlag gab schließlich dieser verfluchte Tinnitus. Von sich aus wäre Deng nämlich niemals auf die Idee gekommen, in seiner

Werkstatt eine geheime Crystal-Meth-Küche einzurichten. Das hatte er nur diesem idiotischen Pfeifen zu verdanken.

So kam es, dass der Malermeister Deng Lun seinen Betrieb offiziell weiterführte, zugleich heimlich auf Drogenkoch umsattelte und sich, ehrgeizig wie er war, unter dem Decknamen Cheng Zhang auch in dieser Sparte als tüchtig, verlässlich und vor allem talentiert erwies. Lieferte er dem Tschechen anfangs noch solide Durchschnittsware, wiesen die von ihm hergestellten Meth-Kristalle schon bald eine exquisite und explosive Güte auf.

Die Konsumenten sprachen von einem echten Turbo. Das Crystal von Deng Lun alias Cheng Zhang pumpte einen angeblich in Sekunden von 0 auf 180 hoch. Etwas derart Euphorisierendes hatte man bislang noch nicht erlebt.

Kein Wunder, dass die Ware vor allem im benachbarten Österreich und Deutschland und darüber hinaus in ganz Europa reißenden Absatz fand.

Selbstredend, dass sich Luns Konto füllte und seine Kinder stets mit modernen Rucksäcken, Markenschuhen und angesagter Kleidung in die Schule kamen.

Verständlich, dass es Luns Frau genoss, beim Frisör, beim Einkaufen und beim Shoppen ohne Sparstift auszukommen. Und dass sie stolz war auf ihren Mann, der es trotz des Tinnitus geschafft hatte, wieder an finanziell sehr einträgliche Aufträge zu kommen.

Bis vor wenigen Wochen lief alles tadellos. Inzwischen hatte Cheng Zhang auch seinen Mitarbeiter in Hilfsdienste beim Drogenkochen eingeschult. Mit vereinten Kräften konnten sie die gewünschte, erhebliche Menge immer pünktlich liefern, und auch ihre Tarnung funktionierte perfekt.

Während es in den Hinterhöfen und aufgelassenen Industriegebäuden der näheren Umgebung immer wieder zu Razzien kam und nicht nur kleine Küchen, sondern große Labore ausgehoben wurden, blieb der kleine Malereibetrieb am Ortsrand von Vyšší Brod unbehelligt. Kein Nachbar, kein Bekannter und nicht einmal ein enger Freund hätte dem stets in seiner weißen Arbeitskluft oder Grau in Grau gekleideten, freundlichen und hilfsbereiten Deng Lun zugetraut, dass er in einem Hinterzimmer seiner Werkstatt hocheffizient äußerst zerstörerische, tödliche Drogen herstellte.

Und Cheng Zhang hätte als Allerletzter damit gerechnet, dass ausgerechnet Eliska Mätzchen machen würde. Sie war immer ein verlässlicher Kurier gewesen, und nicht einmal eine Festnahme vor wenigen Jahren hatte sie aus der Ruhe bringen können. Selbst regelmäßige Crystal-Konsumentin, beteiligte sie sich sowohl am Ameisenschmuggel von kleinen Mengen als auch an den riskanteren Transporten von größeren Paketen.

Keine Ahnung, wie sie auf die Idee kommen konnte, sich mit Kovac anzulegen. Und gut vorstellbar, dass sich Kovac, sehr impulsiv und nicht sonderlich intelligent, dazu hinreißen ließ, sie umzubringen, obwohl er Frauen angeblich prinzipiell kein körperliches Leid zufügte.

Tatsache war, dass Cheng Zhang auf Grund der jüngsten Vorfälle seine Zelte in Vyšší Brod vorübergehend abzubrechen und seinen Standort zu wechseln hatte. Seiner Frau und den Kindern erzählte er etwas von einer Baustelle am Lipno-Stausee, die ihn in den nächsten Wochen fast durchgängig fordern würde. Zusammen mit seinem Assistenten packte er die Kochutensilien in Kisten, verstaute sie in seinem Kleinbus, drückte dem jungen Mann zweitausend Euro in die Hand, gab ihm vier Wochen Urlaub und machte sich auf den Weg.

Am Lipno-Stausee erwartete ihn keine Baustelle, sondern das am Ufer gelegene Restaurant *Blue View* des tschechischen Wirtes Jiří Hanak, bei dem er sich in den nächsten Wochen als Hilfskellner verdingen würde.

Ohne jede Gefahr.

Weil nur ein Mensch wusste, wo er war.

Der Mann, den sie den Tschechen nannten.

43

Binder achtete darauf, dass ihm auch sicher niemand folgte. Beim Verlassen des *AllYouCan,* beim Einsteigen in die Straßenbahn, während der Fahrt in Richtung Zentrum, beim Aussteigen nach vier Stationen, und auch im Zuge des kurzen Fußmarsches in eine Seitenstraße blickte er sich immer wieder um. Oder blieb vor einer Auslage stehen und beobachtete das Spiegelbild. Aber da waren nur vorbeihastende oder -spazierende, neutrale Passanten. Und er.

Ein Mann mit einem Werkzeugkoffer.

Auf dem Weg zu einem Hinterhof.

In dem er schon einmal gewesen war. Mit Kovac.

Binder musste damals im Wagen warten. Kovac verschwand für nicht einmal fünf Minuten hinter dem Rolltor, tauchte mit einer Schachtel aus brauner Pappe auf, stellte sie in den Kofferraum, stieg ein und fuhr mit Binder ab.

Damals war Binder nicht neugierig gewesen.

Heute hingegen schon.

Acht Garagen in einer Reihe. Die dritte von rechts. Binder hatte sich richtig erinnert. Der Hof wurde an drei Seiten von Wohnhäusern eingeschlossen. Die vierte Seite gab den Blick in Richtung Osten frei. In der Ferne waren die Schlote der Stahlindustrie zu sehen. Rauch, der vom Wind zerzaust in den grauen Himmel stieg.

Im Hinterhof keine Menschenseele. Binder war zum Glück allein.

Der Schlüssel passte wie angegossen. Binder kippte das Tor nach oben, kniff die Augen zusammen, trat ins Halbdunkel der etwa vier mal drei Meter großen Garage und sah sich um. Der erste Anblick war enttäuschend. Der niedrige Raum war so gut wie leer. Bis auf drei große Tiefkühltruhen und ein Regal mit Fächern voller Versandkartons.

Binder senkte das Tor hinter sich, schaltete das Licht ein und versuchte sich am Deckel der ersten Truhe. Vergeblich. Fettes Vorhängeschloss. Genau so etwas hatte er vorausgesehen. Exakt dafür hatte er eine Eisensäge mitgebracht.

Der Verschlussbügel leistete hartnäckig Widerstand. Aber nach ein paar Minuten brach Binder durch. Er klappte den Deckel hoch. Was er sah, verwunderte ihn und machte nicht den geringsten Sinn. Der seltsame Inhalt der Truhe ließ sich unmöglich mit Kovac in Verbindung bringen.

Aber vielleicht war es so wie mit den Passwörtern. Einfaches Denken war angesagt. Das, was Binder sah, konnte keinesfalls alles sein. Da musste es noch etwas anderes geben. Etwas, das zu Kovac passte.

Binder sollte Recht behalten. Er musste nur hinter die Fassade blicken und das Eigentliche entdecken.

Den Inhalt im Inhalt.

Er griff nach einem der unzähligen kleinen, eiskalten Dinger und versuchte, es von seiner Umhüllung loszulösen. Unmöglich. Das Papier war wegen der Kälte festgeklebt. Also klappte er die Tiefkühltruhe wieder zu, legte das Ding auf den Deckel, bediente sich seiner Säge, arbeitete sich zügig durch und brach es schließlich auseinander. Was er dann sah, machte ihn fast verrückt.

Die kleine Nylonhülle enthielt hellblau schimmernde Kristalle. Ihr Gewicht schätzte Binder auf 30 Gramm. Wenn die anderen Kühltruhen ähnlich bestückt waren wie diese hier, dann stand er vor einem Vermögen. Ihm war bewusst, dass davon eigentlich nichts ihm gehörte. Dennoch fühlte er sich in diesem Moment unendlich reich.

Er musste nur scharf überlegen, wie er sich das Zeug unter den Nagel reißen und dann verhökern konnte. Dazu brauchte es einen Plan. Eine ausgeklügelte Vorgangsweise. Wahrscheinlich musste er sogar seine Sachen packen und aus der Stadt verschwinden.

„Hallo Bienchen."

Binder erstarrte. Die Stimme kam von hinten, und er wusste sofort, wem sie gehörte. Dunkel, naiver Unterton, unverwechselbar ordinär. Es gab keine, die eindringlicher auf Schlampe machte als die schöne Valerie.

Binder drehte sich langsam um. Sie trug keine anzügliche Berufskleidung, sondern schwarze Jeans mit grüner Bluse und schwarzer Jacke. Sie sah ihn an wie eine gute Freundin, die sich dafür entschuldigte, dass sie ihn stören musste.

„Hallo Valerie, was gibt's?"

„Da draußen ist jemand, der dich sprechen möchte."

„Mich sprechen? Haben sie Kovac freigelassen? Das trifft sich gut. Ich hab gerade nach seinem Zeug gesehen."

„Das ist ein feiner Zug von dir, Bienchen. Aber Kovac traut dir nicht. Daher hat er mich und einen Freund gebeten, auf seine Sachen aufzupassen."

„Aber wozu? Er hat doch mich. Sag diesem Freund, dass alles in Ordnung ist, okay? Ich schließe hier wieder ab und wir verziehen uns."

„Der Mann, der dich sprechen möchte, hat seine eigenen Ideen."

Valeries Stimme bekam etwas Bedrohliches. Binder spürte, dass es ab nun für ihn gefährlich werden konnte.

„Valerie, leg ein gutes Wort für mich ein. Sag ihnen, dass ich nichts Böses im Schilde führe. Dass ich auf ihrer Seite stehe."

„Ich fürchte, dafür ist es zu spät. Den Garagenschlüssel, Bienchen. Du hättest ihn nicht nehmen dürfen."

„Hallo, ich wollte nur nach dem Rechten sehen. Das kann mir keiner zum Vorwurf machen."

„Das teilst du dem Mann am besten selber mit."

Binder schluckte. Die Situation war verfahren und es gab offenbar keinen Ausweg mehr. Hätte er sich doch niemals in den Drehstuhl seines inhaftierten Chefs gesetzt. Wäre er doch nicht auf die Idee gekommen, auch noch sein Passwort zu knacken. Hätte er sich doch um Himmels willen mit seinem Job als Hausmeister des *AllYouCan* begnügt.

„Verflucht, Valerie, wer ist es?"

„Du weißt es."

„Scheiße, nein."

„Doch, Bienchen. Es tut mir leid."

Für Valeries Mitgefühl gab es jede Menge Gründe.

Der Mann, der hinter ihr in die Garage trat, galt als grausam und brutal.

Bei ihm sollte man sich besser keinen Fehler leisten.

Und schon gar keinen Verrat begehen.

Dann fiel ihm angeblich weitaus mehr ein, als in einen Warmwasserpool zu kotzen.

44

„Danke für die tollen Blumen, Bertl."

„Das ist das Mindeste, Karoline. Dieser ganze Wahnsinn, mir tut das alles furchtbar leid." Worschädl saß auf einem Stuhl neben dem Krankenbett seiner malträtierten Göttergattin und strich ihr vorsichtig durchs Haar.

Karo hatte das Krankenhaus-Nachthemd gegen ihren dunkelblauen Pyjama getauscht, trug keinen Kopfverband mehr und war bis auf den eingegipsten Arm eindeutig auf dem Weg der Besserung.

„Du kannst nichts dafür, Bertl. Du hast mir den Kerl ja nicht geschickt."

„Trotzdem ist es unerträglich, wenn du durch meinen Beruf zu Schaden kommst."

„Dein Beruf verschafft mir immerhin die Gewissheit, die Polizei im Haus zu haben."

„Die durch Abwesenheit glänzt, wenn es drauf ankommt."

„Selbstvorwürfe bringen nichts. Und ich bin ja noch ganz glimpflich davongekommen."

„Na ja, eine schwere Gehirnerschütterung ... ein gebrochener Arm."

„Das wird schnell wieder verheilen." Sie legte ihre gesunde Hand auf seine Wange. Streichelte seine Sorgen weg.

„Ich hab gedacht, ich sterbe vor Angst." Die Stimme ihres sonst so selbstbewussten Brummbären klang brüchig.

„Deine Frau ... die wirft so schnell nichts um." Karoline unterstrich ihre Worte, indem sie die Rückenlehne ihres Krankenbetts mit der Fernbedienung hochfuhr.

„Aber du musst Kopfweh haben."

„Es geht. Und laut den Ärzten wird sich das bis morgen verflüchtigen."

„Soll ich deine Klienten verständigen?"

„Hab ich heute Früh schon selbst gemacht."

„Sehr tüchtig. Aber übertreib es nicht." Worschädl beugte sich über sie und küsste sie auf die Stirn.

„Was hast du da am Hals?" Karoline strich mit dem Zeigefinger über den dünnen, roten Strich, den der Draht der Garotte hinterlassen hatte.

„Ich hab die Krawatte zu fest zugebunden."

„Du trägst keine Krawatten, Bertl."

„Und du willst es nicht genauer wissen."

„Na gut. Okay."

„Ich schwör dir, dass ich diesen Arsch an seinen Eiern kriege."

„Darauf verlasse ich mich sowieso. Gibt es irgendwelche Spuren?"

„Bis jetzt nicht. Ich hoffe, dass du mir weiterhelfen kannst."

„Ich hab mir den Kopf zermartert. Bin mir sicher, dass er vor meiner Praxis telefoniert hat. Kein großer Mann. Etwa 175 Zentimeter. Schlank. Braune Jacke. Die Schirmkappe tief ins Gesicht gezogen."

„Könnte er asiatischer Abstammung gewesen sein?"

„Wäre mir nicht aufgefallen. Wieso?"

„Weil wir nach einem Vietnamesen suchen, der wahrscheinlich in den Mord verwickelt ist."

„Das ist hoffentlich kein rassistischer Reflex."

„Aber nein."

„Du weißt schon. Wenn wir keinen Schuldigen finden, muss es ein Ausländer gewesen sein."

„Karoline, ich bitte dich."

„Na ja, dass die tschechischen Vietnamesen in den Drogenhandel verwickelt sind, wird gerne als Klischee bemüht."

„In dem leider auch ein dickes Körnchen Wahrheit steckt. In diesem Fall geht es um einen mysteriösen Drogenkoch. Dem soll es morgen an den Kragen gehen."

„Ich komme gerne zu einer Gegenüberstellung."

„Dazu müssen wir ihn erst kriegen."

„Aber ihr wisst, wo er steckt?"

„In einem Restaurant am Lipno-Stausee."

„Ihr müsst also über die Grenze?"

„Internationaler Großeinsatz. Dank Schweitzer hat man Sabine und mich zu Statisten degradiert."

„Ist mir nur recht. Weil Statisten längst nicht so gefährlich leben wie die Hauptdarsteller. Aber zurück zu meinem Angreifer ... es gab da noch etwas Anderes. Etwas Eigenartiges. Nur, sosehr ich auch darüber nachdenke, ich kann mich nicht daran erinnern."

„Ein Schlag auf den Kopf ...", schmunzelte Worschädl.

„... und schon ist man komplett vertrottelt", setzte Karoline lächelnd fort.

Wie wohltuend, dass sie ihren Humor nicht verloren hatte. Wenn sie sich über ihre Situation und sich selbst lustig machen konnte, war sie schon fast wieder gesund.

Aber das Gespräch mit ihrem Mann hatte sie angestrengt, sie konnte ihre Augen nur mehr mit Mühe offen halten.

„Es taucht sicher wieder auf", meinte Worschädl beruhigend, griff nach der Fernbedienung und senkte die Rückenlehne.

„Stimmt. Dem Unterbewusstsein kann man vertrauen. Irgendwann schwemmt es alles an die Oberfläche“, lallte Karoline, sank in ihren Polster und fiel in einen tiefen, von Träumen durchwobenen Schlaf.

45

Nicht besonders lustig: Die tschechischen Kollegen hatten es verabsäumt, für Worschädl und Schinagl beim Bootsverleih ein Elektroboot zu reservieren. Und selbstverständlich kurvten diese Gefährte ausgerechnet jetzt alle draußen auf dem See herum.

Solche widrigen Umstände verlangten wegen des Zeitdrucks nach umso beherzteren Entscheidungen. Da machte es wenig Sinn, mit dem Nicht-Vorhandenen zu hadern. Vielmehr hieß es, aus dem zur Verfügung stehenden, am Holzsteg befestigten und unzulänglich erscheinenden Fuhrpark ein Schinakel auszuwählen.

Die beiden altersschwachen Ruderschatullen mit ihrem abblätternden, ehemals hellblauen Anstrich schieden vor allem deshalb aus, weil man sich in ihnen mit dem Rücken zur Fahrtrichtung fortbewegte. Daneben schaukelten vier schlanke Einsitzer-Kajaks im Wasser, deren Luken den Eindruck machten, als ob sie bei raschem Ein- und Aussteigen wenig Bewegungsfreiheit boten.

Blieb ein rotes, dynamisch wirkendes Kanu in Wildwestmanier mit drei Sitzbänken und spitz geschnittenem Bug und Heck. Zeichnete sich laut dem gesprächigen Verleiher durch unglaubliche Wendigkeit sowie beruhigende Stabilität aus. War aber wohl sinnvoll, wenn der Dickere – so drückte er sich aus – hinten Platz nahm und die schlanke Grazie – wieder seine Wortwahl – vorne.

Man kann nicht behaupten, dass das Boot nur ein wenig wackelte, als Worschädl seine 87 Kilo auf die Waage warf. Der Rumpf bewegte sich so erheblich, dass es dem Verleiher ein aufgeregtes „Hohoho“ entlockte.

Aber Schinagl als eingespieltes Teammitglied lehnte sich sofort schräg über den Bootsrand hinaus. Wie eine Vorschoterin beim Segeln. Worschädl, ebenfalls teamorientiert, verlagerte zugleich sein Gewicht nach innen, und so gelang es den beiden, die Schieflage auszugleichen.

„Wie viel Grad hat das Wasser?", rief Schinagl dem Verleiher zu.

„Siebzehn, achtzehn!"

„Oh, Scheiße! Viel zu kalt. Robert, da sind wir gerade noch einmal davongekommen."

„Keine falsche Nervosität, Sabine, wir haben das bestens im Griff. Nimm das Paddel! Auf los geht's los."

Der Verleiher löste die Leine, versetzte dem Boot einen Stoß und sah noch kurz zu, wie es mit den beiden Österreichern davonglitt. Hinaus auf das von verspielten Wellen gekräuselte, dunkle Wasser des Lipno-Stausees.

„Robert, ist dir klar, dass wir unter uns ein Volumen von 309,5 Millionen Kubikmeter Wasser haben?"

„Sapperlot, die Dame hat sich fortgebildet?"

„Die Dame hat gegoogelt. Wir bewältigen gerade den größten See der Tschechischen Republik. 48,7 Quadratkilometer Gesamtfläche bei einer Länge von 42 Kilometern sind kein Klacks."

„Donnerwetter, das ist respektgebietend. Sieht aber so aus, als ob uns der See gewogen wäre. Restaurant *Blue View* auf drei Uhr. Wir sind optimal auf Kurs."

Im *Blue View* hatte Cheng Zhang angeblich als Kellner Unterschlupf gefunden. Das Lokal gehörte einem bisher unauffälligen Gastronomen namens Jiří Hanak, der laut dem Kontaktmann vom Asia-Markt den südböhmischen Raum mit den Drogen des Tschechen versorgte.

Nachdem der Tipp von den Österreichern gekommen war, konnte die Drogenfahndung in Budweis die Festnahme von Cheng Zhang nicht gut ohne die Nachbarn planen. Aber sie sprachen den ausländischen Kollegen bei der Aktion, die heute über die Bühne gehen sollte, eine höchst fragwürdige Rolle zu, die sie in mehreren Telefonkonferenzen mit der Bezeichnung „operative Vorhut" zu beschönigen versuchten.

Getarnt als normale Bootstouristen, sollten Worschädl und Schinagl am Steg des Restaurants anlegen, sich an einen der Tische auf der breiten, zum See hin ausgerichteten Sonnenterrasse setzen, etwas bestellen und auskundschaften, ob Fallen oder Tücken lauerten.

Schweitzer hatte sich elendiglich über den Tisch ziehen lassen. Er fand sich damit ab, dass zwei seiner besten Leute wie Idioten behandelt wurden. Wie dämliche Chargen, die auch dann, wenn sie grünes Licht für den Zugriff geben würden, nicht tätlich eingreifen und schon gar keine Waffe benutzen durften.

So wurden sie auf sinnlose Hampelmänner beziehungsweise -frauen in einem Indianerkanu reduziert, die wenigstens nicht aus dem Takt gerieten, wenn sie ihre Stechpaddel ins Wasser stießen.

Karoline, unübertroffene Meisterin im positiven Umfärben von grauen und dunkelgrauen Gegebenheiten, hätte vermutlich darauf hingewiesen, dass die sauersten Äpfel oft die meisten Vitamine haben. Oder dass man vom schlechtesten Startplatz aus immerhin einen guten Überblick hat und mit kluger Taktik durchaus noch an die Spitze kommen kann.

Aber womöglich wäre es diesmal selbst ihr nicht gelungen, die miese Laune der beiden Ermittler zu heben. Dabei wiesen sie in ihren regenfesten Windjacken und mit Schirmkappen, die ein gelbgrünes Donau-

Moldau-Logo zierte, eine respektable Schlagzahl auf. Zorn kann ein effektiver Motor sein.

„Unser Timing ist perfekt", keuchte Schinagl und zog ihr Paddel kräftig durchs Wasser.

„Und so soll es auch bleiben", schnaubte Worschädl und ignorierte das leichte Stechen in seinem rechten Oberarm.

Tatsächlich paddelten sie, als nähmen sie an einer Regatta teil und lägen auf Medaillenkurs. Wobei es an diesem frühen Nachmittag weit und breit keine Gegner gab. Aber ein erklärtes Ziel: das *Blue View,* welches sie nach einem ausgeklügelten bilateralen Einsatzplan in exakt sieben Minuten zu erreichen hatten.

Stefan Schweitzer kam sich zu selben Zeit in seinem Büro wie in einer Kommandozentrale vor. Per Handy mit dem tschechischen Einsatzleiter verbunden, sah er auf seinem Monitor die Bilder von drei versteckten Kameras, die auf das Restaurant gerichtet waren.

Das zweistöckige Haus mit blumengeschmückten Balkonen, rotem Giebeldach und dunkelgelb gestrichener Fassade lag auf einem großzügigen Seegrundstück und grenzte mit seiner Terrasse direkt ans Wasser. Auf dem asphaltierten Parkplatz neben dem Haus standen ein kleineres und fünf mittelgroße Autos, am Steg eines zum Gastbetrieb gehörenden Bootsverleihs war Platz für mehrere Elektro- und Ruderboote, und an den 18 Tischen auf der Terrasse mochten unter zum Teil aufgespannten Sonnenschirmen etwa 16 Gäste sitzen.

Hin und wieder verdunkelte sich die Terrasse wegen einer jener spärlichen Wolken, die sich ab und zu vor die Sonne schoben. Aber sonst lud das Wetter eindeutig zum Frischlufttanken ein.

Was die Kameras nicht zeigten, waren die Einsatzfahrzeuge, die unweit des *Blue View* in einer Seitenstraße Stellung bezogen hatten und in denen schwer bewaffnete Männer und Frauen auf ihre Befehle warteten.

Schweitzer ging gedanklich noch einmal durch, was sie von den Kollegen in Budweis über den Betreiber des Restaurants erfahren hatten: Angeblich hatte sich Jiří Hanak mit einer Generalrenovierung des Betriebes vor vier Jahren finanziell schwer übernommen. Zum Abstottern seiner horrenden Schulden dürfte er beim Tschechen angeheuert haben.

Wie die Vietnamesen vom Asia-Markt in Vyšší Brod herausfinden konnten, dass er Cheng Zhang bei sich aufgenommen hatte, ließ sich wohl am besten mit weitverzweigten Verbindungen und gut geschmierten Netzwerken erklären. Die Kanäle der Mafia sind unergründlich.

Genauso unergründlich blieb für die tschechischen Ermittler, ob der Hinweis auf das *Blue View* den gebührenden Wahrheitsgehalt aufwies und der Realität entsprach. Auf Leitungsebene wurde deshalb intensiv über die Berechtigung und Sinnhaftigkeit einer großangelegten und länderübergreifenden Aktion debattiert.

Den Ausschlag gaben schließlich die tschechischen Kollegen von der Grenzpolizei in Wullowitz. Sie erhofften sich inständig, mit Cheng Zhangs Verhaftung endlich Hinweise auf den Tschechen zu erhalten.

Schweitzer wiederum überzeugte das österreichische Innenministerium davon, dass er es war, dem man die Informationen über das Versteck von Cheng Zhang zu verdanken hatte, und erntete dafür Anerkennung und Respekt. Genau so, sagte sich Schweitzer, stellen sich die verantwortlichen Entscheidungsträger einen zukünftigen Bezirkskommandanten vor: äußerst clever, bestens vernetzt und international versiert.

Jetzt konnte Schweitzer nur noch hoffen, dass Worschädl und Schinagl gute Figur machten und weder sich noch ihn blamierten.

Eigenartig.

Die Dichte der Funksprüche nahm plötzlich zu.

Hin und her fliegende Wortfetzen.

Hallo, nur keine vorschnelle Aufregung, dachte Schweitzer. Wir haben noch sechs Minuten. Meine Leute sind noch nicht vor Ort.

Da hörte er es.

Dieses eine Wort.

Er konnte es zuerst nicht glauben.

Aber es war zweifellos gefallen.

Der Kommandant hatte es unmissverständlich ausgesprochen.

Zásah! Zugriff!

Himmel, Arsch und Zwirn!

Dann nahmen die Dinge ihren Lauf. Unzeitgemäß. Viel zu früh.

Schweitzer hätte den Kalk von den Wänden fressen oder mit dem Kopf gegen die Tür rennen können. Immer und immer wieder. Aus lauter Wut.

Offenbar war es unmöglich, diese Tschechen richtig einzuschätzen.

Von der Grenzpolizei waren sie gerade noch angehimmelt und zu böhmischen Buchteln eingeladen worden.

Von den Drogenfahndern aus Budweis wurden sie hingegen eiskalt über den Tisch gezogen. Die hatten vermutlich von Anfang an geplant, die Lorbeeren allein einzuheimsen, während Schweitzers Leuten und ihm selbst nur der Blick durch die Finger blieb.

Nicht durch seine Finger schaute zu diesem Zeitpunkt der Malermeister, Meth-Koch und vorübergehende Kellner Deng Lun alias Cheng Zhang. Er trug gerade ein Tablett mit schmutzigem Geschirr in Richtung Küche und brauchte seine ganze Konzentration, um bei dem hohen, penetranten Pfeifen in seinem linken Ohr nicht aus dem Gleichgewicht zu kommen.

Verflüchtigt hatte sich sein Tinnitus mit dem Berufswechsel nicht, er war aber auf sicherem Boden weitaus leichter zu beherrschen als auf einer klapprigen Malerleiter. Außerdem war Cheng Zhang inzwischen geübt darin, dem Pfeifen standzuhalten. Sich nicht aus der Bahn werfen zu lassen. Deshalb erreichte er die Küche ohne größere Schwierigkeiten.

Zur gleichen Zeit nahm Jiří Hanak, der im großen Gastraum hinter der Schank stand und zufällig einen Blick zum Fenster warf, einen draußen vorbeihuschenden, volladjustierten Polizisten wahr. Worauf seine rechte Hand in einer Panikreaktion wie von selbst die Lade unter der Kassa öffnete, nach der für alle Fälle bereitliegenden Pistole griff und den Lauf auf die sich langsam öffnende Eingangstür richtete.

In der Küche fehlten Cheng Zhang noch geschätzte zwei Meter, um das Tablett sicher auf der Geschirrablage abzustellen. Und es war nicht der Hundepfeifenton, der dafür sorgte, dass es plötzlich samt Inhalt auf den Boden krachte.

Es war zuerst dieser eine voreilige Schuss, der aus der Waffe von Jiří Hanak kam. Und dann der Tumult, der mit einem Mal ausbrach.

Die Schreie, das Krachen, der tollwütige Lärm.

Das Stakkato aus Schüssen und Salven.

Und die junge Küchenhelferin, die ihn im Davonrennen von der Seite rammte.

Cheng Zhang begriff sofort, was los war.

Wem dieser Angriff galt.

Ihm.

Sie hatten ihn gefunden.

Er ging nieder auf die Knie, schnitt sich am zersplitterten Geschirr, hörte die Mischung aus laut gebrüllten Befehlen und panischen Schreien.

Schrak zurück, als neben ihm ein blutüberströmter Körper auf den Boden sackte. Starr zur Decke gerichtete Augen. Tot.

Der Vietnamese kroch hyperventilierend in Richtung Hintertür.

Vor ihm wurde der Suppenkoch gegen den Herd geschleudert. Sein unsägliches Gebrüll. Sein zerschossener Unterkiefer.

Cheng Zhangs Hände in fremdem Blut. Im Blut eines Polizisten mit Helm, Uniform, Maschinenpistole.

Er griff nach der Waffe, gelangte zur Hintertür, drückte sie auf, schob sich hinaus, rannte die Treppe hinunter in den Keller.

Der Vietnamese kannte die Tür, die zu dem kleinen Bootshaus mit direktem Seezugang gleich unter der Terrasse führte.

Er wusste auch um das am See verbotene Motorboot, das hier versteckt bereitstand. Ein Fluchtfahrzeug. Für alle Fälle.

Der Schlüssel steckte.

Cheng Zhang löste die Taue.

Setzte sich hinters Lenkrad.

Startete den Motor und gab Gas.

46

Der Tscheche öffnete die Metallkassette, die er vor wenigen Wochen in einem Fachmarkt am Stadtrand von Prag erstanden hatte. Die Universal-Spiralbohrer mit verschiedenen Durchmessern steckten bestens sortiert in ihren Halterungen.

Jeder einzelne Bohrer zeichnete sich durch hohe Elastizität, Zähigkeit und Verwindungssteifigkeit aus und war insbesondere zum Bearbeiten von legiertem und unlegiertem Stahl sowie Grauguss, Temperguss und Sintereisen geeignet.

Mit ihren scharfen Schneiden durchdrangen sie erfahrungsgemäß auch problemlos Fleisch und Knochen.

Er wählte den dünnen Viererbohrer, spannte ihn in die Schlagbohrmaschine und drückte auf den Einschaltknopf. Alleine das sirrende Geräusch des 850-Watt-Motors entlockte dem Puffhausmeister ein gurgelndes Stöhnen.

Binder saß in der Mitte des Kellerraums. Seine Beine und Unterarme waren mit Lederriemen an einen Stuhl gefesselt. Um seinen Mund hatte ihm der Tscheche einen alten Schal gewickelt.

Als der Tscheche den Bohrer an seine Augen heranführte, riss Binder den Kopf zur Seite und schnaubte panisch durch die Nase. Seine Schließmuskeln versagten. Er stank nach Pisse und scharfem Schweiß.

Der Tscheche stellte den Bohrer ab und legte ihn auf den Arbeitstisch. Dann nahm er den Lötkolben und drückte den Stecker in die Dose.

„Kovac sagt, du bist eine Plaudertasche. Quasselst wie ein Wasserfall. Versorgst die Bullen mit Infos, die sie absolut nicht haben sollten. Und jetzt machst du dich auch noch über unsere Drogen her."

Binder schüttelte den Kopf und zerrte an seinen Fesseln.

„Heißt, du bist nicht vertrauenswürdig. Heißt, dass wir wissen müssen, was du den Bullen über uns erzählt hast. Jedes Wort, jedes Detail."

Der Tscheche prüfte den Lötkolben. Alles bestens. Die Lötspitze erwärmte sich bereits.

„Damit du dich besser erinnern kannst, helfe ich dir ein wenig auf die Sprünge. 500 Grad werden dich hoffentlich motivieren." Der Tscheche packte den Hausmeister bei den Haaren und drückte ihm die Lötspitze gegen den Hals.

Rauch, Zischen, verbrannte Haut.

Blut.

Und fast tierische, vom Knebel gedämpfte Schmerzenslaute.

Aber der Tscheche ließ nicht locker, bis sich ein kleiner Krater gebildet hatte.

Dann knöpfte er das Hemd seines Opfers auf und platzierte die Kolbenspitze knapp oberhalb der rechten Brustwarze. Wieder Binders ersticktes Aufschreien.

So etwas wie Mitleid wollte der Tscheche nicht empfinden. Nur gut, dass Kovac daran gedacht hatte, Valerie per Telefon zu seiner Stellvertreterin zu ernennen, mit der Beobachtung von Binder zu betrauen und ihr aufzutragen, bei Bedarf den Tschechen zu kontaktieren. Und optimal, dass die schwarzhaarige Ungarin jeden Abend Kovacs Schreibtischladen kontrollierte und sofort nach dem Handy griff, als der Garagenschlüssel fehlte.

Der Tscheche befreite Binder von seinem Knebel.

„Raus damit! Was hast du den Bullen über uns erzählt?"

„Nichts, kein Wort, verfluchte Scheiße! Das hab ich dir doch schon gesagt! Das mit der Garage tut mir leid!

Ich mache das auch wieder gut! Aber hör bitte mit dem Wahnsinn auf!“

Diesem hysterisch und verzweifelt vorgetragenen Ersuchen konnte der Tscheche nicht Folge leisten. Weil er dem Frieden noch nicht traute. Und er konnte es nun einmal nicht riskieren, seine Tarnung zu gefährden.

Er tauschte die Lötpistole gegen die Bohrmaschine. Drückte die linke Hand des Hausmeisters auf die flache Armlehne des Stuhls und setzte in der Mitte der Handrückseite den Bohrer an.

Er drückte den Einschaltknopf.

Und war wieder einmal froh darüber, dass er hier unten perfekte Lärmschutzmaßnahmen getroffen hatte.

47

Worschädl und Schinagl waren noch etwa 200 Meter vom *Blue View* entfernt, als das Spektakel losbrach.

Möglichst keine Waffengewalt, möglichst keine Verletzten. So hatten sie es ausgemacht. Und dann wurde da plötzlich geballert, als ob es kein Morgen gäbe.

Sie stellten sofort das Paddeln ein.

„Robert?"

„Sabine?"

„Unsere Ankunft ist erst in 4 Minuten und 27 Sekunden geplant."

„Diese Ignoranten verarschen uns."

„Wir sind nicht einmal Statisten. Wir sind höchstens Publikum."

„Stimmt. Für die Bühne haben die uns gar nie vorgesehen."

„Unser Chef ist denen also gründlich auf den Leim gegangen."

„Gründlicher geht es gar nicht." Worschädl gelang nur ein bitteres Grinsen. Da saßen sie nun. Die zwei Lipno-Stausee-Idioten. Von den tschechischen Kollegen einfach außen vor gelassen, als wären sie gar nicht anwesend gewesen.

„Wie Luft kommt man sich vor." Sabine nahm ihre lächerliche Moldau-Kappe ab.

„Wie ein böhmischer, vom Winde verwehter Furz." Worschädl öffnete den Kragen seiner Windjacke.

„Wir füttern sie mit Hinweisen, und die nehmen die Bude im Alleingang auseinander."

„Fraglich bleibt nur, ob sie das auch schaffen."

Schinagl sah, dass sich Worschädl aufgerichtet hatte und zum Ufer blickte. Sie folgte seiner Hand, die in Richtung des Restaurants zeigte. Und tatsächlich schoss jetzt von dort etwas auf den See hinaus. Ein äußerst rasantes Motorboot.

„Sieht so aus, als würde da jemand sehr schnell das Weite suchen“, meinte Schinagl. In ihrer Stimme war plötzlich wieder ein Anflug von Energie zu spüren.

„Und derjenige scheint zu glauben, dass dieses Weite in unserer Richtung liegt. Fährt zwar wie ein Besoffener, hält aber direkt auf uns zu“, sagte Worschädl und wirkte ebenfalls in positiver Weise alarmiert.

„Jetzt ist es doch wieder ganz gut, dass wir keine Uniformen tragen.“

„Stimmt. Da wäre er schon abgebogen. Wie schnell sich die Dinge ändern können. Liebe Kollegin Sabine, wenn er den Kurs so beibehält, könnte er uns in Kürze rammen.“

„Was wir, lieber Kollege Robert, unbedingt vermeiden sollten.“

„Passt es, wenn du auf den Motor zielst?“

„Du meinst, mit meiner Dienstwaffe, die ich laut Chef gar nicht bei mir haben dürfte?“

„Richtig. Wie es der Zufall will, habe ich ebenfalls etwas Schießbereites zur Hand. Falls es dir Recht ist, nehme ich mir den Fahrer vor.“

„Einverstanden. Super Plan, Kollege Robert. Perfekt!“

Der Wind, die Wellen, 90 PS und dazu dieser verfluchte Tinnitus. Unmöglich, einfach geradeauszufahren. Aber vielleicht machte die kurvige Spur, die er zog, sogar Sinn. Falls jemand auf die Idee kam, ihn ins Visier zu nehmen. Auf ihn zu schießen.

Noch sah Cheng Zhang keine Verfolger. Noch löste sich vom Ufer keine Armada an Motorbooten und startete die Jagd auf ihn. Auch vor ihm war bis auf zwei weit entfernte Elektroboote und ein Kanu überraschend wenig Schiffsverkehr. Sah so aus, als hätte er sich die Maschinenpistole, die jetzt neben ihm auf der gepolsterten Sitzbank lag, völlig umsonst geschnappt.

War auch besser so, hatte er doch in seinem bisherigen Leben noch nie von einer Schusswaffe Gebrauch gemacht. Konnte aber durchaus sein, dass er sich in nächster Zeit doch Respekt verschaffen musste.

Cheng Zhang suchte das Ufer nach einer geeigneten Stelle zum Landen ab. Er hätte eine kleine, möglichst verborgene Bucht bevorzugt, von der aus er rasch eine Straße erreichen und ein Auto stoppen konnte.

Sein Kopf war voller Fragezeichen. Wie hatte die Polizei nur sein Versteck entdeckt? Warum war er aufgeflogen? Hatte ihn jemand ans Messer geliefert? Etwa jemand vom Personal? Oder Jiří Hanak selbst, weil er sich damit einen Vorteil verschaffen konnte? Was wollte die Polizei von ihm? Hatte ihr unvermutetes Erscheinen etwas mit dem Mord an Eliska Cerny zu tun? Oder waren sie gar dem Tschechen auf die Schliche gekommen?

Eine Süßwassergischt spritzte ihm ins Gesicht, versetzte ihn gedanklich wieder auf den See zurück und machte ihm bewusst, dass sich das Kanu mit den zwei Urlaubern vor ihm keinen Millimeter bewegte. Offenbar hatten sie das Paddeln eingestellt, öffneten sich womöglich eine Dose Bier und machten sich über Wurst- und Käsesemmeln her.

Cheng Zhang entschied, rechts an ihnen vorbeizuziehen. Er ignorierte das Pfeifen in seinem Kopf, richtete seine gesamte Aufmerksamkeit auf das nun kommende Manöver und leitete mit einer etwas ruckartigen, aber letztendlich gelungenen Drehung am Lenkrad die Kurve ein.

Grüßten die beiden vom Kanu zu ihm herüber? Ihre Blicke waren jedenfalls auf ihn gerichtet. Außerdem hielten sie ihre Arme seltsam ausgestreckt. Nämlich genau in seine Richtung.

In diesem Moment erkannte er die Pistolen. Griff nach der Maschinenpistole, riss sie hoch, jagte eine Salve in die Luft, richtete die Waffe auf das Kanu, drückte den Abzugshahn, schickte eine ganze Batterie von Kugeln los.

Doch dann kam der Doppelschlag.

Zuerst traf es den Motor. Einen Lidschlag später Cheng Zhang. Die Patrone Kaliber 9 Millimeter drang durch das Fleisch und bohrte sich akkurat in seinen ohnehin bereits lädierten Schulterknochen.

Das sich ruckartig verlangsamende Boot.

Die aus dem Motor züngelnden Flammen.

Und Cheng Zhang, dem das Deck entgegenkam.

Während er auf dem Boden aufschlug, passierte etwas, das man durchaus als Wunder bezeichnen konnte. Obwohl halb benommen, hätte es Cheng Zhang am liebsten laut hinausgeschrien, nur versagte ihm die Stimme.

„Ich weiß nicht wie“, dachte er, „aber es ist geschafft. Ich höre kein Pfeifen mehr. Wir haben gerade meinen Tinnitus verscheucht!“

Worschädl und Schinagl ahnten natürlich nichts von der heilenden Wirkung ihrer Intervention, als sich das Polizeiboot endlich mit hohem Tempo näherte. Ganz vorn am Bug der Einsatzkommandant.

Bruce-Willis-Typ. Heldenantlitz, angegraut, schmale Lippen, durchtrainiert. Und mit sagenhaft übler Laune.

Nahm mit angestrengter Miene zur Kenntnis, dass dieses komische rote Kanu von insgesamt acht Kugeln durchlöchert worden war, es aber wie durch eine himmlische Fügung nur den oberen, über dem Wasser liegenden Bereich erwischt hatte, wodurch kaum Wasser eingedrungen war.

Auch der Bericht über die völlige Unversehrtheit der beiden österreichischen Kollegen konnte seine verbissene Mimik nicht entspannen. Er verlor kein Wort darüber, dass die beiden es mit größter Anstrengung geschafft hatten, den Verletzten von seinem in Flammen stehenden Boot in ihr Kanu zu befördern.

Sein Thema war ausschließlich der unerlaubte Waffeneinsatz. Die abgefeuerten Schüsse von Worschädl und Schinagl. Daran krallte sich Bruce Willis fest.

„Sie haben ganz gravierend gegen die Vorschriften verstoßen."

„Aber nur, weil Ihr Zeitplan ganz gravierend in die Hose gegangen ist", hielt Worschädl dagegen.

„Moment, wenn Sie uns ernsthaft kritisieren wollen ..."

„Was Sie bei diesem misslungenen Einsatz nicht wundern dürfte."

„Wir hatten alles top im Griff. Bis auf die Unsicherheitsfaktoren aus Österreich."

Jetzt platzte Schinagl der Kragen: „Die zwei Unsicherheitsfaktoren aus Österreich haben Ihnen gerade den Arsch gerettet."

Für Cheng Zhang, der zwischen Worschädl und Schinagl am Boden lag, war die schlechte Stimmung am Lipno-Stausee kein Problem. Er verspürte keinerlei Anzeichen von Seekrankheit, verfügte über einen lupenreinen Gehörgang, sein Kopf war vollkommen geräuschbefreit. Ein Segen trotz der wilden Schulterschmerzen. Ein Feiertag, obwohl ihm die Inhaftierung drohte.

Er sah, wie der rundliche Bulle mit der Donau-Moldau-Kappe in Richtung des Uniformierten auf dem Polizeiboot zeigte: „Sie sollten also demütig und dankbar sein, lieber Freund."

„Schluss jetzt!", bellte der tschechische Einsatzleiter. „Sie schieben uns den Vietnamesen rüber und wir melden, dass Sie Ihre Befugnisse überschritten haben. Und verlassen Sie sich darauf, dass ich in diesem Spiel die besseren Karten habe."

Bruce Willis himself. Vermutlich ein Originalzitat. Vielleicht aus *Stirb langsam 4.0*.

„Ich wette dagegen. Tausend Euro", antwortete Worschädl. Auch nicht schlecht, dachte Schinagl. Das kommt vielleicht im nächsten *Stirb langsam*-Sequel.

Bruce Willis stieß einen Fluch aus.

Schinagl hob beschwichtigend die Hände: „Okay, das war es jetzt aber, Robert."

Sie hat, dachte Worschädl, völlig Recht. Im tschechischen Hoheitsgebiet macht es keinen Sinn, diese Auseinandersetzung fortzuführen.

„Alles okay", meinte Worschädl und sorgte mit Schinagl dafür, dass die Kollegen den Vietnamesen übernehmen konnten.

Wenig später saßen auch sie auf einer Bank des Polizeiboots, das auf das Ufer zusteuerte.

„Robert, entschuldige, aber hättest du dich tatsächlich auf diese wahnwitzige Wette eingelassen?", fragte Schinagl, als sie schließlich auf den Landesteg des Restaurants *Blue View* traten.

„Ich war mir sicher, dass er kneift. Aber ich habe einen Trumpf im Ärmel."

„Welchen Trumpf?"

„Cheng Zhangs Handy. Das habe ich ihm abgenommen."

48

Die unmenschlichen Schreie aus dem Nachbarraum waren verstummt. Das ewig lange Brüllen, Flehen und Wimmern war Jakub durch Mark und Bein gegangen. Unglaublich, welche Qualen der ihm unbekannte Mann über sich ergehen lassen musste.

Auf einmal war es still. Nichts mehr zu hören. Bis auf das Schlagen einer Tür.

Jakub saß die Angst im Magen, in der Brust, im Hals. Er fragte sich, ob er der Nächste war. Der Nächste auf der Folterbank.

Er hatte längst jegliches Zeitgefühl verloren. Es gab hier kein Tageslicht. An den Neonröhren und den nackten Glühbirnen am Gang konnte man nicht erkennen, ob Tag war oder Nacht. Einziger Anhaltspunkt war der Rhythmus seines Schlafes. Der ließ ihn vermuten, dass er hier schon mindestens fünf Tage gefangen war.

Ganz sicher wusste Jakub, dass er hohes Fieber hatte. Sobald die Wirkung der Droge nachließ, meldete sich das bösartige Toben in seinem rechten Unterschenkel. Er musste dringend zu einem Arzt. Noch besser in ein Krankenhaus. Stattdessen verabreichte ihm sein Entführer ein Antibiotikum.

Der Mann mit der Sturmhaube über dem Kopf kam nun in regelmäßigen Abständen. Einmal mit zwei Flaschen Mineralwasser, zwei Brötchen, Wurst und Marmelade. Aber bevor er etwas essen konnte, setzte es die obligate Spritze. Offenbar eine Art Tagesration, von der Jakub erst nach Stunden erwachte und zu sich kam.

Da war der Mann meistens schon wieder hier gewesen, weil Obst und Süßigkeiten neben der Matratze lagen. Etwas später brachte er einen Burger oder eine Fertigpizza mit. Eigenartig. Zuerst hatte ihn der

Mann geschlagen und wie Dreck behandelt und jetzt verhielt er sich geradezu fürsorglich und päppelte ihn richtig auf. Jakub nahm sich vor, auf keinen Fall zuzunehmen.

In seinen wachen Zeiten an den Nachmittagen absolvierte Jakub trotz der Schmerzen und des Fiebers Liegestütze, Situps und Dehnungsübungen. Danach erforschte er sein Gefängnis und das Bad.

Klopfte, wie er es in Filmen gesehen hatte, die Wände und Fliesen nach hohlen Stellen ab. Untersuchte den Boden Zentimeter für Zentimeter nach einer möglichen Falltüre, einem versteckten Kanaldeckel oder losen Stellen im Beton. Aber trotz akribischer Genauigkeit konnte er nichts finden, das ihm ein Entkommen ermöglicht hätte.

Nein, er war ihm ausgeliefert.

Dem Mann mit den zwei Sehschlitzen und den wachen, dunkelgrauen Augen.

Die schmalen Lippen.

„Du musst duschen, dich pflegen und sauber sein. Hier, zieh das an."

Der Mann legte ihm neue Klamotten hin. Helles Polo, blaue Jeans, Unterwäsche.

„Du bekommst bald Besuch. Ich erwarte mir, dass du dich gut benimmst und genau das tust, was er von dir verlangt. Hast du mich verstanden?"

Jakub hätte es nie gewagt, zu widersprechen. Er nickte. Dabei hätte er sich am liebsten übergeben. Weil er ahnte, worum es ging.

Um jemanden, der auf Jungs stand. Auf Burschen so wie ihn. Die noch nicht erwachsen waren.

Der war scharf darauf, mit Jakub Sex zu haben.

Dem würde egal sein, ob Jakub damit einverstanden war. Den würde auch nicht interessieren, ob Jakub schwul war oder hetero. Er würde ihn haben wollen, und er würde ihn auch kriegen.

Dabei war für Jakub sonnenklar, dass ihn Jungs nicht interessierten. Er träumte von Mädchen. Von den Körpern, mit denen er tanzte, die er drehte, hob und trug. Er war eindeutig hetero, allerdings mit geringem sexuellem Erfahrungsschatz. Zwei, drei kurze Knutschereien, ein paar einprägsame Küsse, mehr war bis jetzt nicht gewesen.

Natürlich zog er sich hin und wieder ein Video auf *Youporn* rein und holte sich einen runter. Klar hatte er jede Menge Fantasien. In denen kam vor allem die schwarzhaarige Judita vor. Wenn er an sie und die bevorstehende Begegnung mit seinem Besucher dachte, kam er sich schon jetzt wie ein dreckiger Verräter vor.

Jakub ließ sich erschöpft auf die Matratze fallen, schloss die Augen und wollte an Judita denken. Aber stattdessen tauchte das Bild von Milo auf. Sein Mitschüler, der gern die Rolle des Unterdrückers spielte. Dessen Erfolgsmethode der Angriff war. Das Zuschlagen. Blindwütig und ungebremst.

49

Einerseits Lese- und Schreibaufgabe mit dem sechsjährigen Tobias. Andererseits der ständig durch die Wohnung tönende, noch unvollendete Fertigteilhaus-Jingle von Michael.

Außerdem schnell gekochte Spaghetti Carbonara und viertens ein voller Korb mit Bügelwäsche.

Die ideale Mischung für Schinagl, um von der Wahnsinnsaktion am Moldaustausee ein wenig Abstand zu gewinnen.

Weltwunder des Tages: Schweitzer hatte sich dazu herabgelassen, Worschädl und ihr während der Rückfahrt nach Linz per Handy zu ihrem fulminanten Einsatz zu gratulieren. Lob vom Chef hatte immer etwas Verdächtiges, dennoch war es tröstlich, dass er die Lage anders einschätzte als der tschechische Einsatzleiter.

Als Schinagl vor ihrer Wohnung abgesetzt wurde, hätte sie sich eigentlich nach einer Tiefenmassage mit anschließender Sauna gesehnt. Wegkippen, umfallen und sich einfach nur verwöhnen lassen.

Doch sie hatte ihre Wohnung kaum betreten, schlugen über ihr auch schon die Wogen des ganz normalen Familienlebens zusammen. Zuwendung da, Zuwendung dort, und sie selbst generierte die Zuwendung für sich aus der Zuwendung für die anderen. Überhaupt nichts Neues. Hauptsache, die Spaghetti schmeckten gut.

„Ohne Schlagobers und trotzdem echt cremig", machte ihr Michael ein Kompliment.

„Superflutschige Nudeln, Mami. Wenn ich nur nicht so Halsweh hätte."

Okay. Der Herr Sohn fügte seinem Kompliment also düstere Aussichten für seinen morgigen Schulbesuch hinzu. Der legte sich schon wieder eine kleine Krankheit zurecht, nur um nicht wieder in die Gruppendynamik seiner neuen Klasse eintauchen zu müssen.

Aber insgesamt mampften sie alle sehr friedlich und genüsslich.

Die Erwachsenen tranken Rotwein.

Man hätte von einer entspannten Stimmung und einem netten Abend sprechen können.

Bis sich Schinagls Handy meldete. Adele. Set Fire to the Rain.

„Hallo Kerstin, wie geht's?"

„Hallo Mama. Nicht so gut."

Schinagl hörte die Not in der Stimme ihrer Tochter und war sofort alarmiert.

„He, mein Mädchen, was ist los?"

„Ich check nicht, wo ich gerade bin."

„Was? Gib mir deinen Standort durch."

„Geht nicht. Mein Datenvolumen ist verbraucht."

„Okay. Und was ist mit deinem Vater? Der muss doch in deiner Nähe sein."

„Eben nicht. Ich bin abgehauen."

Schinagl ließ die Gabel auf den Teller fallen, stand auf und deutete ihren Männern, still zu sein.

„Du bist nicht mehr bei ihm zu Hause?"

„Nein. Ich geh da auf so einer finsteren Straße. Echt grimmig."

„Wie bitte? Du bist ganz alleine unterwegs?"

„Ja, Mama. Und ich kenn mich hier überhaupt nicht aus."

Kerstin konnte das Weinen nicht mehr unterdrücken.

Besorgter Blick von Michael. Nur Tobias gabelte unbekümmert weiter.

„Kerstin, hörst du mich?" Schinagls Stimme war eindringlich.

„Ja.“

„Du musst deine Angst runterschlucken und tapfer sein. Weinen kommt später. Okay?“

„Ja, Mama, okay.“

„Super. Bleib bitte stehen und sag mir, was du siehst.“

„Mach ich, Mama. Vor mir auf der anderen Straßenseite sind Häuser.“

Nur Häuser ist schlecht. Ich brauche etwas Markantes, mit dem ich sie finden kann.

„Und rechts, Kerstin?“

„Rechts sind jede Menge Leuchtreklamen. Und eine Tankstelle.“

„Ist sie beleuchtet?“

„Wie ein Christbaum.“

„Perfekt. Dort gehst du hin. Jetzt sofort. Und drück mich nicht weg.“

„Garantiert nicht, Mama.“

„Perfekt, mein Mädchen, du machst das toll. Wie weit ist es?“

„Nicht sehr weit. Zwei Minuten. Mama, da kommt mir ein Auto entgegen. Das wird immer langsamer. Scheiße, Mama.“

Schinagl bekam plötzlich keine Luft mehr. Verfluchte Angst. Kommt immer dann, wenn man sie nicht brauchen kann. Schinagl griff nach ihrem Autoschlüssel.

„Nicht hinschauen, Kerstin! Kein Blickkontakt!“

„Der geht auf Schritttempo runter!“ Kerstins Stimme war nur mehr ein ersticktes Flüstern.

„Lass ihn dein Handy sehen! Zeig, dass du telefonierst! Sprich laut mit mir!“

„Scheiße, der lässt sein Fenster runter!“

„Nicht hinschauen. Sag: Super, Mama, dass du gleich da bist. Laut!“

„Super, Mama, dass du gleich da bist!"

„Sag: Mama, ich kann dein Auto sehen!"

Schinagl wirkte gefasst und konzentriert. Michael saß inzwischen neben Tobias, der nichts mehr hinunterbrachte. Sie hielten sich an der Hand, blickten gebannt auf Schinagls Handy, aus dem Kerstins Stimme drang.

„Ja, Mama, ich kann dein Auto sehen!" Pause. Zwei, drei Sekunden.

„Kerstin, was ist los?"

„Er fährt weiter. Er ist weg."

Riesenerleichterung im Esszimmer. Schinagl streckte den Daumen in die Höhe, nickte Michael zu und eilte aus der Wohnung. Tobias schossen Tränen aus den Augen. Wie ein kleiner Wasserfall.

„Super, meine Kleine. Und jetzt mach Tempo! Los! Zur Tankstelle, so schnell es geht." Schinagls Stimme hallte durchs Stiegenhaus.

„Ich bin fast da."

„Siehst du schon was?"

„Die Zapfsäulen. Den Tankstellenshop. Vier Männer an einem runden Stehtisch. Sie trinken Bier."

„Und hinter der Kassa?"

„Steht eine Frau."

„Wunderbar. Zu der gehst du hin."

„Mach ich, Mama."

„Bist du drin?"

„Ja."

„Gib ihr dein Handy."

„Was?"

„Gib es ihr!"

„Hallo. Ich soll Ihnen das Handy ..."

„Was soll ich mit deinem Handy?" Schinagl hörte eine feste, volle Stimme.

„Bitte nehmen Sie es.“

„Na gut, meinetwegen. Hallo?“

„Guten Tag. Schinagl. Kriminalpolizei. Wie heißen Sie?“

„Um Gottes willen, wieso denn die Polizei?“

„Wie Sie heißen!“

„Schneider. Melanie Schneider.“

An der Stimme der Tankstellen-Kassiererin konnte Schinagl erkennen, dass sich nun alles zum Guten wendete. Sie klang nach einer Frau, die mit beiden Beinen fest am Boden stand. Bei ihr würde Kerstin in der nächsten Viertelstunde halbwegs gut aufgehoben sein.

„Gut, Frau Schneider. Ich brauche Ihre Hilfe“, sagte Schinagl, während sie aus dem Haus trat und zu ihrem parkenden Wagen rannte. „Sie passen auf dieses Mädchen auf, bis ich da bin. Alles klar?“

„Alles klar.“

„Sie ist meine Tochter und steht unter Ihrem persönlichen Schutz, haben Sie mich verstanden?“

„Vollkommen. Der Kleinen wird nichts passieren. Sie müssen sich keine Sorgen machen. Ich besitze einen Waffenschein und einen schwarzen Gürtel in Taekwondo. Wer auch immer Ihrer Tochter zu nahe kommt, wird von mir intensiv behandelt, wenn Sie wissen, was ich meine. Ich hab die Lage voll im Griff.“

„Das klingt gut, vielen Dank. Jetzt muss ich Sie nur mehr um Ihre Adresse bitten.“

„Freistädter Straße 148.“

„Danke. In 10 Minuten bin ich da.“

Schinagl legte auf, sprang in den Wagen und startete. In diesem Moment hörte sie das Piepsen ihres Handys.

Schneller Blick aufs Display. Eine Nachricht von ihrem Ex.

Hallo. Muss dir leider mitteilen, dass sich deine Tochter unmöglich benommen hat. Sie hat uns extrem wütend verlassen. Sag ihr, dass wir so richtig sauer sind. Klaus und Simone.

50

Worschädl versuchte es mit einer Doppelstrategie. Zuerst zeigte er der Nachtschwester seinen Ausweis, stellte sich als Chefinspektor vor und flößte ihr damit eine Menge Respekt ein. Dann gestand er ihr charmant, dass es sich nur um einen privaten nächtlichen Besuch handelte. Nachdem er den ganzen Tag Verbrecher gejagt hatte, wäre er ihr sehr verbunden, wenn er seiner Frau in ihrer letzten Nacht im Krankenhaus noch ein halbes Stündchen Gesellschaft leisten dürfte.

Den Cuvée aus Blaufränkischem, Merlot und Shiraz, den er in seiner schwarzen Umhängetasche verborgen hatte, erwähnte er lieber nicht. Womit seine Göttergattin, deren Zimmernachbarin am Nachmittag entlassen worden war, und die jetzt mit ihm Rotwein aus einem Krankenhausglas schlürfte, durchaus einverstanden war.

„Man darf die Güte der Menschen nicht mit zu viel Wahrheitsliebe überfordern“, sagte sie weise und lauschte seiner Analyse der heutigen Ereignisse.

„Auf dem Handy von Cheng Zhang gibt es einen kryptischen E-Mail-Verkehr, der sich eindeutig auf die Entführung des Jungen in Prag bezieht.“

„Cheng Zhang hat also davon gewusst.“

„Ganz sicher. Die Mails lassen vermuten, dass er sogar daran beteiligt war.“

Karoline, die in ihrem Krankenbett lag, stützte den Kopf auf den Ellbogen. „Und von wem stammen die Mails?“

„Von einem User, der seine IP-Adresse perfekt tarnt und im Netz kaum Spuren hinterlässt. Offenbar verwendet er einen Anonymisierungsdienst, deshalb ist der Standort des Rechners nur sehr schwer aufzuspüren. Aber unsere Spezialisten haben sich bereits auf die Jagd gemacht."

„Kann es sein, dass dieser Kovac dahintersteckt?"

„Das halte ich für sehr wahrscheinlich. Vermutlich hat er auch den Angriff auf dich in die Wege geleitet."

„Obwohl er im Gefängnis weder telefonieren noch mailen darf?"

„Kovac dürfte Verbindungsleute haben. Kann sein, dass ihm auch der eine oder andere Justizwachbeamte Privilegien zugesteht."

„Und er ist nach wie vor euer Hauptverdächtiger?"

„Cheng Zhang könnte ihm den Rang ablaufen." Worschädl nahm einen Schluck Wein, der aus dem Krankenhausglas ganz automatisch ein wenig medizinisch schmeckte.

„Und was ist mit dem beeinträchtigten Sportler und der stillen Liebenden?"

„Du meinst Florian Wiesbauer und Marlies Fischer?"

„Die hatten doch starke Motive. Verlustangst, Eifersucht, vergebliches Sehnen und Begehren ..."

„Aber für die Attacken auf die Frau eines Kriminalbeamten braucht es ganz andere Kaliber."

„Was, wenn der Überfall auf mich und der Mord auf der Wildgrubalm zwei verschiedene Paar Schuhe sind?"

„Und nicht ursächlich miteinander in Verbindung stehen ..."

„Dann kämen Florian und Marlies wieder als Täter für den Mord in Frage", rundete Karoline ihre Überlegungen ab.

Worschädl grinste und griff nach Karolines Hand: „Da ist was dran. Wird höchste Zeit, dass meine Chefermittlerin wieder nach Hause kommt."

„Ich war doch gar nicht lange weg."

„Eine gefühlte Ewigkeit."

„Mein Gott, du Armer." Karoline lächelte ironisch, zog seinen Kopf zu sich heran und küsste ihn.

„Ohne dich bin ich verloren."

„Deshalb verabreiche ich dir ja ein Antidepressivum." Sie küsste ihn noch einmal. „Na siehst du, geht ja schon wieder."

„Sogar ziemlich gut", bestätigte Worschädl und ließ seine rechte Hand unter die Bettdecke gleiten.

„Hallo, Herr Chefinspektor, wir sind im Krankenhaus."

„Jawohl, Frau Psychotherapeutin. Wenn uns ein Arzt überrascht, erzähle ich ihm, dass ich krank vor Sehnsucht bin."

„Ob das wirklich nur die reine, keusche Sehnsucht ist?"

„Von Keuschheit hab ich nichts gesagt."

„Es fühlt sich auch nicht so an."

„Schlecht?"

„Überhaupt nicht. Aber jetzt sind wir wieder brav."

„Ungern, aber ... okay." Worschädl zog seine Hand zurück.

„Dafür darfst du einen Schluck Rotwein trinken."

„Immerhin ein kleiner Trost."

Sie prosteten sich zu.

„Ich hab noch etwas für dich. Der Angreifer ... ich kann mich wieder daran erinnern, was mir aufgefallen ist."

Worschädl setzte das Glas ab.

„Sag schon, Karo."

„Sein Geruch. Er hat nicht gut gerochen, Bertl."

„Kannst du seinen Geruch beschreiben?"

„So weit bin ich noch nicht. Aber ich arbeite daran. Nur, während ich so rede, stelle ich fest, dass der Begriff ‚Geruch' nicht passt."

„Was war es dann?“
„Gestank. Der Mann hat gestunken, Bertl.“

51

Zur Ehrenrettung von Schinagls Ex muss angemerkt werden, dass der Text seiner SMS an Sabine nicht auf seinem Mist gewachsen war. Er hätte seine ehemalige Frau am liebsten sofort angerufen, aber das wollte Simone nicht.

„Wegen diesem verzogenen Fratz telefonierst du auf keinen Fall wie blöd herum."

Ihre Wut war unermesslich. Angeblich hatte sie noch nie jemand derartig beleidigt.

„So was von hochnäsig! So was von rotzig! Hoffnungslos verdorben von ihrer Polizistenmutter."

Klaus hatte keine Wahl. Wenn er noch kriegen wollte, worauf er aus war, war Widerspruch kontraproduktiv, auch wenn er nicht ganz ihrer Meinung war. Seiner Ansicht nach war Kerstin zu selbstbewusst, legte aber gute Manieren an den Tag und verhielt sich prinzipiell höflich und respektvoll.

Bis auf den Ausrutscher gestern Abend.

Den Klaus sogar nachvollziehen konnte.

Simones Geschnetzeltes schmeckte auch ihm nicht besonders.

Aber das hätte er niemals zugegeben.

Dann hätte er das, worauf er aus war, nämlich gleich vergessen können.

Allerdings stellte sich wieder einmal heraus, dass Sex nur halb erquicklich ist, wenn die beteiligte Frau emotional nicht bei der Sache ist. Dann erledigt sie zwar ihren Part, wickelt das Programm aber sehr pragmatisch ab. Hauptsache, der Mann ist möglichst schnell befriedigt, und dann Licht aus und gute Nacht.

Nun gehörte Klaus zu jener Kategorie maskuliner Geschöpfe, die erst dann vollends mit sich zufrieden waren, wenn auch die Frau den Gipfel der Lust erklomm. Das war gestern eindeutig nicht der Fall gewesen, selbst wenn ihm Simone, bereits im Halbschlaf, noch versichert hatte, dass es auch für sie ganz wunderbar gewesen sei.

Ein nur halb geglückter Beischlaf weckte bei Klaus immer Zweifel an sich selbst. Er sah das sportlich. Wie beim Biathlon. Du kannst mit deinen Langlaufschiern die Loipe noch so toll bewältigen, wenn du beim Schießen keinen Treffer landest, bist du nicht vorne mit dabei.

Solche Gedanken gingen ihm im Bett neben der längst eingeschlafenen Simone genauso durch den Kopf wie die Frage, ob Kerstin hoffentlich gut nach Hause gekommen war. Auf seine von Simone formulierte SMS hatte Sabine nicht reagiert. Und als er, während Simone im Bad war, doch noch anrief, hob sie einfach nicht mehr ab.

Die Ungewissheit hielt ihn viel zu lange wach. So musste die digitale Anzeige seines Weckers auf dem Nachtkästchen auf 4 Uhr 12 springen, bis er endlich in den Schlaf sank. Bereits um 5 Uhr 45 wurde er von einem unerbittlichen Ding-Dong geweckt, das aber nicht vom Wecker, sondern von der Haustür kam.

„Wer spinnt denn da so hochgradig?“, murmelte Simone.

Vielleicht die Polizei. Oder die Rettung, dachte Klaus sofort. Die drückten ohne Pause auf die Klingel, um ihm mitzuteilen, dass sie seine Tochter schwer verletzt in einem Hinterhof gefunden hatten. Vergewaltigt und erdrosselt.

Rein in den Bademantel.

Die Stiege runter zur Tür.

Richtig vorhergesehen.

Es war wirklich die Polizei.

Allerdings in der Person seiner ehemaligen Frau Sabine.

Ihr Gesichtsausdruck verhieß nichts Gutes. Sie war mindestens auf 180. Und legte auch sofort los.

„Ist es wahr, dass du meine Tochter gestern um 22 Uhr alleine aus dem Haus gelassen hast?"

„He, Moment. Ist dir klar, wie spät es ist?"

„5 Uhr 45. Kein ungewöhnlicher Arbeitsbeginn für eine Mutter. Also?"

„Was hätte ich machen sollen? Sie wollte weg. Und sie ist verdammt noch einmal alt genug, um sich allein zurechtzufinden."

„Hier heraußen? In dieser verlassenen Stadtrandgegend?"

„Himmel, Kerstin ist 15!"

Dieser Satz löste bei Klaus' Ex-Frau etwas aus. Exakt einen Impuls im rechten Arm. Der brachte die Hand zum Fliegen. Sie landete mit einem lauten Klatschen auf Klaus' Stirn.

„Und ist das kein kritisches Alter, du Idiot?"

„Scheiße. Du hast mich geschlagen!"

„Getätschelt. Damit du mit deinem beschränkten Hirn kapierst, dass ich wissen muss, wo sie sich aufhält. Und mit wem sie Umgang hat."

Der Ex griff sich an die Stirn und verzog das Gesicht wie der leibhaftige sterbende Schwan. Schinagl packte seine Hand und drückte sie nach unten.

„Mach keinen Zirkus, ich hab dich nie berührt. Solltest du jemals etwas anderes behaupten, streite ich alles ab."

„Moment, du hast mich ..."

„Klappe! Kein einziges Mädchen sollte in einer kohlrabenschwarzen Nacht allein durch diese triste Gegend stapfen. Und schon gar nicht meine Tochter!"

Im oberen Stock des Nachbarhauses ging das Licht an.

„Sabine, geht es bitte etwas leiser?"

„Nur, wenn du deine Tussi holst."

„Sie heißt Simone."

„Und tanzt hoffentlich sofort hier an. Falls nicht, brülle ich dir deine ganze Nachbarschaft zusammen."

Klaus sah ein, dass er schlechte Karten hatte, verschwand kurz im Haus und kehrte mit seiner Neuen wieder. Ungeschminkt. Das Haar im Schlafmodus, also ziemlich durcheinander. Schlappriger Pyjama. Grantiger Blick.

„Und? Was gibt's?" Belegte Stimme. Die morgendliche Heiserkeit.

„Jede Menge", antwortete Schinagl mit messerscharfem Ton. „Erstens: Kinder sind alles andere als einfach. Sie fordern einem manchmal wirklich alles ab. Man schleppt sich von der Arbeit heim, ist streichfähig, und dann kommen die mit ihrem oft wahnsinnig mühseligen Scheiß daher. Aber darf ich mich dann gehen lassen? Nein! Die Erwachsenen sind, verdammt noch einmal, wir!"

Simones Augenbrauen bogen sich steil nach oben. Wie zwei gotische Kirchenfenster. Dann folgte ein genervter Blick zu Klaus.

„Weißt du, warum die so schreit?"

Du darfst ihr die Haare nicht büschelweise ausreißen, dachte Schinagl. Du darfst deine Fingernägel nicht über ihre Wangen ziehen. Aber du musst ihr klarmachen, wo ihr Platz ist. Wie wenig sie in diesem Spiel zu sagen hatte.

„Weil Sie blödes, stumpfsinniges und primitives Weib meine Tochter geschlagen haben."

„Wie bitte? Klausi, sag ihr, dass sie so mit mir nicht reden darf."

Aber Klausi kam nicht zu Wort, weil Schinagl schneller war.

„Kerstin hat sich nur erlaubt, Ihr Hühnergeschnetzeltes zu kritisieren!“

„Aber in einem Ton, den sie sich ganz schnell wieder abgewöhnen darf“, entgegnete Simone.

„Kerstin war es, die für diesen Konflikt die Munition geliefert hat“, stand Klaus seiner Simone bei.

„Moment. Es war zwar nicht besonders höflich, dass sie die Sauce als dünnen und einfallslosen Matsch bezeichnet hat ...“

„Nicht besonders höflich?“ Simones Stimme wurde laut und schrill. „Für diese Frechheit hätten ihr weitaus mehr gehört. Am liebsten hätte ich sie windelweich ... ja, windelweich! Wegen einer einzigen Ohrfeige muss man nicht so ein Theater machen!“

„Na bravo! Sie leihen sich schnell einmal mein Kind, um Ihre erschlaffende Beziehung wieder in Schwung zu bringen, und bei der ersten Grenzüberschreitung langen Sie ihr eine? Glauben Sie, dass meine Tochter, die meine Nerven zwanzig Mal am Tag strapaziert, von mir jemals geschlagen wurde? Nie! Kein einziges Mal!“

Jetzt gingen auch beim nächsten Nachbarn die Lichter an.

Klaus trat von einem Fuß auf den anderen und hob beschwichtigend die Hände.

„Ihr solltet euch erst einmal beruhigen, und dann reden wir drinnen weiter.“

„Nicht nötig“, antwortete Schinagl. „Ich habe Kerstin gestern Nacht an einer Tankstelle aufgelesen und bin dann mit ihr sofort ins Krankenhaus gefahren.“

„Die spinnt. Die hat einen kompletten Vogel!“ Simones Stimme nahm deutlich an Schrillheit zu.

„Dort hat der Arzt im linken Wangen- und Ohrbereich parallele, quer verlaufende, streifige Hautrötungen festgestellt, also den eindeutigen Abdruck einer Hand. Weiters haben sich Hämatome und Blutpunktungen gefunden. Eine Anzeige wegen körperlicher Gewalt habe ich schon eingebracht."

„Nein, Sabine. Das hast du nicht gemacht." Der Tonfall von Klaus klang angestrengt. Steigender Wutpegel, dachte Sabine. So kannte sie ihn. Nach außen hin möglichst lange kooperativ, und plötzlich ging es mit ihm durch.

„Doch, hab ich. Und dich hab ich auch gleich angezeigt. Du hast ja nicht verlangt, dass sich Simone bei deiner Tochter entschuldigt, sondern umgekehrt. Du siehst zu, wie Kerstin geschlagen wird, und dann soll sie vor deiner Tussi auch noch zu Kreuze kriechen! Das nenne ich eine schwere Verletzung deiner Aufsichtspflicht."

„Entschuldige, aber drehst du jetzt vollkommen durch?" Klaus' rechte Faust klatschte in seine linke Hand. Aufschießendes Adrenalin. Mal gucken, wie er auf Schinagls nächste Sätze reagieren würde.

„Überhaupt nicht. Ich gehe ganz vernünftig vor. Kerstin hat schon heute einen Termin bei einer Psychologin, die sich mit den psychischen Folgen dieses Vorfalls auseinandersetzen wird. Und dann gehe ich damit vors Gericht und werde gegen euch prozessieren. Und ich wünsch mir von ganzem Herzen, dass euch das möglichst teuer zu stehen kommt."

Nun wirkten Klaus und Simone für einen Moment wie plattgewalzt. Als hätte sie gerade eine Pistenraupe überfahren.

„Und wenn ...", legte Schinagl nach, „deine Tussi es wagen sollte, eines meiner Kinder noch einmal auch nur zu berühren, ist endgültig Schluss mit lustig. Dann knöpf ich mir diese dumme Nuss persönlich vor. Und von da an würde ich nicht mit ihr tauschen wollen."

52

Bereits am Morgen nach der Operation am Lipno-Stausee wurde Schweitzer zitiert. Ins Head Office der ehrenwerten Polizeidirektion. Gut so, dachte er, weil er sich trotz der tschechischen Beschwerden über die Kollegen aus Österreich ein geballtes Lob erwartete.

Zweifellos war es dem mutigen Einsatz seiner von ihm instruierten Leute zu verdanken, dass der vietnamesische Drogenkoch hinter Schloss und Riegel saß. Wäre es nach Schweitzer gegangen, hätte er sich selbst spätestens jetzt für seine hervorragende Führungsqualität eine Sonderprämie zuerkannt.

Der Landesdirektor sah das jedoch deutlich anders. Kaum hatte Schweitzer dem hageren, fast 190 Zentimeter großen Mittfünfziger mit Bürstenhaarschnitt, kantigen Wangenknochen und einem Blick, der keinen Widerspruch duldete, die Hand geschüttelt, wetterte dieser auch schon wegen des angeblichen Moldauer Desasters los. Und wegen der damit verbundenen Bankrotterklärung der gesamten oberösterreichischen Kriminalpolizei.

Zu allem Überfluss schaltete sich per Skype auch noch ein Sektionschef aus dem Innenministerium dazu, ein Mensch mit feistem, mondrundem Gesicht, der sich süffisant dafür bedankte, dass Schweitzers Mitarbeiter mit ihrer blindwütigen Herumballerei einen hochnotpeinlichen Protest der tschechischen Behörden verursacht hätten.

„Herzliche Gratulation, dass sich wegen des himmelschreienden Dilettantismus Ihrer beiden Witzfiguren Worschädl und Schinagl nun sogar der Bundeskanzler und das Auswärtige Amt mit der Angelegenheit befassen müssen.“

Der Sektionschef kratzte sich am Kinn und teilte Schweitzer mit, dass man Worschädl ins hinterste Provinznest versetzen werde. In einen Ort wie *Hühnergeschrei* oder *Vierzehn,* die bestånden aus einem Silo und höchstens fünf Bauernhöfen, was den Wirkungsgrad des Chefinspektors erfreulich begrenzen würde.

Und wenn sich Schweitzer nicht lächerlich machen wolle, dürfe er sich nie wieder um den Posten des Bezirkskommandanten bewerben, weil er davon zur Zeit etwa so weit entfernt wäre wie ein kognitiv minderbegabter Lehrling vom Posten eines Generaldirektors.

„Bei den Vorwürfen des Polizeikommandanten bin ich ja noch ganz ruhig geblieben", berichtete Schweitzer seinem zwölfköpfigen Team bei einer am späten Nachmittag einberufenen Besprechung. „Aber nach den bodenlosen Frechheiten dieser Wiener Schmalzpappulatur ist mir die Hutschnur hochgegangen. Da bin ich denen übers Maul gefahren, dass es sich gewaschen hat!"

„Was immer jetzt folgt ... streich die Hälfte, dann kommen wir halbwegs hin", flüsterte Worschädl seiner neben ihm sitzenden Kollegin Schinagl zu.

„Wenigstens hat er es nicht einfach hingenommen", antwortete Schinagl.

„Stimmt. Dafür gebührt ihm ein kleines Plus", antwortete Worschädl und lehnte sich zurück. Erste Reihe fußfrei, dachte er, während Schweitzer eine nächste Worttirade lieferte.

„Und was ist, habe ich gefragt, mit dem Vertrauensbruch und der himmelschreienden Arroganz der tschechischen Kollegen? Wer musste für diese topausgerüsteten Hampelmänner die Kastanien aus dem Feuer holen? In erster Linie ich und in zweiter meine Leute!"

Worschädl registrierte die überraschten und auch anerkennenden Blicke der Kollegen. Ihnen zeigte sich ein neuer, mitarbeiterfreundlicher Schweitzer, der aber mit den Ausführungen über seine Heldentaten noch lange nicht zu Ende war.

„Herr Sektionschef, Herr Landeskommandant, haben die Kollegen drüben aus diesem Vietnamesen schon ein einziges Wort herausgequetscht? Negativ! Die verhören ihn stundenlang und wissen noch nichts über den Tschechen, nichts über den Mord an Eliska Cerny und nichts über die Entführung ihres Sohnes. Aber das haben wahrscheinlich auch schon wieder wir Linzer verbockt!"

Schweitzer legte eine kurze Pause ein und genoss sichtlich, dass seine Worte Wirkung zeigten. Niemand wischte über ein Handy oder bohrte in der Nase. Die gesamte Aufmerksamkeit war ausschließlich auf den Chef gerichtet.

„Und dann habe ich diese Ignoranten aufgefordert, mir unverzüglich Einblick in alle Ermittlungsergebnisse der Operation am Lipno-Stausee zu geben! Ansonsten würde ich ..."

Schweitzer begann, Heftmappen auszuteilen, die Fotos vom Inneren des Restaurants *Blue View* nach dem polizeilichen Zugriff enthielten.

„... nicht nur diesen völlig vergeigten Einsatz offenlegen, sondern auch das nicht wertschätzende Führungsverhalten der Polizeidirektion und des Innenministeriums. Und dann sprach ich mich auch noch vehement gegen die Versetzung eines meiner wichtigsten Beamten aus. Für den Worschädl, habe ich gesagt, lege ich mich auf die Schienen!"

Vom linken Rand des andächtig lauschenden Teams war ein Bravoruf zu hören. Im mittleren Sektor spendete jemand Applaus, andere stimmten mit ein, und schließlich brandete ein regelrechter Beifall auf, den Schweitzer jedoch, bescheiden wie er nun einmal war, nicht für sich allein in Anspruch nahm.

Nein, er ging zu Worschädl und Schinagl, schüttelte beiden die Hand und signalisierte damit, dass auch ihnen Lob gebührte.

In diesem Moment wollten weder Worschädl noch Schinagl dem Frieden wirklich trauen. Sie wurden das Gefühl nicht los, von Schweitzer benutzt zu werden. Für irgendeinen Zweck, der seinen eigenen Interessen diente.

Ihre Skepsis wurde gleich darauf bestätigt. Schweitzer hatte den Heftmappen mit den Ermittlungsergebnissen eine Art Petition beigelegt, in der man den Innenminister mit Unterschrift auffordern konnte, niemand anderen als den verantwortungsvollen, hervorragenden und mit globalem Weitblick ausgestatteten Oberstleutnant Stefan Schweitzer zum Bezirkskommandanten zu befördern.

„Natürlich ganz freiwillig", betonte Schweitzer. „Und nur für den Fall eines dauerhaften Ausfalls unseres jetzigen, nach wie vor erkrankten Bezirkskommandanten."

Irgendwie beruhigend, dass sich Schweitzer doch nicht völlig gewandelt hatte. Die plumpe Eigenwerbung passte besser zu ihm als der heroische Kampf für das Wohl jenes Mitarbeiters, der ihm mit Abstand am meisten auf die Nerven ging.

Aber Schinagl war mit ihren Gedanken ohnehin längst zu ihrer Tochter abgeglitten, die gestern unendlich erleichtert war, als sie in der Tankstelle von ihrer Mutter in die Arme geschlossen wurde. Und die ihr wütend erzählte, dass ihr Papas Freundin im Ernst eine gescheuert und Papa das auch noch okay gefunden hätte.

Später kuschelte sie sich auf dem Fernsehsofa zu ihrer Mama. Zusammen mit Tobi, der schon eingeschlafen war. Am Bildschirm lief eine Krimiserie. Michael saß mit Kopfhörern am Esstisch und tippte letzte Töne für den Fertigteilhaus-Jingle in den Computer. Wunderbar, dass sie alle vier zu Hause waren. Wohlbehalten und gesund.

Worschädl dachte nicht daran, diese dämliche Petition zu unterschreiben. Stattdessen schickte er Karoline, die zu Mittag aus dem Krankenhaus entlassen und gut zu Hause angekommen war, eine SMS und blätterte daneben in der Heftmappe mit den Fotos aus dem chaotisch zugerichteten *Blue View*.

Die ersten Seiten waren dem großen Gastraum und einem angrenzenden kleineren gewidmet. Verschobene Tische, umgeworfene Stühle und der Boden übersät mit zerbrochenem Geschirr. An den Wänden farblich überladene und deshalb aufdringliche Aquarelle: Lipno-Stausee bei strahlender Sonne, Lipno-Stausee mit zierlichem Boot hinter leichten Nebelschwaden, Lipno-Stausee-Bucht mit Blumen, Lipno-Stausee-Fischer mit ausgeworfener Angel im Abendrot.

Dann folgten Fotos von der Küche. Umgeworfene große Kochtöpfe, am Boden Pfützen mit Fleischstücken und Beilagen, außerdem grüner Salat, Tomaten und verschiedenes Gemüse.

Dazwischen rote Spritzer, rote Flecken. Blut.

Worschädl wollte schon weiterblättern, da blieb sein Blick an etwas hängen, das er hier nicht vermutet hätte. Ein kleines, rundes, eigentlich völlig belangloses Ding, das aber in diesem Zusammenhang von wesentlicher Bedeutung war.

Worschädl fixierte den Gegenstand, überprüfte seinen ersten Eindruck, um sicherzustellen, dass er sich nicht irrte. Nein, er hatte sich nicht getäuscht. Auf einer Anrichte des *Blue View*, einem stattlichen, gerade erst renovierten Restaurant am Ufer des Lipno-Stausees, lag keck und unscheinbar etwas, das bei Worschädl ein Übermaß an Verwunderung hervorrief.

Kein Wunder, dass sich der gesamte Fall in Worschädl jetzt völlig neu sortierte. Alle bisher gewonnenen Fakten und Erkenntnisse fügten sich wie die Teile eines Puzzles zu einem nicht vorhersehbaren und überraschenden Bild zusammen.

Sie waren von einer falschen Grundannahme ausgegangen. Hatten sich auf etwas fixiert, das sich jetzt als unrichtig erwies. Waren ihrem eigenen vorgefassten Urteil auf den Leim gegangen.

Worschädl war klar, dass er gerade sehr gewagte Vermutungen anstellte, die zum jetzigen Zeitpunkt durch nichts zu beweisen waren. Sofort begann er, die nächsten Schritte zu planen, und verließ sich dabei ausschließlich auf seine Intuition. Er konnte nur hoffen, dass er damit richtig lag.

Worschädl gab Schinagl ein Zeichen.

Aufbruch. Sofort. Ohne lange Diskussionen.

Vor allem ohne Rücksprache mit Schweitzer.

Sie hatten mit einem Mal völlig neue Möglichkeiten, und die mussten sie ergreifen.

Dazu mussten sie allerdings die Richtung ihres Blickes ändern.

Sie durften nicht mehr davon ausgehen, dass der Tscheche ein Tscheche war.

53

„Polizeiwachzimmer Stainzerstraße."

„Servus. Hier Tierkörperverwertung Grieselwald. Was ich sagen wollte … in einer unserer Auffangmulden haben wir heute Früh … also eine Hand gefunden."

„Eine Hand? Ja, pfiat di Gott."

„Und dann, Herr Inspektor, haben wir genauer nachgeschaut."

„Und?"

„Na ja, dann ist Teil für Teil dazugekommen."

„Geh, grauslich."

„Inzwischen haben wir fast einen ganzen Menschen beisammen."

„Quasi eine komplette Leiche."

„Kann man so sagen. Vom Torso fehlt noch was. Das Teil könnte genauso wie der linke Fuß in unseren Grob- und Feinbrecher geraten sein."

„Mein Gott. Dort werden die Knochen …"

„Genau, zu Brei vermantscht.

„Sehr appetitlich. Manderl, Weiberl?"

„Eindeutig Manderl."

„Der Dings war also noch dran?"

„In voller Pracht, Herr Inspektor."

„Na servus. Sonst etwas Signifikantes? Irgendeine Besonderheit?"

„Ja. Brandspuren. Und Löcher."

„Was für Löcher?"

„In beiden Händen. Da kannst durchschaun."

„Hallo, ich bin grad beim Jausnen."

„Dann schlucken S' bitte runter, fahren wie eine Rakete zu uns und walten Ihres Amtes."

„Wird mir nichts anderes übrig bleiben."

54

Natürlich hatte sich der Entführer davon überzeugt, dass Jakub geduscht war und in seinen neuen Klamotten steckte. Er überzog außerdem Polster, Decke und die Matratze, reinigte das Bad und die Toilette und bläute dem Jungen noch einmal ein, unbedingt alle Wünsche seines Besuchers zu erfüllen. Sonst wäre die Chance, seine Eltern jemals wiederzusehen, für immer verspielt.

Wie vereinbart kam der Kunde nach Einbruch der Dunkelheit. Durchschnittliche Größe, schlank, beige Hose, weißes Hemd und dunkelblaue Weste mit Reißverschluss. Blau gerahmte Brille.

Nach einer kurzen Begrüßung ließ er sich vom Tschechen zu Jakub führen.

„Steh auf", befahl er dem Jungen, der auf der Matratze hockte.

Jakub schob sich an der Wand entlang nach oben. Seine Augen glänzten fiebrig, er wirkte verängstigt und scheu.

„Du hast mir nicht gesagt, dass er wenig Erfahrung hat", sagte der Kunde zum Tschechen.

„Ich nahm an, dass dich das reizt."

„Kommt darauf an, wie er sich anstellt. Wenn er nicht spurt, muss ich ihn zwingen."

„Er wird keine Schwierigkeiten machen."

„Bei diesem Preis gehe ich davon aus. Komm Kleiner, zeig mir deine Zähne."

Jakub öffnete den Mund. Der Kunde griff nach seinen Lippen und zwängte sie auseinander. „In Ordnung, schön, das lobe ich mir. Deine Frisur ... na ja ... aber schmales Gesicht, feiner Hals, perfekte Schultern. Ja, gefällt mir. Dreh dich im Kreis."

Jakub drehte sich um sich selbst. Wie eine Schaufensterpuppe, die auf einem elektronisch gesteuerten Sockel stand.

„Passabler Rücken, guter Arsch, geile Beine“, stellte der Kunde fest und wandte sich an den Tschechen: „Geht in Ordnung. Du hast nicht zu viel versprochen.“

Er griff in seine rechte hintere Hosentasche, zog ein Bündel Fünfziger heraus und drückte es dem Tschechen in die Hand. „Drei Stunden Full Service. Was ich nicht kriege, hole ich mir.“

Der Tscheche nickte. Der Mann vor ihm machte einen zielstrebigen, ergebnisorientierten Eindruck. Der war keiner von diesen Zauderern, die ewig lang alles verschleppten. Der wollte Nägel mit Köpfen machen und duldete keinen Widerspruch. Wenn der eine Entscheidung traf, war die auch hundertprozentig umzusetzen.

Ein Alphatier, eine Führungspersönlichkeit. Mittleres oder oberes Management. Vermutlich in einem größeren Betrieb.

Es war spürbar, dass der Kunde unter Spannung stand.

Der Typ, dachte der Tscheche, hat einiges an Hochdruck abzubauen. Gut, dass er sich das auch etwas kosten lässt.

„Du hast völlig freie Hand.“

Der Tscheche blickte zu dem Jungen und hoffte, dass er ihn halbwegs wohlbehalten zurückbekam. Dann verließ er den Raum, schloss die Tür hinter sich und verzog sich in sein behelfsmäßiges Büro.

Er erledigte Schreibarbeiten.

Schrieb längst fällige Mails an seine Kooperationspartner in England und den Niederlanden.

Zählte die Fünfzig-Euro-Scheine, freute sich über leicht verdiente fünftausend, klickte sich ins Darknet ein und stellte ein neues Inserat ins Netz. Nächstes Umsatzziel: Sechstausend Euro.

55

Sternenhelle Nacht mit einem Viertelmond wie aus dem Bilderbuch. Hügelkuppen und Baumkronen scharf gezeichnet wie Scherenschnitte. In den Lichtkegeln der Scheinwerfer die Baumstammtürme eines Sägewerks, der Unterstand einer Bushaltestelle, ein beschrankter Bahnübergang, ein paar Häuser.

Kurz nach dem Ortsende nach links abbiegen. Weg von der Bundesstraße, hinein in eine Landschaft aus Äckern, Wäldchen und Bauernhöfen. Ein Hase, der im Zickzack über die Straße jagt. Am Rand des Güterweges akkurat angeordnete Hinweisschilder. Grüne Tafeln in Pfeilform, mit den Namen von Höfen und Gasthäusern. Kein Anzeichen, dass hier in der Gegend etwas aus dem Gleichgewicht geraten war.

„Robert, was ist, wenn deine These falsch ist?"

„Dann nagelt mich Schweitzer an den nächsten Baum."

„Dein Verdacht ist so ungeheuerlich ... ehrlich, wenn das in die Hose geht ..."

„Hast du für lange Zeit einen Kollegen weniger."

„Na toll. Dann fordern wir doch bitte wenigstens Verstärkung an."

„Bis die hier ist, haben wir den Sack längst zugemacht. Sabine, ich spüre sogar in meinen Zehenspitzen, dass wir genau richtig liegen. Wir zwei, wir ziehen das jetzt durch."

Schinagl sah ein, dass mit ihrem Kollegen nicht zu verhandeln war. Wenn Worschädl erst einmal von einer Idee überzeugt war, ließ er sich kaum davon abbringen, auch wenn er sich selbst und andere damit in erhebliche Schwierigkeiten bringen konnte.

„Eines noch: Weshalb bist du dir so sicher?"

„Intuition, Sabine. Bauchgefühl.“

„Na, dann bin ich ja beruhigt.“

Schinagl empfand keinen Unmut. Aber es verunsicherte sie, dass sie nicht wussten, was sie erwartete.

Hochseilakte ohne Netz waren in der Zusammenarbeit mit Robert Worschädl allerdings keine Seltenheit. Nach Schinagls Einschätzung war die Faktenlage in diesem Fall jedoch äußerst dürftig. Das Auftauchen eines sehr unscheinbaren Lebensmittels in einem Restaurant am Lipno-Stausee rechtfertigte es wohl kaum, ohne Haft- oder Durchsuchungsbefehl ins Haus eines bisher unbescholtenen Mannes einzudringen.

Worschädl hatte nämlich nicht vor, höflich zu läuten oder anzuklopfen. Ihm war eher nach einem unverschlossenen Kellerfenster zu Mute. Im Zweifelsfall würde er auch eines einschlagen, um unbemerkt ins Haus zu gelangen.

„Wenn an meiner Vermutung nichts dran ist, verschwinden wir wieder und tun so, also ob nichts gewesen wäre“, hatte er ihr angekündigt, als sie losgefahren waren.

Das Haus, das vor ihnen auftauchte, musste bereits zu dem von ihnen anvisierten Gehöft gehören. Schmucker einstöckiger Bau, ausladender Balkon. Hinter einem Fenster im Erdgeschoss Licht. Bläuliches Flimmern. Fernsehzeit.

Etwa fünfzig Meter vom Haus entfernt lenkte Worschädl den Wagen an den Straßenrand und schaltete die Scheinwerfer und den Motor aus. Die Nacht in ihrer frappierenden Helligkeit wirkte unwirklich. Wie eine künstlich beleuchtete Theater- oder Filmkulisse.

Das sah offenbar auch Luciano Pavarotti so, weil er mit seiner goldenen Tenorstimme ein einwandfreies

La donna è mobile aus Worschädls Handy in den Innenraum des Autos schmetterte.

La donna è mobile qual piuma al vento, muta d'accento e di pensiero. Sempre un amabile, leggiadro viso, in pianto o in riso, è menzognero.

Das Weib ist unstet wie eine Feder im Wind. Es ändert seinen Ton und seine Meinung. Stets ein liebreizendes, anmutiges Antlitz. In Tränen wie beim Lächeln ist es verlogen.

War kaum anzunehmen, dass Worschädls Gattin Karoline rein frauenpolitisch mit jenem Text einverstanden war, der in dieser strahlenden Herbstnacht im tiefsten Mühlviertel ihren Anruf ankündigte.

„Hallo Karoline."

„Hallo Robert. Jetzt weiß ich es."

„Was denn?"

„Wie er gerochen hat."

Worschädl warf einen Blick zu Schinagl und streckte den Daumen in die Höhe.

„Der Mann, der dich attackiert hat?"

„Genau. Du weißt doch, dass ich Schokolade liebe."

„Ja, Schatz, das ist mir bekannt. Es müsste genügend davon zu Hause sein."

„Danke, ich bin eingedeckt. Okay, ich mag sie als Tafel, als Plätzchen, als Naps. Ungefüllt, gefüllt ..."

„In allen Varianten."

„Nicht ganz, Robert, nicht ganz."

„Stimmt. Die weiße Schokolade ..."

„... war gerade in der Werbung. Das hat mich auf die Spur gebracht. Weiße Schokolade ist überhaupt nicht mein Fall. Die verachte ich. Und warum, Robert?"

„Weil sie dich an gezuckerte Milchhaut erinnert."

„Die mir meine Oma als Mädchen verabreicht hat, damit ich groß und stark werde. Das hat mich damals aber nur rund und fett gemacht."

„Moment! Der Angreifer hat nach süßer Milchhaut gerochen?"

„Nein, nicht nach süßer. Die weiße Schokolade hat nur meine Assoziationskette in Gang gesetzt. Er hat eher nach penetranter Milch gerochen."

„Was heißt penetrant?"

„Roh. Zugleich ein wenig ranzig. Hilft dir das weiter?"

„Unbedingt, Karoline."

Karolines Information floss wie ein plötzlicher Energiestrom durch Worschädls Adern. Sie bestätigte seine Vermutung und war darüber hinaus so ungeheuerlich, dass er sie kaum glauben konnte. Er verfügte doch sonst über eine passable Menschenkenntnis. Wie hatte er sich nur derart täuschen können?

„Freut mich, Bertl. Wo bist du gerade?"

Worschädl zögerte. Er wollte vermeiden, dass sich Karoline Sorgen machte.

„Robert! Sag mir, was los ist."

„Sabine und ich ... wir sind wahrscheinlich ganz in seiner Nähe."

„Mein Gott."

„Kann sein, dass wir ihn kriegen, Karo."

„Das wäre gut. Aber sei vorsichtig, Robert."

„Bin ich. Wie immer. Ich melde mich", sagte Worschädl und legte auf.

„Wenn du ‚wie immer' sagst, wird sie das nicht beruhigen", meinte Schinagl.

„Sie lässt sich nichts vormachen. Dafür kennt sie mich viel zu gut."

Schinagl nickte und schaute auf das Haus. „Hat sich so angehört, als hättest du von deiner Frau eine wichtige Information bekommen."

„Ein weiteres Indiz, dass wir wahrscheinlich richtig liegen. Ich will nicht viel Zeit verlieren, deshalb ..."

„Raus aus dem Wagen, rein ins Haus?“

„Nein. Siehst du das Gebäude dort unten ...“

„Klar. Wahrscheinlich so eine Art Stall.“

„Genau. Auf Grund der neuen Faktenlage knöpfen wir uns den zuerst vor.“

56

Jakub hatte es sich ausgemalt. Letzte Nacht. Und heute den ganzen Tag. Immer wieder hatte er es durchgespielt.

Wie er sich seinen Erzfeind Milo zum Vorbild nehmen konnte.

Wie er sich wehrte.

Wie er sich nichts gefallen ließ.

Aber dann kam diese Drohung. Dass er seine Eltern nie wieder sehen würde, wenn er seinem Besucher nicht jeden Wunsch erfüllte.

Sein Peiniger hatte schon einmal versucht, ihn zu ersticken. Er würde es wieder tun.

Ohne Skrupel.

Deshalb beschloss Jakub, sich zu fügen. Keine Gegenwehr. Kein Widerstand. Er würde alles tun, was der Besucher von ihm verlangte.

„Okay, kleiner Freund“, sagte der Mann. „Einiges von dem, was wir jetzt machen, wird dir besser gefallen und manches wieder weniger. Gleich vorweg: Ich füge beim Sex gerne Schmerzen zu und mag das auch umgekehrt.“

Jakub schluckte. Der Mann ging auf ihn zu. Packte ihn im Nacken.

Streckte seine Zunge heraus und leckte ihm übers Gesicht.

Griff ihm brutal in den Schritt, presste seinen Mund auf Jakubs Lippen.

Öffnete hastig seinen Gürtel und schob die Hand in seine Unterhose.

Was jetzt passierte, hatte Jakub nicht unter Kontrolle. Es kam wie ein Reflex. Ausgelöst durch Scham und Ekel.

Seine Zähne verkrallten sich in die Unterlippe des Besuchers und bissen zu. Bissen sie blutig.

Dann ließ er los und stieß dem Mann die Stirn katapultartig auf die Nase.

Das laute Brüllen des Besuchers. Sein verwunderter, überraschter Blick. Noch bevor er realisierte, was gerade vor sich ging, hämmerten Jakubs Fäuste auf ihn ein. Stakkato. Wie er es von Milo kannte. Auf den Solarplexus, gegen die Nieren, ins Gesicht.

Jakub mobilisierte seine letzten Kräfte. Ließ sich von den Verteidigungsschlägen seines Gegners nicht irritieren. Drosch wie ein Dampfhammer auf den Besucher ein. Bis hinter ihm die Tür aufschlug, ihn zwei Hände packten, herumrissen, gegen die Wand drückten und sich der Lauf einer Pistole gegen seine Stirn presste.

„Eine falsche Bewegung und du bist tot." Der Entführer. Zum ersten Mal ohne Sturmhaube.

Ein Nullachtfünfzehn-Gesicht. Eines von denen, die man täglich zigfach auf der Straße trifft. Jetzt hab ich ihn gesehen, dachte Jakub. Jetzt komme ich hier nie wieder raus.

„Du bist echt wahnsinnig, mir so einen Psycho anzudrehen", stöhnte der Besucher, taumelte ins Bad, wusch sich das Blut aus dem Gesicht.

„Tut mir leid. Kommt nicht mehr vor."

„Stimmt. Hier kommt gar nichts mehr vor. Ich will sofort mein Geld zurück."

„Nein, mein Freund, so läuft das nicht."

„Selbstverständlich läuft das so."

Jetzt wanderte der Lauf der Pistole in Richtung des Besuchers.

„Moment. Hier geht es nach meinen Regeln. Von mir bekommst du keinen Cent zurück. Du hast den Jungen gekauft, und du sollst ihn auch kriegen."

„Der ist noch nicht zugeritten. Der muss erst einmal gebändigt werden."

„Dann am besten von dem Reiter, den er abgeworfen hat."

„Du meinst, ich soll ihn ..."

„Bestrafen", sagte der Entführer, löste seinen Hosengürtel und reichte ihn dem Besucher. „Er muss seine Lektion noch lernen. Und du bringst sie ihm jetzt bei. Passt das? Sind wir wieder im Geschäft?"

„Einverstanden", bestätigte der Besucher, legte die Enden des Gürtels übereinander, nahm ihn doppelt in seine rechte Hand und baute sich vor Jakub auf.

57

Zuerst umrundeten sie den Stall.

Kein Licht.

Keine besondere Auffälligkeit.

Bis auf einen an den Stall angebauten Unterstand für ein schweres Motorrad.

Und bis auf einen fetten SUV, der etwas entfernt unter Bäumen am Wegrand parkte. Deutsches Kennzeichen. Rosenheim.

Worschädl und Schinagl verständigten sich mit Handzeichen. Näherten sich dem breiten zweiflügeligen Stalltor, das linksseitig eine schmale Tür hatte. Worschädl drückte die Schnalle nach unten: abgesperrt. Das unkomplizierte Schloss war mit der Kreditkarte in wenigen Sekunden geknackt.

Sie zogen beide ihre Waffen. Dann öffnete Worschädl die Tür. Vorsichtig, leise.

Beim Eintreten umfing sie ein Geruchsgemisch aus Heu und Kuhmist. In dem schwach beleuchteten, für insgesamt zwanzig Tiere ausgerichteten Laufstall war nur eines der wenigen Rinder auf den Beinen, streckte den Kopf durchs Fressgitter und mampfte Heu. Die beiden anderen lümmelten auf dem Boden und dösten vor sich hin.

Im Stall selbst war außer den üblichen Boxengittern sowie Futter- und Tränkvorrichtungen nichts Außergewöhnliches zu sehen. Und neben den Fressgeräuschen und dem fallweisen Klirren des Geschirrs war auch nichts Befremdliches zu hören.

„Robert, was immer du suchst ... hier dürfte es nicht zu finden sein."

„Ich trau dem Frieden noch nicht ganz", antwortete Worschädl und bewegte sich mit gezogener Waffe in den Stall hinein. Schinagl sicherte hinter ihm den Raum, während er sich neben dem Futtergang entlangbewegte, am Ende des Fressgitters stehen blieb und plötzlich seine Hand hob – eine Aufforderung an sich selbst, innezuhalten und sich zu konzentrieren.

Da war doch etwas. Ja, gewiss. Ein leises, entferntes, unregelmäßiges Klopfgeräusch.

Schinagl kam näher. „Dieses Klopfen ..."

„... klingt nach einem irgendwo anschlagenden, losen Teil. Aus welcher Richtung das wohl kommt?"

„Moment", antwortete Schinagl und ging zuerst ein paar Schritte in die eine und dann in die andere Richtung.

„Wenn ich mich nach links bewege, wird es lauter. Aber es kommt weder von da noch von dort."

„Sondern?"

Schinagl kniete sich nieder und legte ihr Ohr auf den Boden.

„Von unten."

„Bist du dir sicher?"

„Ja. Ich höre es jetzt viel deutlicher. Vielleicht ein Wasserrohr."

„Oder es gibt da unten einen Keller."

Schinagl stand wieder auf und wischte sich den Staub von den Knien. „Draußen gab es allerdings keine Anzeichen dafür."

„Das könnte Absicht sein, Sabine."

Worschädl wurde mit einem Mal von einer hochgradigen Spannung erfasst. Es musste hier irgendwo nach unten gehen. Konnte sein, dass der Schlüssel zur Lösung dieses Falls in unmittelbarer Nähe war.

Schinagl entdeckte die Falltür im hinteren Teil des Stalls. Sie war in den Boden eingelassen und konnte mit einem Metallring geöffnet werden. Schinagl griff nach dem Ring, aber die Falltür bewegte sich keinen Zentimeter.

„Abgesperrt."

„Scheiße."

In diesem Moment hörten sie ein neues, anderes Geräusch. Wieder gedämpft und weit entfernt. Diesmal war es kein Klopfen. Was sie hörten, war ein Schrei.

„Wir sollten Verstärkung rufen, Robert."

„Dauert zu lange. Ich öffne die Falltür, du reißt sie auf und ich schau, dass ich da runterkomme."

„Okay. Und ich halte mich gleich hinter dir und schieße auf alles, was sich bewegt."

„Alles klar."

„Los geht's, Robert."

Worschädl feuerte zweimal auf das Schloss, Schinagl packte den Ring, bekam die Falltür sofort auf, sah die steile Treppe, über die Worschädl nach unten raste. Schinagl jagte ihm nach. In halsbrecherischer Geschwindigkeit. Sie befanden sich in einem schwach beleuchteten, schmalen Gang. An den grob verputzten Wänden hingen alte Stall-Utensilien: ein Joch, eine Milchkanne, eine Heugabel. Sie sahen zwei Türen auf der linken und zwei weitere auf der rechten Seite.

Da war kein Winkel, in dem sie sich verstecken konnten.

Kein Gegenstand, der ihnen Schutz bieten würde.

Ihnen blieb nur eine Option.

Voller Angriff.

58

Der Tscheche saß auf einem Stuhl und sah zu, wie der Deutsche den Jungen mit dem Hosengürtel züchtigte. Mit wuchtigen, harten Schlägen und einem Schnalzen wie von Peitschenhieben.

Links und rechts gegen Jakubs Unterarme, die er schützend vor sein Gesicht hielt. Von oben auf seinen Kopf. Gegen Brust und Oberkörper.

Ein schlanker, schwitzender Mann, im wirklichen Leben vielleicht mit der Vertriebsleitung von Elektrogeräten oder der Planung von Tiefgaragen beschäftigt. Jetzt revanchierte er sich wie ein tollwütiger Berserker für die soeben erlittene Demütigung.

Jakubs Haut brannte wie Feuer.

Er schrie immer wieder auf.

Konnte sich kaum mehr aufrecht halten.

Sobald er auf eine Pause hoffte, prasselte die nächste Salve auf ihn ein.

Zack und zack und zack und zack!

Gerade wollte der Tscheche dieser Aggressionsabfuhr Einhalt gebieten, als er die beiden rasch aufeinanderfolgenden Schüsse hörte.

Er erstarrte genauso wie der Kunde, geriet aber in keine Denkblockade, sondern erlebte eine explosionsartige Assoziations- und Bilderflut. Sein gesamtes kriminelles und lukratives Imperium fächerte sich auf. Seine nationalen und internationalen Kontakte. Seine dunklen, illegalen Netzwerke. Kovac, Eliska und Cheng Zhang. Und auch sein anderes, bürgerliches, normales, offizielles Leben.

Plötzlich stand alles auf der Kippe. Plötzlich war alles in Gefahr.

Aber er hatte für den Ernstfall vorgesorgt. Seinen Fluchtweg vorbereitet. Depots und Reserven angelegt.

Jetzt ging es nur mehr um ihn selbst.

Um die eigene dünne Haut.

Blitzschnell wählte er zwischen seinen Möglichkeiten.

Am Ende blieb nur eine übrig.

Der Tscheche wusste, was zu tun war.

Schinagl stürmte als Erste hinein. Blieb im Türrahmen mit der Waffe im Anschlag stehen und konnte es zunächst nicht glauben. Nur drei Meter von ihr entfernt kauerte ein Junge. Zusammengekrümmt auf einer schäbigen Matratze. Neben ihm stand ein erhitzt und aufgelöst wirkender, etwa 45-jähriger Mann mit einem Gürtel in der Hand.

Den Mann, der sich hinter dem Jungen verbarg, registrierte Schinagl erst, als er seine Waffe auf sie richtete. Im selben Moment kam der Knall.

Die Kugel traf Schinagl wie eine Keule. Sie wurde nach hinten geschleudert und prallte gegen Worschädl, der sie auffing, hielt, umklammerte, es einfach nicht fassen konnte, sie langsam auf den Boden sinken ließ und seinen Blick auf den Grenzpolizisten Manfred Priglinger richtete, der den Jungen als Schutzschild benutzte und ihm den Lauf einer Automatik an die Schläfe hielt.

„Du Dreckschwein hast meine Kollegin angeschossen“, sagte Worschädl.

„Ich hab euch nicht eingeladen. Ihr seid ganz von selbst gekommen.“

„Lass sofort den Jungen los und gib mir deine Waffe.“

„Netter Versuch. Leg deine Pistole auf den Boden. Mach schon. Sehr gut. Wir werden uns jetzt langsam an dir vorbeibewegen.“

„Damit kommst du niemals durch."

„Mach du besser keine Dummheit, sonst ist Jakub tot."

Worschädl hätte sich in dieser Sekunde am liebsten verfünffacht. Zum einen musste der Junge, dessen Gesicht und Hals von roten und blaugrünen Striemen gezeichnet waren, in Sicherheit gebracht werden. Schinagl brauchte dringend einen Notarzt, zugleich musste man die Handgelenke des schnaufenden und aufgedrehten Gürtelmenschen mit Kabelbindern fixieren. Und der Tscheche alias Manfred Priglinger bettelte darum, von weiteren Missetaten mittels Patrone Kaliber 9 abgehalten zu werden.

Aber Worschädl blieb nichts anderes übrig, als sich neben der reglos am Boden liegenden Schinagl gegen den Türrahmen zu drücken, um den auf die schiefe Bahn geratenen Polizisten und seine geschundene Geisel an sich vorbeizulassen.

Das Losstarten des Gürtelmenschen hätte er beinahe übersehen. Wie dieser plötzlich auf sie zurannte und die drei Menschen in der Tür einfach niederwalzen wollte.

Für die Bereinigung dieser Situation sorgte Priglinger mit einem schlecht gezielten Schuss. Unterleibsgegend. Kein Wunder, dass der Gürtelmensch losbrüllte, sich zusammenkrümmte und zu Boden ging, während der Tscheche mit Jakub nach draußen verschwand.

Worschädl beugte sich über Sabine, die noch immer nicht bei Bewusstsein war. „Ich darf den Tschechen nicht entkommen lassen. Ich muss dich kurz liegen lassen. Halt bitte durch."

Priglinger schob den Jungen durch die Falltür nach oben, zerrte ihn durch den Stall und ins Freie hinaus. Die kühle Nachtluft tat ihm gut und half ihm, seine Gedanken zu ordnen. Für ihn gab es ohnehin nur diesen einen, von langer Hand geplanten Fluchtweg in Richtung des Motorrad-Unterstands.

In den metallenen Gepäckskoffern befand sich neben der Motorradkluft auch eine Grundausstattung an Wäsche, Kleidung und Toilettenartikeln. Außerdem, in Folie eingeschweißt, ein gefälschter Pass, Geld, Sparbücher und Kreditkarten.

Der Startschlüssel steckte, der Helm war ebenfalls in einer Box verstaut, eine geeignete Fahrtroute hatte er sich längst zurechtgelegt.

Priglinger trieb den taumelnden Jungen vor sich her. Aus den Augenwinkeln sah er, dass oben im Wohnhaus Licht anging. Er bemerkte seine Frau, die in einem übergeworfenen Schlafmantel aus dem Haus kam und in seine Richtung lief.

Fast hatten sie den Unterstand erreicht. Beinahe hätte er sich dieses Jungen mit einem Schuss entledigt und wäre auf sein Motorrad gestiegen. Wäre da nicht die Stimme dieses verfluchten Worschädls gewesen. „Stehenbleiben! Sofort!"

Etwa acht Meter vor Worschädl wirbelte Priglinger herum, presste den Jungen an sich und hielt ihm die Waffe an die Schläfe. „Leg deine scheiß Waffe weg!"

„Zuerst lässt du den Jungen los!"

„Unmöglich. So läuft das nicht. Sag mir, wie du mich gefunden hast!"

„Du hättest das *Blue View* am Lipno-Stausee nicht mit deinen Priglinger-Käseschmankerl-Laibchen beliefern sollen. So eines ist dort herumgelegen."

„Scheiße."

„Und du solltest nach dem Melken deine Hände gründlich waschen."

„Was?“

„Dein hundsgemeiner und skrupelloser Überfall auf meine Frau ... du hast penetrant nach Milch gestunken.“

„Schwerer Fehler. Ihr wäre nichts passiert, wenn du dich nicht so stur auf Kovac eingeschossen hättest.“

„Du hast sie fast erschlagen.“

„Damit du begreifst, mit wem du es zu tun hast. Leg deine Waffe auf den Boden.“

Worschädl deutete zu der Frau im Schlafmantel, die nun schon bedenklich nahe war. „Du setzt gerade deine Zukunft aufs Spiel. Und die von Jakub!“

Während er redete, suchte Worschädl sein Ziel. Allerdings war ihm der Kopf des Jungen im Weg. Priglinger würde Jakub niemals laufen lassen. Für jemanden, der mit Crystal Meth handelte, war ein Menschenleben nichts wert. Der nahm viele ruinierte Existenzen in Kauf, um sich persönlich zu bereichern. Der hatte keine Scheu, einen 15-jährigen Jungen umzubringen.

Worschädl brauchte freie Schussbahn. Ihm genügte ein schmaler Kanal. Aber dazu musste der Junge seinen Kopf bewegen.

„Jakub hat eine große Karriere vor sich!“

„Halt deine Klappe!“

„Auftritte auf großen Bühnen. In berühmten Häusern. Ganz tolle Tanzpartien!“

„Waffe weg!“

Worschädl zermarterte sich sein Hirn auf der Suche nach Fachbegriffen. Irgendwas aus der Welt des Balletts, mit dem er einen unmittelbaren Draht zu Jakub finden konnte. Grand plié! Ein internationaler Fachbegriff. Keine Ahnung, ob das nur die Damen tanzten. Oder ob Jakub Deutsch verstand. Völlig egal. Wichtig war nur, dass es irgendwie funktionierte.

„Seine Spezialität sind nicht diese Hebefiguren oder Drehungen! Das stimmt doch, Jakub! Los, sag es ihm!“

Jakub, der von Priglinger fest umklammert wurde, brachte kein Wort heraus und hatte körperlich in Wahrheit keinen Spielraum. Aber er hörte die Stimme des Chefinspektors und verstand sofort, dass jedes Wort des rundlichen Mannes mit der Waffe in der Hand jetzt an ihn gerichtet war.

„Deine Spezialität ist ...!“

Jakub machte sich bereit.

„... das Grand plié!“

Jakub reagierte blitzschnell, beugte die Knie und ging nach unten. Mehr brauchte Robert Worschädl nicht. Die Kugel schoss aus dem Lauf und fand präzise ihren Weg.

Dass sie sich exakt zwischen Priglingers Augen bohrte, war für dessen Frau in der Dunkelheit unmöglich zu erkennen. Aber sie sah, wie es ihren Ehemann, den verdienten, völlig unbescholtenen Polizisten und Frischkäsehersteller Manfred Priglinger zurückwirbelte und auf den Boden warf.

Sie sah den Jungen, der neben ihrem Mann zusammenbrach.

Und sie sah Worschädl, der auf die beiden zueilte, ihrem Mann die Finger an den Hals legte, zu ihr herüberschaute, den Jungen zu sich heranzog und zugleich sein Handy zückte.

59

„He, Robert, auch schon daheim?"

„Tut mir leid, ich wollte dich nicht wecken."

„Komm zu mir."

„Bist du dir sicher?"

„Ganz sicher. Wie spät ist es?"

„Drei Uhr früh."

„Na toll. Und? Habt ihr ihn gekriegt?"

„Das hat sich erledigt, Karoline. Für immer."

„Mein Gott. Und wer ...?"

„Manfred Priglinger. Österreichischer Grenzpolizist."

„Wie bitte? Das gibt's doch nicht."

„Leider doch. Die Gier. Völlig verrückt."

„Hast du ihn ...?"

„Ging nicht anders."

„Und? Gefährlich?"

„Anspruchsvoll."

„Die schusssichere Weste, auf die wir uns geeinigt haben ...?"

„Hatte ich wie vereinbart im Wagen."

„Und du hast sie auch getragen?"

„Nicht direkt."

„Wie bitte?"

„Ich hab sie Sabine aufgenötigt."

„Meine Güte, Bertl. Und du?"

„Ich war nicht wirklich in Gefahr. Aber für Sabine war sie heute lebenswichtig."

„Heißt das, sie hat es erwischt?"

„Direkt ins Herz. Aber die Kugel ist nicht durchgegangen."

„Ich fass es nicht! Ihr Wahnsinnigen! Gott sei Dank! Wäre beruhigend, wenn du ab jetzt zwei schusssichere Westen im Wagen hättest."

„Wird gemacht."

„Versprochen?"

„Versprochen."

„Na gut, Bertl. Weißt du was? Ich bin stolz auf dich."

„Keine Ursache. Ich hab nur meinen Job gemacht."

„Bitte keine falsche Bescheidenheit. Du hast einen Mann erledigt, der deine Frau angegriffen hat. Wenn dir dafür keine Belohnung gebührt ..."

„Jetzt noch, um diese Zeit?"

„Selbstverständlich. Aber bitte Vorsicht. Mein Gips ..."

60

Eva-Maria Priglinger fiel noch nicht aus allen Wolken, als die Drogenhunde auf ihrem Bauernhof eine ganze Batterie von 300 Gramm schweren Laibchen namens *Priglingers Käseschmankerl* aufspürten. Kreidebleich und nahe der Ohnmacht war sie aber, als sich herausstellte, dass die Laibchen kleine, raffiniert eingearbeitete Plastiktütchen mit jeweils etwa 30 Gramm Crystal Meth enthielten.

Sie versicherte unter Tränen, dass sie nicht die geringste Ahnung von dem illegalen Vertriebsnetz hatte, mit dem ihr Mann die Drogen ins In- und Ausland geliefert hatte. Weiters wusste sich nichts von seinen Kontakten zu dem Zuhälter Harry Kovac, in dessen Garage in drei Kühltruhen ebenfalls unzählige einschlägige Käselaibchen entdeckt wurden. Auch der vietnamesische Drogenkoch Cheng Zhang war ihr glaubhaft unbekannt.

Entsetzt und von Weinkrämpfen geschüttelt musste sie noch dazu die Information verkraften, dass ihr Mann nur wenige Meter von ihrem Wohnhaus entfernt einen 15-jährigen Jungen gefangengehalten, mit einer Heugabel verwundet, mit Drogen abgefüllt, an einen Pädophilen verkauft und außerdem gequält hatte.

Es raubte ihr buchstäblich den Verstand.

In ihrem Zustand aus Fassungslosigkeit, Wut und Scham dauerte es fast eine Stunde, bis sie wieder einen Satz herausbrachte, der halbwegs verständlich und grammatikalisch einigermaßen in Ordnung war.

„Ich habe eine Bestie geliebt und habe es nicht erkannt. Wie kann ich mich denn da noch unter die Leute trauen?“

Mir ihrer letzten Befürchtung sollte Eva-Maria Recht behalten.

Noch am selben Vormittag war nämlich im ganzen Ort bekannt, dass der allseits beliebte, stets gut gelaunte Polizist und Nebenerwerbsbauer nicht nur ein internationaler Drogendealer und Entführer war, sondern darüber hinaus des Mordes an der Prostituierten Eliska Cerny und an dem Bordell-Hausmeister Jürgen Binder verdächtigt wurde, dessen zerstückelter Leichnam erst gestern zwischen Fleischabfall von Rindern, Schafen, Hirschen und Rehen in der Tierkörperverwertungsanstalt Grieselwald entdeckt worden war.

Der Bürgermeister beschrieb Priglinger im öffentlich-rechtlichen Fernsehen als jemanden, den man neben seiner fleißigen, bei der Gemeinde für die Abwicklung des Formular-, Pass- und Meldewesens zuständigen Ehefrau immer wieder sehr ausgelassen bei den Gemeindefesten sah.

Der Pfarrer berichtete im Regionalfernsehen, dass man Manfred Priglinger zwar nicht regelmäßig, aber zumindest an den Feiertagen in der Kirche antraf.

Sowohl der Feuerwehrkommandant als auch der Kapellmeister der Blasmusik lobten ihn auf mehreren privaten Fernsehkanälen als jemanden, der bei den Sammlungen nicht nur Fünfer oder Zehner, sondern immer mindestens einen Zwanziger spendete.

Und für seine Kollegen von der Polizei war er ein sehr kameradschaftlicher und verlässlicher Mitarbeiter, wenngleich sie schon früher hätten erkennen können, warum in seinen Diensten stets weniger Drogenschmuggler aufgegriffen worden waren als in denen anderer Beamter.

Bei den tschechischen Grenzpolizisten in Wullowitz verursachte die Nachricht, wer sich hinter dem dubiosen Pseudonym „Der Tscheche“ verborgen hatte, neben viel Kopfschütteln auch einiges an Erleichterung. Erstens war dieses Phantom nun endlich gefasst, und zweitens war der Tscheche kein Tscheche, sondern ein Österreicher, was dem nationalen Selbstbewusstsein etwas Auftrieb verlieh.

Und immerhin überbrachte der Postbote dem stellvertretenden Bezirkskommandanten Stefan Schweitzer am zweiten Tag nach Priglingers Festnahme ein Paket, das zehn böhmische Krapfen und eine Grußkarte des Kommandanten der Wullowitzer Grenzpolizei enthielt.

„Im Namen aller Kollegen gratulieren wir zum verdienten Erfolg. Herzlichst, und so weiter und so fort ...", verlas Schweitzer in einer kleinen Morgenbesprechungsrunde, verteilte die Krapfen und verkündete, dass er am Sprung zu einem Termin beim Landeskommandanten war.

„Dank unserer hervorragenden Arbeit kann ich dort einen dreifachen Erfolg präsentieren: erstens die Entlarvung und Liquidierung eines hochgefährlichen Drogendealers samt Helfershelfern, zweitens die Befreiung des Entführungsopfers Jakub und drittens die Verhaftung eines Kinderschänders, auf dessen Laptop brisante Daten über einen Pädophilen-Ring gefunden wurden."

„Er wird dir aber auch Fragen zu dem Mörder von Eliska Cerny stellen", brummte Worschädl, dem der Krapfen heute nicht wirklich schmecken wollte.

„Da steht uns zwar eine gewisse Auswahl zur Verfügung, aber für einen Spitzenkandidaten fehlen uns die entscheidenden Beweise", fügte Schinagl hinzu, der das Sprechen und das Atmen wegen der geprellten Dreier-, Vierer- und Fünfer-Rippe ziemliche Schmerzen bereitete.

„Papperlapapp", wischte Schweitzer die Einwände vom Tisch. „Die Rädelsführer liegen in der Prosektur oder sitzen hinter Gittern. Ihr knöpft euch die Inhaftierten vor, nehmt sie in die Mangel, und spätestens in zwei Tagen hab ich den Täter auf dem Tisch. Also! An die Arbeit!“

Sprach’s und rauschte ab. Ein eitler Gockel mit geschwollenem Kamm, der nicht erwähnt hatte, dass sowohl der Bordellbesitzer Kovac als auch der Drogenkoch Cheng Zhang in langen, aufreibenden Verhören jeglichen Zusammenhang mit dem Mord zurückgewiesen hatten. Und dass sie absolut nichts in der Hand hatten, um einem von ihnen das Gegenteil zu beweisen. Zugleich zeigten Kovac und Cheng Zhang keinerlei Tendenzen, den Mord dem Tschechen in die Schuhe zu schieben.

Der Zuhälter stellte in Abrede, dass er gewusst hatte, was in den etwa 700 tiefgefrorenen Käselaibchen in seiner Garage verpackt gewesen war. Und der Vietnamese brachte immer wieder seine Notsituation als berufsunfähiger Familienvater ins Spiel und drückte mehrmals seine Dankbarkeit dafür aus, dass ihn die Polizisten von seinem Tinnitus befreit hatten.

All das lieferte ihnen keinen Hinweis zur grausam zugerichteten Frauenleiche bei der Wildgrubalm. Nicht eine neue Erkenntnis, nicht ein zusätzliches Indiz. Die Laune von Worschädl und Schinagl war deshalb nicht annähernd so euphorisch wie die ihres Chefs.

„Wahrscheinlich sehen wir den Wald vor lauter Bäumen nicht“, meinte Schinagl und bediente sich an der Kaffeemaschine.

Wer komplett durcheinander ist, muss zusammenräumen, Ordnung schaffen. Das Vorhandene schlichten und sortieren, hätte Karoline jetzt gesagt.

„Aber ich hab den Spezialisten wegen Jakubs Handy Dampf gemacht. Sie melden sich, sobald sie auch nur einen minimalen Hinweis finden", setzte Schinagl fort und bewegte sich zur Flipchart-Tafel.

„Worauf wir uns aber nicht verlassen können", antwortete Worschädl. „Am besten, wir gehen noch einmal alle Fakten durch. Verschaffen uns einen Überblick. Sabine, wir tun so, als wären wir motiviert und fangen noch einmal von vorne an."

Schinagl fühlte sich plötzlich schrecklich müde. Woher sollte sie die Kraft nehmen, das Ganze erneut aufzurollen? Neben all dem, was sonst noch zu schaffen war.

Ihr Handy meldete den Eingang einer SMS. Zum richtigen Zeitpunkt, wie sie fand. Es kam von irgendwo her. Wie eine Botschaft aus dem All. Von einem fernen Planeten.

„Könnte sein, dass gerade ein wenig Licht ins Dunkel kommt", meinte Schinagl und hielt Worschädl ihr Handy hin.

„Was ist das?"

„Die Kollegen von der Verkehrspolizei haben uns endlich die Kennzeichen jener Fahrzeuge geschickt, die in der Mordnacht in der Nähe des Fundorts in eine Radarfalle geraten sind."

„Spät, aber doch", murmelte Worschädl, setzte seine Brille auf und ging die Liste durch. Insgesamt acht Autolenker hatte es erwischt. Bei einem der Kennzeichen wurde Worschädl stutzig. Er las es zweimal, bevor er verschmitzt lächelte.

„Das hier kennen wir doch."

„Ja, Robert, das kennen wir."

61

Er saß auf der Bank seiner multifunktionalen Kraftstation und quälte sich mit dem Butterfly. Zusammenziehen und ausatmen, wegstrecken und einatmen.

Immer wieder, gnadenlos.

Trainingsgewicht 90 Kilo.

Selbstbestrafung.

So gehasst wie heute Früh hatte sich Florian Wiesbauer in seinem bisherigen Leben nur ein einziges Mal. Nach seinem Sprung.

Ein Felsen, der aus dem Wasser ragte. Schulfreunde, die lachten und applaudierten, als er, abgefüllt mit reichlich Bier, hinauf zu dem kleinen Vorsprung in etwa sechs Meter Höhe kletterte.

Unter ihm das dunkle Wasser. Sonnenspiegelung. Undurchsichtig. Sie waren dort gerade erst geschwommen. Hatten unter sich keinen Grund gespürt. Er fühlte sich also sicher. Schrie den Freunden zu, ob sie einen doppelten Salto mit geschraubter Pirouette sehen wollten oder eine exquisite Arschbombe.

Arschbombe wäre ihr Favorit gewesen. Aber diesen Gefallen konnte er den Jungs unmöglich machen. Weil er sich nicht blamieren, sondern sie ausstechen, auftrumpfen und den Mädchen imponieren wollte. Obwohl ihm in dieser Höhe doch mulmig zumute war.

Du pfeifst dir in diesem Alter nichts, sagte er sich später oft und oft. Für einen Augenaufschlag, einen heißen Blick, einen Kuss hängst du dein Leben an den Nagel und führst weiß Gott was auf. Das absolute Risikoalter. Völlig irre, dass so viele die Pubertät ohne größeren Schaden überleben.

Einige schaffen das eben nicht. Die machen einen nicht nur tadellosen, sondern beeindruckend eleganten und kühnen Köpfler, schießen wie ein Pfeil ins Wasser, ernten dafür begeisterten Jubel von den Mädchen, bleiben dann aber viel zu lange unten und tauchen schließlich leblos auf.

Er hob den Kopf auch nach mehreren Zurufen nicht hoch, bis endlich jemand ins Wasser sprang, ihn ans Ufer zerrte und sofort beatmete. Das rettete wenigstens sein Hirn.

Es dauerte Jahre, bis er diesen Moment der Fahrlässigkeit und Unbedachtheit, dieses komplette Aussetzen seiner Vernunft halbwegs in sein Leben integrieren konnte. Verzeihen würde er sich das nie. Auch wenn er für seinen Fehler ohnehin bitter büßen musste.

Aber damals war er noch nicht erwachsen gewesen, sondern überschäumend und ungestüm. Den Kopf voller großer Pläne, aufregender Mädchen, verrückter Ideen.

Da konnte er, wenn er über sich Gericht hielt, wenigstens mildernde Gründe ins Treffen führen.

Doch jetzt, mit Anfang dreißig, eine Substanz zu sich zu nehmen, die ihn die Kontrolle über sich selbst völlig verlieren ließ, war durch wirklich gar nichts zu entschuldigen. Dafür brachte er nun, im unbetäubten Zustand, nicht ein Quäntchen Verständnis auf.

Um vier Uhr früh hatte ihn diese verfluchte Sehnsucht nach Eliska überfallen. Das unbändige Bedürfnis, ihre Hände, ihre Haut, ihre Haare zu spüren. Er wünschte sich diese wunderbare Frau so sehr herbei und konnte es nicht ertragen, dass er sie nie wieder sehen, berühren, spüren würde.

Eine halbe Flasche Whisky reichte nicht. Er brauchte mehr. Etwas Stärkeres. Also holte er Eliskas Crystal aus seinem Wandsafe, gab „eine Line vorbereiten" bei Google ein und stieß auf einen Videofilm, in dem eine junge Frau die nötigen Schritte erklärte.

Florian leerte ein Häufchen der weißen Kristalle auf eine Alufolie, legte eine zweite Folie darüber und zerdrückte den Stoff mit einem Feuerzeug, bis er fein und mehlig war. Dann rollte er einen Zehn-Euro-Schein zu einem kleinen Röhrchen und zog sich das Zeug durch die Nase rein.

Nach ein paar Minuten ging es los.

Laut der Informationen aus dem Internet erlebte er eine erhöhte Ausschüttung von Botenstoffen. Dazu im Gehirn einen Adrenalin- und Dopaminschub. Dieser Vorgang führte seinem Körper keine Energie zu, sondern täuschte eine plötzlich auftretende Gefahrensituation vor. Ab sofort stand sein Organismus unter Dauerstress.

Im Nachhinein konnte er bestätigen, dass er keinen Hunger und Durst empfand. Ebenso waren sein Schmerz- und Müdigkeitsempfinden unterdrückt. Stattdessen fühlte er sich großartig, allmächtig und unverwundbar. Und herrlich enthemmt.

Es war wie ein Riesenfeuerwerk. Farbintensive Explosionen.

Als der Film irgendwann riss, war jedes Detail gelöscht. Die angebliche Amokfahrt im Frühstücksraum war bei ihm nicht abgespeichert.

Man begeht wie ferngesteuert völlig wahnsinnige Taten, an die man sich danach nicht einmal erinnern kann. Ein verheerender Vorgang. Ihn freiwillig herbeizuführen, war verantwortungslos und dumm.

Er sah auf Youtube Interviews mit Eltern, die ihre Kinder an Crystal Meth verloren hatten. Eine Mutter, die in ihrer leeren Wohnung saß. Weil ihre Tochter das Mobiliar samt Fernseher verhökert hatte, um an Kohle für den Stoff zu kommen. Einen Vater, der sich einen Faustkampf mit einem 18-jährigen Irren liefern musste, der einmal sein Sohn gewesen war. Verzweifelte Menschen, denen die Erschöpfung, Resignation, Trauer und Ohnmacht ins Gesicht geschrieben waren.

Er hörte ausgemergelten, verfallenen, greisenhaften, von diesem Teufelszeug erbärmlich ruinierten Gestalten zu, die in Wahrheit erst um die dreißig waren. Sah den Niedergang und Verfall von jungen Existenzen. Informierte sich über extreme, entsetzliche Gewalttaten, begangen im Drogenwahn.

Und erschrak über sich selbst. Über seinen erneuten, selbstzerstörerischen Leichtsinn. Dabei wurde ihm bewusst, welche Mühe es ihn gekostet hatte, sein schon einmal verspieltes Leben wieder zurückzugewinnen.

Deshalb dieses harte Training. Deshalb die absichtlichen Schmerzen. Florian wollte, dass es wehtat. Weil ihm so etwas nie wieder passieren durfte.

Als die Kripobeamten auftauchten, brach er das Training ab. Hörte zu. Schüttelte den Kopf, als er das mit der Radarstrafe hörte, von der er nichts wissen konnte, weil sie noch nicht zugestellt worden war. Keine Ahnung, wer seinen Rallyewagen gefahren hatte. Er sicher nicht, weil er zu diesem Zeitpunkt nachweislich noch im Wirtshaus gesessen war.

Nein, Marlies' Angabe, dass er bereits um 22 Uhr nach Hause gekommen war, entsprach nicht ganz der Wahrheit. Das hatte sie nur gesagt, weil sie ihn damit schützen wollte. Tatsächlich hatte er das Gasthaus erst gegen ein Uhr früh verlassen. Er könne selbstverständlich zwei Bekannte nennen, die das bestätigen könnten.

Bei der Anmerkung dieses Worschädl, dass sich Marlies mit ihrer Aussage vielleicht selbst ein Alibi verschaffen wollte, lief es Florian kalt über den Rücken. Marlies hatte für alle Fälle einen Schlüssel zu seinem Haus, und sie hatte auch Kenntnis darüber, wo er seinen Autoschlüssel aufbewahrte. Keine Frage, dass sie den Wagen fahren konnte, sie saß ständig neben ihm und wusste, wie es funktionierte.

Nein, er hatte keine Erklärung dafür, dass die Polizei Marlies weder in ihrer Wohnung noch beim Reitstall angetroffen hatte. Deswegen gleich eine Fahndung einzuleiten, fand er ziemlich übertrieben. Genauso wie den Gedanken, dass Marlies Eliska hätte töten können. Das sei absoluter Schwachsinn. Warum sollte sie das tun?

Eifersucht, behauptete die junge Polizistin. Marlies sei die ganze Zeit an Florians Seite gewesen. Habe ihn unterstützt, umsorgt und sogar diesen riskanten Job bei den Rallyes in Kauf genommen. Es sei sicher kein Zufall, dass sie so konsequent und treu in seiner Nähe geblieben war.

Logisch, dass sie nicht den bestrafte, auf den sie wartete, den sie noch immer haben wollte.

Nein, sie bestrafte ihre Konkurrentin. Ihre Gegnerin.

20 Häuser, 60 Einwohner, eine Freiwillige Feuerwehr, ein Gasthaus. Alles zusammen ein echter Ort namens Hühnergeschrei.

Heutiges Hühnergeschrei-Menü, mit weißer Kreide auf die schwarze Tafel vor dem einzigen Gasthaus gemalt: Backhenderl mit Erdäpfelsalat: 5,90.

„Die lautesten Schreihälse servieren sie zum Mittagstisch", lautete Schinagls Kommentar, als sie vor dem Fischer-Wirt aus dem Auto stiegen.

„Mir wäre zum Schreien, wenn ich hier meinen festen Wohnsitz hätte", murmelte Worschädl und schritt mit seiner Kollegin widerwillig auf den Eingang des zweistöckigen, in einem warmen Gelbton gestrichenen Gebäudes zu. Schinagl fiel nichts ein, um Worschädls Laune aufzuhellen. Der Name des Ortes sprach für sich. Mehr als das Gackern vereinzelter Hühner schien hier nicht los zu sein.

Sie hatte während der Herfahrt die von Florian Wiesbauer genannten Zeugen kontaktiert. Beide versicherten glaubwürdig, dass sich ihr Schriftführer zum wahrscheinlichen Tatzeitpunkt noch im Wirtshaus aufgehalten und es erst weit nach Mitternacht verlassen hatte.

Im Gasthaus Fischer in Hühnergeschrei war Marlies' Mutter in der Küche gerade mit der Vorbereitung der gebackenen Hühner beschäftigt. Nach einem kurzen Blick auf Worschädls Ausweis erklärte sie sich sofort zu einem Gespräch bereit und übergab das Zepter vorübergehend an ihre Köchin.

„Mit der Kriminalpolizei haben wir noch nie zu tun gehabt." Die akkurat wirkende, hagere Wirtin wischte sich die Hände an einem Geschirrtuch ab, führte die

Ermittlungsbeamten in den Gastraum und setzte sich mit ihnen an einen Tisch.

„Mein Dirndl wird doch nichts verbrochen haben.“ Sie wirkte beunruhigt.

„Nein, wir wollen ihr nur ein paar Fragen stellen“, meinte Worschädl.

„Da müsst’s zum Reitzentrum fahren oder rüber zum Wiesbauer Florian.“

„Haben wir beides schon gemacht. Sie ist aber weder da noch dort.“

„Vielleicht ist sie runter nach Linz und hat dort etwas zu erledigen“, sagte Frau Fischer und orderte bei der Kellnerin für Worschädl einen Verlängerten und für Schinagl einen Espresso.

„Marlies lebt noch bei Ihnen hier im Haus?“ Schinagl zückte ihr Notizbuch.

„Gleich die Stiege rauf im ersten Stock hat sie eine nette Wohnung, ihre jüngere Schwester ist schon unter der Haube. Buben haben wir keinen gekriegt, also sind wir froh, dass sie uns noch im Gasthaus unter die Arme greift.“

„Sie steht manchmal hinter der Schank?“

„Oder hilft beim Servieren aus. Besonders bei Hochzeiten oder nach Beerdigungen. Sie ist bei den Gästen sehr beliebt.“

„Aber sie hat nicht vor, das Gasthaus zu übernehmen?“, fragte Worschädl.

„Schaut nicht so aus. Sie hat halt gesehen, wie viel Arbeit dahintersteckt und dass es fast keinen Urlaub gibt.“

„Außerdem hat sie einen anderen Beruf gelernt“, warf Schinagl sein.

„Und sie hat diesen Florian.“ In der Stimme der sicher sehr fleißigen Frau lag ein Hauch von Bitterkeit.

„Florian Wiesbauer?“

„An dem hat sie einen Narren gefressen. Ehrlich. Wie viel Energie und Zeit sie in den schon investiert hat. Dabei könnte sie sich ja auch um einen Gesunden schauen. Aber für sie gibt es nur den Florian. Total plemplem. Wie halt die Weiberleut sind."

„Wenn sich eine Frau einen ganz bestimmten Mann in den Kopf gesetzt hat, dann will sie oft keinen anderen mehr", pflichtete ihr Schinagl bei und lächelte Frau Fischer zu. Solidarisch. Von Frau zu Frau.

„Auch wenn er gar nichts von ihr wissen will?", erkundigte sich Worschädl.

„Kann sogar sein, dass es dadurch noch schlimmer wird, oder, Frau Fischer?"

„So schlimm, dass sie Tag und Nacht an nichts anderes mehr denken kann", antwortete Frau Fischer und legte ihre Hand auf Worschädls Arm.

„Na bravo. Dann bin ich hier der Einzige, der es noch immer nicht begreift." Worschädl stellte sich dümmer als dumm.

„Du meine Güte", stöhnte Schinagl, verdrehte die Augen und suchte bei Frau Fischer Rat. „Wie sollen wir ihm das erklären?"

„Das Dirndl ist seit Jahren Hals über Kopf in den Florian verknallt. Der Depp kriegt das nicht mit und ist gleichzeitig so wie alle Männer hinter jeder Schürze her."

„Das klingt sehr nach Vorurteil", merkte Worschädl an.

„Ist aber die Lebenserfahrung einer Frau, die seit Jahrzehnten im Wirtshaus steht. Selbst wenn ihr im Rollstuhl sitzt, denkt ihr Tag und Nacht ans Schnackseln."

„Und genau so einer, sagt die Frau Fischer, ist auch dieser Florian", erklärte Schinagl ihrem Kollegen.

„Nur ist der noch viel schlimmer, weil er keinen Genierer kennt und sich dauernd irgendwelche Huren holt.“

Worschädl stand auf. „Wenn da so über die Männer hergezogen wird, lass ich euch kurz einmal allein.“

Frau Fischer fühlte sich bestätigt: „Na, da schau her. Der nächste, der die Wahrheit nicht vertragen kann.“

„Eben auch nur ein Mann“, bekräftigte Schinagl und blickte Worschädl nach, der sich in Richtung der Toiletten verzog.

Draußen am Gang änderte er die Richtung, nahm die Treppe in den ersten Stock und stand nach wenigen Schritten vor einer Tür, an der ein Schild mit Pferdekopf auf eine Vorliebe der Bewohnerin hinwies. Hier musste Marlies wohnen.

Abgesperrt.

Kreditkarte.

Aufgesperrt.

Worschädl betrat ein kleines Vorzimmer, von dem eine Tür ins Bad und eine andere in die Toilette führte. Von einem ans Vorzimmer anschließenden Wohnzimmer gelangte man in eine geräumige Küche mit Esstisch und sechs Stühlen.

Worschädl verschaffte sich in Windeseile den notwendigen Überblick: alles ordentlich und hübsch in Vollholz eingerichtet. An den Wänden Reit- und Rallyefotos. Auf einem Regal Bücher über Physio- und Hippotherapie, außerdem eine ganze Reihe an Kriminal- und Fantasyliteratur und ein hellblauer Bluetooth-Lautsprecher. Über dem Couchtisch und der kleinen Sitzecke ein orientalisch wirkender Lampenschirm. Alles farblich sorgsam und unaufdringlich abgestimmt. Marlies Fischer hatte zweifellos Geschmack.

Worschädl öffnete Schränke, zog Laden auf, schob Kleiderbügel mit Jacken, Kleidern und Blusen auseinander.

Keine Auffälligkeiten, nichts Verdächtiges.

Bis er das ans Wohnzimmer grenzende Schlafzimmer betrat.

Dem ersten Anschein nach passte auch dieser Raum mit seinen dezenten Vorhängen, der himmelblauen Bettwäsche, dem weißen Kleiderschrank und einer schmalen Kommode zu einer 34-jährigen Frau, die für sich und ihr Leben die geeignete Form gefunden hatte.

Damit harmonierte auch die in einem cremigen Weiß gehaltene Falttür, hinter der Worschädl einen Schrankraum vermutete. Er ging nur mehr pro forma darauf zu. Der Vollständigkeit halber. Obwohl er nicht mehr damit rechnete, noch auf brauchbare Hinweise zu stoßen.

Die Falttür war nicht abgesperrt und ließ sich problemlos zur Seite schieben.

Was Worschädl dahinter sah, traf ihn wie ein Vorschlaghammer.

Dabei war das hier nicht der übliche Altar der Grausamkeiten. Eher das Zeugnis eines bis zur Unerträglichkeit zelebrierten Masochismus.

Schlimmer konnte man sich selbst nicht quälen.

Tragischer konnte man sich nicht ins Abseits spielen.

Marlies hatte eine Möglichkeit gefunden, ihren Hass täglich neu anzufeuern und zu potenzieren. Bis ins Unermessliche.

„Sie hat die Prostituierten beim Sex mit Florian fotografiert?“, fragte Schinagl, als sie wieder im Auto saßen und ihr Worschädl die Fotos auf seinem Handy zeigte.

„Detailreich und minutiös“, antwortete ihr Kollege.

„Womit sich meine Theorie bestätigt“, meinte Schinagl. „Die hat sich auf die Terrasse geschlichen ...“

„... und voyeuristisch festgehalten, woran sie anstelle der anderen Frauen liebend gern beteiligt gewesen wäre“, setzte Worschädl fort.

„Und mit diesem pornografischen Zeug hat sie einen versteckten Winkel ihres Schlafzimmers tapeziert?“

„Bis auf den letzten Millimeter.“

„Die geheimen Tagebücher von Marlies. Wahnsinn. Von Eliska Cerny gibt es eine ganze Serie.“

„Unser Mordopfer hat Florian offenbar ganz besonders scharf gemacht.“

„Für Marlies muss sie ein rotes Tuch gewesen sein.“ Schinagl steckte den Autoschlüssel ins Schloss. „Ich hab es von Anfang an gewusst. Ab sofort macht uns die Dame nichts mehr vor. Wir haben ihren heiligen Schrein gefunden und kennen ihr falsches Alibi.“

Worschädl griff nach seinem Handy. „Ich setze eine Alarmfahndung in Gang.“

„Mit verstärktem Augenmerk auf Bahnhöfe, Busstationen, Flughäfen und Grenzübergänge.“

„Eine schöne Aufgabe für Schweitzer“, sagte Worschädl. Bevor er jedoch auf die Schnellwahltaste drücken konnte, wurde er vom Anruf eines Kollegen des Technischen Dienstes unterbrochen. Auf Jakubs Handy, das bei der Verhaftung des Tschechen sichergestellt worden war, hatten die Kollegen etwas entdeckt, das eventuell von Interesse war. Nämlich ein Selfie, das Jakub von seiner leiblichen Mutter in der Nacht des Mordes erhalten hatte. Exakt um 22 Uhr 10.

Als Worschädl auf das Foto tippte und es mit Schinagl betrachtete – die fröhlich lachende Eliska vor der Hütte auf der Wildgrubalm und die Figur hinter ihr, von der sie zu diesem Zeitpunkt vermutlich noch nichts ahnte – wussten beide sofort, dass ihre soeben aufgestellte These in sich zusammengebrochen war.

Marlies' tragische und unerwiderte Liebe war evident.

Genauso ihr Leid und ihre Qual.

Florians Gespielinnen mussten sie unwissentlich gedemütigt und angewidert haben.

Eliskas sexuelle Anziehungskraft war ihr zweifellos ein peinigender Dorn im Auge.

Sie hatte Eliska bis aufs Blut gehasst.

Aber umgebracht hatte sie sie nicht.

63

Für die Pressekonferenz beorderte Schweitzer extra den gealterten Schauspieler ins Polizeikommissariat. Er ging mit ihm alle Fakten durch, feilte an einer Art dramaturgischem Spannungsbogen und trat in seinem doppelt abgesperrten Büro sogar zur Generalprobe an. Die wurde heftig akklamiert und im anschließenden Kritikgespräch bis auf ein paar Kleinigkeiten hoch gelobt.

Schlussendlich spuckte der Schauspieler seinem Schüler, wie bei Bühnenkünstlern üblich, dreimal über die Schulter: Toi, toi, toi. Und so trat Schweitzer, gestärkt durch den Segen des unübertroffenen Doyens vom Donau-Theater, zu einer echten Premiere an. Richtig geprobt hatte er vor einer Pressekonferenz nämlich noch nie.

Sehr beeindruckend, welch großer Andrang heute herrschte. Die verkohlte Frauenleiche hatte Aufsehen erregt, und deshalb richteten sich neben den Kameras des öffentlich-rechtlichen Rundfunks und der privaten heimischen Fernsehsender auch jene mit der Aufschrift Pro7 und RTL auf ihn. Und zu den regionalen Zeitungsfritzen mengten sich auch die Vertreter der bundesweiten Journaille.

Gesetzte Worte. Verschränkte Hände. Nicht der geringste Frosch im Hals. Hin und wieder eine künstlerische Pause, um die Wirkung zu erhöhen. Dann und wann ein Schlückchen Wasser, um Angestrengtheit und die geleistete harte Arbeit zu demonstrieren.

Auf diese Weise erfuhr die versammelte Presse, dass in einer von Schweitzer initiierten, akribisch vorbereiteten, länderübergreifenden Aktion ein international agierender Drogenring aufgedeckt werden konnte. Ein bahnbrechender Erfolg, der ohne die Konsequenz und Entschlossenheit der Linzer Gruppe und Schweitzers Wenigkeit nicht möglich gewesen wäre. Schlüsselfigur sei der sogenannte Tscheche gewesen, hinter dem sich mit Manfred P. aber ein waschechter Österreicher verbarg.

Der verbrecherische Polizist und Nebenerwerbsbauer hatte im Keller seines Stalls, direkt unter der Milchanlage, mehrere Kilo Crystal Meth gelagert. Hergestellt wurde die Droge im tschechischen Vyšší Brod von einem vietnamesischen Drogenkoch mit dem Decknamen Cheng Zhang, der im Zuge eines von Schweitzer höchstpersönlich angeführten Zugriffs auf dem Lipno-Stausee dingfest gemacht werden konnte.

Jenen Journalisten, die am Ende seiner Ausführungen verständlicherweise die Frage stellten, wer denn nun der Mörder von Eliska Cerny sei, konnte Schweitzer eines mit absoluter Sicherheit versprechen: Geständnisse der Hauptverdächtigen Harry Kovac und Deng Lun alias Cheng Zhang standen unmittelbar bevor.

Schweitzer selbst sei bei den Verhören anwesend und garantiere dafür, dass man Kovac oder Lun innerhalb der nächsten vierundzwanzig Stunden als Täter präsentieren könne.

Trotz der herausfordernden Ermittlungsarbeit wolle er sich an dieser Stelle noch Zeit nehmen, dem schwer erkrankten Bezirkskommandanten baldige Besserung zu wünschen, damit er die hohen Anforderungen seiner Funktion in möglichst naher Zukunft wieder erfüllen könne.

Schweitzer klappte seine Unterlagen zu, sah den hochgestreckten Daumen des Doyens, der hinten bei der Türe stand, und fühlte seinen eigenen Eindruck bestätigt: Er hatte sich nicht nur großartig geschlagen, sondern sogar brilliert und sich als einzig logischer Kandidat für den Posten des Bezirkskommandanten in die Köpfe der versammelten Presse eingebrannt.

Unbehagen bereitete ihm nur, dass auf seinem lautlos geschalteten Handy drei Anrufe von Worschädl aufschienen. Außerdem hatte ihm Worschädl ein Foto geschickt, auf das er sich keinen Reim machen konnte. Zu allem Überdruss schob sich auch noch ein leitender Beamter an ihn heran und teilte ihm mit, dass Worschädl auf eigene Faust eine Einsatztruppe ins Mühlviertel beordert hatte.

Nein, unter diesen Umständen hatte er für den gealterten Schauspieler leider Gottes keine Zeit. Schade um den vorbereiteten Prosecco für eine kleine Premierenfeier. Stattdessen musste er seinen besten und schwierigsten Beamten wieder einmal in die Schranken weisen.

Verdammter Sturschädel, fluchte Schweitzer, als er Worschädls Nummer in sein Handy tippte. Gleich darauf schnappte er nach Luft. Weil Worschädl seine Schimpftirade einfach unterbrach und ihm mitteilte, wer der Mörder von Eliska Cerny war.

„Ja Himmelherrschaft, so was Blödes. Ich hab doch den Journalisten gerade den Kovac und den Vietnamesen als wahrscheinliche Täter präsentiert“, brüllte Schweitzer ins Telefon.

„Du sollst deinen Pfeil erst abschießen, wenn dein Bogen gut gespannt ist. Alte Weisheit von Karoline. Stefan ... wir haben dich gewarnt“, antwortete Worschädl, während Schinagl den Wagen mit mäßigem Tempo ihrem Ziel entgegenlenkte. Sie hatten es nicht eilig, weil sie unbedingt auf Verstärkung warten mussten. Die Bäume am Straßenrand warfen bereits lange Schatten.

Die Durchführung des Zugriffs musste unbedingt noch vor Einbruch der Dunkelheit gelingen.

„Aber freilich! Weil du ja immer alles besser weißt“, gab Schweitzer zurück. „Seid ihr euch da völlig sicher?“

„Du hast doch Eliskas Foto gesehen.“

„Ein Foto ist noch kein Beweis.“

„Aber ein stichhaltiges Indiz. Wann wurde das Foto geknipst?“

„Unmittelbar vor der wahrscheinlichen Tatzeit.“

„Und war er darauf hinter Eliska zu sehen?“

Nachdenkpause bei Schweitzer. Offenbar dachte er jetzt haarscharf nach und begriff die Zusammenhänge: „Na gut, da ist schon was dran. Das gibt dir dennoch nicht das Recht, ohne meine Zustimmung eine mobile Einsatztruppe anzufordern.“

„Du warst nicht erreichbar. Wegen der Pressekonferenz.“

„Aber wieso mit kompletter Ausrüstung? Wieso das volle Programm? Das ist weder ein Schwerverbrecher noch ein gesuchter Terrorist.“

„Aber der Vorsitzende des Jägereiverbandes.“

„Was ihn nicht zwingend zu einem schießwütigen Berserker macht. Als leitender Beamter muss ich schließlich an die Kosten denken.“

„Wegen der Kosten lassen wir uns aber sicher keine Ladung Schrot verpassen“, stelle Schinagl klar.

„Tatsache ist, dass ihr den Einsatz auf keinen Fall versemmeln dürft. Sonst reiße ich euch den Schädel aus!“

„Danke für die großartige Unterstützung“, antwortete Schinagl sarkastisch.

„Der Einsatztrupp ist schon unterwegs und trifft in zwanzig Minuten bei euch ein“, ging Schweitzer nicht auf Schinagls Bemerkung ein.

„Alles klar. Und ganz toll, dass du uns alles Gute wünschst“, sagte Worschädl und legte auf.

„Er ist einfach unverbesserlich. Ein Rüpel, wie er leibt und lebt“, sagte Schinagl.

„Nur gut, dass er zu Hause bleibt. Ohne ihn könnte der Einsatz glatt gelingen.“

64

Ich sehe viel zu spät, wie schön sie ist, dachte Florian, als Marlies sein Wohnzimmer betrat. Ihr unschuldiger Blick, als ob jetzt noch alles so wie früher wäre.

Marlies spürte, dass etwas nicht in Ordnung war. Florian wirkte in sich gekehrt. Konnte ihr nicht in die Augen sehen. War offenbar mit sich beschäftigt.

Sie führte es auf seinen höllischen Trip mit diesem Crystal Meth zurück. Man konnte nur hoffen, dass dieser Irrsinn für ihn eine ausreichende und nachhaltige Lehre war.

Marlies befüllte für ihn die Waschmaschine. Hosen, T-Shirts, Unterwäsche. Ein Schnellwaschdurchgang mit 40 Grad. Danach räumte sie Wurst, Käse und Essiggurken aus dem Kühlschrank, um für Florian eine Jause herzurichten, aber er hatte noch keine Lust auf Essen. Wollte vorher unbedingt auf die Piste. Mit ihr. Weil ein zusätzlicher Trainingsdurchgang auf keinen Fall schaden konnte.

Auf ihre Frage, ob das jetzt, bei Einbruch der Dämmerung, noch sinnvoll sei, reagierte er ungehalten. Bei der Abstimmung zwischen ihnen gebe es noch Luft nach oben. Und ihr präzises Zusammenspiel sei nun einmal ein wichtiger Faktor für den Erfolg.

Einverstanden. Wenn er es wünschte, wenn er wirklich darauf bestand, sollte es an ihr nicht scheitern, sie war zu allem bereit.

Zu allem, wollte sie wiederholen.

Aber das tat sie natürlich nicht. Aus Angst, sich lächerlich zu machen. Aus Furcht, beschämt zu werden. Die Möglichkeit einer Zurückweisung wollte sie erst gar nicht provozieren. Da verhielt sie sich lieber wie meistens: zurückhaltend und still.

Sie schlüpfte in ihre Rallye-Kluft, stülpte sich den Helm über den Kopf, setzte sich neben ihn ins Auto und schlug ihr Gebetbuch auf.

Mehr Kommunikation brauchte es nicht.

Sie waren ein perfektes Team.

Ich hätte dich lieben sollen, dachte Florian, drehte den Zündschlüssel und lenkte den Wagen auf die Straße.

65

Manchmal ereignen sich im nahezu selben Augenblick verschiedene Begebenheiten, welche ein menschliches Wesen hoch hinauf und zugleich unendlich tief hinunter schleudern. Nur sehr stabile Gemüter kippen dabei nicht aus der Spur.

Auf so einer emotionalen Hochschaubahn befand sich Clemens Wiesbauer, als er zuerst übers Handy von einem ihm bekannten Jurymitglied quasi unter der Hand erfuhr, dass der „Leading Spa Award" in diesem Jahr tatsächlich an sein Wellnessparadies ging.

Er traute der grandiosen Botschaft noch nicht ganz, schüttete sich in seiner Badewanne aber prophylaktisch schon einmal eine Flasche Champagner über den Kopf. Sir Winston Churchill 2006. Die zweite Flasche öffnete er, nachdem er sich wieder angekleidet hatte, und bis zum offiziellen Anruf hatte er sie inklusive mehrerer Gläschen Zirbenschnaps fast leergetrunken.

Das Handy bimmelte um exakt 16 Uhr 34. Diesmal gratulierte der Juryvorsitzende höchstpersönlich, und diesmal schoss dem bereits erheblich benebelten Direktor des soeben ausgezeichneten Edelschuppens die rechte Hand wie eine Mondrakete zu einem stolzen Siegeszeichen nach oben.

Auch die Glasaugen des an der Wand hängenden, präparierten Hirschschädels schienen heller als sonst zu leuchten, und sein prächtiges Geweih stach wie eine Jubelgeste in den Raum.

Die Schubkraft von Clemens' Hand wurde jedoch gebremst, weil er zu diesem Zeitpunkt akkurat am ausladenden Fenster seines Büros stand und registrierte, dass am Parkplatz unter ihm einiges an Polizei anrollte. Zwei Einsatzfahrzeuge, ein ziviler Škoda, ein Mannschaftsbus. Und noch während er dem Jurymitglied mit schwerer Zunge für die großartige Nachricht dankte, sprangen aus dem Mannschaftsbus sieben voll adjustierte Einsatzkräfte auf den Asphalt. Vollvisierhelm, Schutzschild, Maschinenpistolen. Wie im Film.

Nein, die sahen nicht wie soeben eintreffende Gäste aus. Die hatten auch keine südseitig ausgerichtete Suite gebucht. All das dämmerte Clemens, als sich sein Zeige- und Mittelfinger gerade zu einem V in Richtung Himmel streckten und nahezu im selben Moment so wie der ganze Arm jäh in sich zusammenfielen.

Was sich dann abspielte, konnte nur dem einerseits beduselten, andererseits entschlussfreudigen Hirn eines so tatkräftigen Unternehmers wie Clemens Wiesbauer entspringen.

Er brach eben nicht in Verzweiflung oder Panik aus.

Er wurde auch nicht von einer lähmenden Schockstarre erfasst.

Im Gegenteil. Clemens Wiesbauer blieb ganz ruhig und zog Bilanz.

Diesmal nicht über die Umsätze eines Jahres, sondern über sein gesamtes Leben. Das Fazit des Films, den er in Sekunden vor seinem inneren Auge abspulte, fiel hocherfreulich aus. Angefangen von seiner behüteten Kindheit über die wilden Jugendjahre bis zum heutigen „Leading Spa Award“ stand er prall und prächtig auf der Habenseite. Viel erlebt, viel erreicht, viel gewonnen. Extrem positiv. Römisch Eins.

Einer wie er, so viel stand fest, konnte das Ende unmöglich anderen überlassen. Nein, ein Clemens Wiesbauer gestaltete sein persönliches Grande Finale nach seiner Vorstellung. War doch nur gut, dass er in seinem Büro hatte, was man in diesem Fall brauchte.

Clemens wankte auf seinen Waffenschrank zu, traf nach drei Versuchen ins Schlüsselloch und griff für den Anfang nach einer drei Kilogramm schweren, zuverlässigen und sauber verarbeiteten Repetier- und Allwetterbüchse. Schönes, kräftiges Kaliber. Damit richtete man schon was aus.

Er lud die Waffe durch, schob seinen Schreibtischstuhl zum Fenster, öffnete es einen Spalt, setzte sich, legte den Lauf auf den Fensterrahmen und nahm zum Einschießen den linken Vorderreifen des Einsatzbusses ins Visier.

Er zielte, feuerte und traf.

Schön, welch heftigen Bewegungen nur dieser eine Schuss auslöste. Die versammelten Polizisten spritzten in alle Richtungen auseinander, suchten hinter den Fahrzeugen Schutz, wagten sich nicht mehr aus der Deckung.

Im Zielfernrohr tauchte der rechte Außenspiegel auf. Paff! Dann die Windschutzscheibe. Paff! Paff! Tausend Splitter. Wunderbar.

Clemens lud nach. Bemerkte dabei einen plötzlich losrennenden Polizisten. Der setzte sich in Bewegung, ballerte wild in Clemens' Richtung, rannte auf den Eingang zu.

Ein Übereifriger. Ein Vorzugsschüler.

Clemens duckte sich, kam wieder hoch, erlegte ihn mitten im Lauf. Beinahe amüsant, wie der Beamte einknickte, zusammenbrach und seine Hand auf die Einschussstelle am linken Oberschenkel presste.

Jetzt dürften die begriffen haben, dass ein Clemens Wiesbauer nicht so einfach zu kriegen war. Vor allem nicht in seinem Königreich. Nicht in seinem Paradies.

Worschädl hatte den Wahnsinn irgendwie schon vorausgeahnt. Deshalb drängte er so vehement darauf, die Verhaftung von Clemens Wiesbauer dezent und mit größter Vorsicht anzugehen. Er und Schinagl als Vorhut, wie zwei harmlose Ermittler, die ihre Routinefragen stellen. Und der schwer bewaffnete Trupp im Hintergrund. Auf Abruf bereit und nur bei Bedarf zum Einsatz kommend. Kein großes Aufsehen, unspektakulär.

Aber mit Einsatzkommandos verhält es sich nun einmal so, dass sie nicht nur simulierten, sondern echte Einsätze erleben möchten. Und Einsatzkommando-Kommandanten wollen statt mäßig aufregender Trockentrainings reale Situationen meistern.

Wenn dann ein junger, ehrgeiziger Einsatzkommando-Kommandant mit dem in der fernen Hauptstadt weilenden, stellvertretenden Bezirkskommandanten auch noch ein kongeniales Chaos-Duo bildet, muss ein sofortiger Zugriff her, und zwar ohne Wenn und Aber.

Und jetzt hatten sie den Salat.

Es war natürlich Worschädl, der es wagte, den angeschossenen Beamten aus der Gefahrenzone zu holen. Aber die Kollegen inklusive Schinagl gaben ihm wenigstens ausreichenden Feuerschutz. Einziger Fehler: Worschädl hätte den Kommandanten um seine werte Erlaubnis bitten sollen.

„So, Kollege Worschädl. Ab sofort keine eigenständigen Entscheidungen. Ab sofort nur mehr auf mein Kommando!"

Paff! Eine Seitenscheibe. Paff! Der linke Hinterreifen.

„Irrtum. Es läuft genau umgekehrt. Alter geht leider vor Schönheit. Ich bin hier die Nummer eins", stellte Worschädl klar.

„Sonst haben wir am Schluss einen Haufen angeschossener Beamter und jede Menge demolierte Autos", sagte Schinagl.

„Nicht, wenn ich einen Teil meiner Truppe von hinten ins Gebäude schicke. Dann haben wir ihn in der Zange“, bellte der Einsatzleiter zurück.

„Was diesen Wahnsinnigen nicht daran hindern wird, ein paar unserer Kollegen mit Einschusslöchern zu versehen. Nein, das muss auch ohne weitere Verletzte gehen!“, sagte Worschädl.

„Hallo, wir sind hier nicht im Sanatorium.“ Der Einsatzleiter wirkte unzufrieden. „Wir sind im Krieg. Da geht es nicht immer sauber zu.“

„Schon wieder falsch, Sie Dummkopf“, sagte Worschädl so leise, dass es nur sein Gegenüber und Schinagl hören konnten. „Das ist kein Krieg. Das ist nur die Verhaftung eines Geschäftsführers, der zufällig auch Jäger ist. Wenn alles gut geht, dürfen Sie es als Ihren Erfolg verkaufen. Ende der Ansage!“

Worschädl ließ den Einsatzleiter stehen und wandte sich an seine Kollegin.

„Sabine, hast du heute eine ruhige Hand?“

„Keine ruhigere als du.“

„Vielleicht doch. Kann sein, dass ich das Wetter spüre.“

„Sag schon, was hast du vor?“

Worschädl blickte zu dem Fenster, hinter dem sich Clemens Wiesbauer verschanzt hatte. Der Wind hatte zugenommen und wirbelte buntes Herbstlaub durch die Luft. Für einen Moment spürte Worschädl einen kalten Hauch, trocken und schneidend, ein erster Vorbote des Winters.

„Ich locke ihn aus der Reserve. Und du setzt ihn außer Gefecht.“

66

Hühnergeschrei. Gastgarten beim Fischer-Wirt. Die Gastronomin Theresa Fischer servierte einem Stammgast gerade eine Halbe Most.

„Resi, jetzt hast du was versäumt."

„Wird nicht so wichtig gewesen sein."

„Dein Dirndl ... die ist gerade wie der Teufel durch den Ort gekracht."

„Ja, pfiat di Gott. Wahrscheinlich wieder mit diesem damischen Florian."

„In seinem Rallye-Auto. 120 haben die sicher draufgehabt."

„Und das im Ortsgebiet. Das ist zwar bei uns keine 300 Meter lang ... trotzdem. So ein Leichtsinn."

„Zum Glück hat dieser wilde Hund bis jetzt noch keinen Unfall gebaut."

„Mir wär's dennoch lieber, wenn sich die Marlies seinen Bruder angelacht hätte. Versteh mich nicht falsch ... aber der hätte wenigstens zwei gesunde Beine."

„Und auch noch einen Haufen Geld."

„Dem wachsen die Euros aus den Ohren", schwärmte Frau Fischer mit glänzenden Augen.

„Der wäre die bessere Partie."

„Keine Frage. Bei dem wär die Marlies im Paradies."

67

Schinagl war mit Worschädls Vorhaben ganz und gar nicht einverstanden. Sie fand das viel zu riskant. Noch dazu kam ihr dabei eine Verantwortung zu, die sie in dieser Dimension nicht tragen wollte. Von ihr hing so ziemlich alles ab.

Niemand zweifelte daran, dass sie eine gute Schützin war. Dafür war sie zu oft in den Medaillenrängen der polizeiinternen Schießmeisterschaften aufgetaucht. Aber ein Sportwettbewerb war etwas anderes als das Anvisieren einer realen Person. Dort ging es um Zielscheiben und hier um ein Menschenleben.

Sie wollte es ihm ausreden, aber das machte keinen Sinn. Für Worschädl saß da oben am Fenster nicht mehr der Direktor eines Wellnessparadieses, sondern ein in die Enge getriebener, unberechenbarer Verzweiflungstäter, der mit seinem Leben abgeschlossen hatte und auf alles schießen würde, was ihm vor die Flinte kam. Bei einem Zugriff der Einsatztruppe befürchtete Worschädl ein Blutbad, und das wollte er unbedingt vermeiden.

Der Einsatzleiter stieg von einem Bein aufs andere, als müsste er dringend pinkeln. In Wahrheit ärgerte er sich grün und blau über Worschädls unglaubliche Arroganz. Dieser dem ersten Anschein nach unauffällige Kumpeltyp zog beinhart durch, was er sich in den Kopf setzte, und wischte jeden Einwand weg wie einen Fliegenschiss. Er hatte entschieden, sich selbst in Gefahr zu bringen, und ließ sich von nichts und niemandem beirren.

Der Einsatzleiter hatte sich auch dagegen ausgesprochen, dass Schinagl jetzt am Boden zu einem der Einsatzwagen kroch, dort nach ihrer Waffe griff, das Magazin prüfte und sich auf Position begab.

Durch die vorderen Autofenster hatte sie das Bürofenster im vierten Stock gut im Blick. Dahinter lauerte Clemens Wiesbauer und konnte jederzeit wieder wild durch die Gegend ballern.

Noch durfte sie von ihm nicht gesehen werden, noch durfte sie sich ihm nicht zeigen. Aber wenn es so weit war, musste sie blitzschnell und präzise handeln. In einem minimalen Zeitfenster von höchstens ein bis drei Sekunden.

Sie blickte zum Mannschaftsbus. Dahinter stand der Einsatzleiter und telefonierte aufgeregt, um den Plan dieses sturen Chefinspektors in letzter Sekunde zu verhindern.

Aber Worschädl stand schon bereit. Er nickte Schinagl zu und streckte den Daumen nach oben. Schinagl antwortete ihm mit demselben Zeichen.

Es war so weit.

Es ging los.

Clemens Wiesbauer spähte über den Fensterrand. Er hatte den Parkplatz gut im Auge. Im Moment war alles ruhig. Aber er machte sich keine Illusionen. Entweder die bereiteten einen Angriff über die Rückseite des Hauses vor, oder sie berieten darüber, wie sie ihn im Sturm überraschen konnten.

Für beide Varianten standen ihm fünf weitere Gewehre und ausreichend viel Munition zur Verfügung.

Jetzt nahm er eine Bewegung wahr. Jemand schob sich hinter dem Bus hervor. Moment! Das war doch dieser Worschädl! Lederjacke, ein paar Kilo zu viel, in der Hand ein Megaphon.

Nein, ihr Arschgeigen, hier wird nicht mehr diskutiert. Es gibt absolut keine Optionen mehr. Punkt. Ende. Ausgeschissen.

Wiesbauer stieß sich hoch, presste sein Auge gegen das Zielfernrohr, suchte Worschädl und blickte plötzlich in das Megaphon. Worschädl hatte es zu seinem Mund geführt und war drauf und dran, einen dieser eingelernten Sprüche abzusondern. *Das Haus ist umstellt, Sie haben keine Chance, bla, bla, bla.*

Aber Clemens Wiesbauer dachte nicht daran, diesem Arschloch-Polizisten auch nur einen Moment lang zuzuhören. Stattdessen visierte er den Punkt zwischen seinen Augen an.

Der Chefinspektor funktionierte in diesem Moment wie eine Maschine. Weggeschaltete Emotionen, geschärfter Verstand, absolut handlungsfähig. Karoline hätte das als Alarm-Modus bezeichnet.

Wenn höchste Gefahr besteht, sind uns Gefühle nur im Weg. Dann ist glasklares Denken und effektives Handeln angesagt.

Indem Worschädl zwei weitere Schritte vor den Bus trat, bot er sich als Zielscheibe an, um Wiesbauer aus der Deckung zu holen. Und er setzte darauf, dass Schinagl ihren Job hervorragend erledigen würde.

Genau in diesem Moment schnellte Schinagl mit einem Satz nach vorn, legte noch in der Sprungbewegung ihre Waffe an, richtete sie auf den nun gut sichtbaren Wiesbauer, verfluchte das unangenehme, irritierende Spiegeln der Fensterscheiben im vierten Stock. Doch da blitzte Wiesbauers Flinserl auf, diente ihr als Orientierungspunkt, und noch bevor sie mit beiden Beinen sicher auf dem Boden stand, krümmte sich ihr Zeigefinger.

Gerade rechtzeitig.

Wiesbauer drückte nämlich nur einen Lidschlag später ab. Aber da hatte ihn schon ein Schlag getroffen, der ihm das linke Ohr zerfetzte, ihn zurück ins Büro schleuderte und seine Schrotladung über Worschädl hinweg in den Himmel lenkte.

Wiesbauer landete verblüfft auf seinem Hinterteil, griff dorthin, wo gerade noch sein Ohr gewesen war, und sah für einen Moment nicht ein, dass er, als geborener Siegertyp, soeben den Kürzeren gezogen hatte.

Hatten ihn diese Schweine doch tatsächlich ausgetrickst!

Als ihm bewusst wurde, dass ihm mit seinem Ohr auch sein Flinserl abhandengekommen war, überschwemmte ihn das Gefühl eines kompletten Identitätsverlustes.

Die hatten ihm das Symbol für den wilden Hund in ihm geraubt!

Die hatten ihm einen wesentlichen Teil seines Ichs vom Kopf gepfeffert!

Und jetzt kam er, verdammt, nicht einmal auf seine Beine. Wegen dieser idiotischen Benommenheit. Aber er musste unbedingt sein Flinserl suchen. Irgendwo musste doch sein Ohrläppchen zu finden sein.

Endlich rappelte er sich hoch. Und dann krabbelte der Direktor des soeben mit dem „Leading Spa Award" ausgezeichneten Wellnessparadieses wie ein angeschossener Eber auf allen vieren durch das Zimmer, vergaß alles ringsherum und war in seinem verwirrten Schockzustand nur noch auf sein Flinserl und auf die Rückgewinnung seiner Identität fixiert.

68

Marlies klappte ihr Gebetbuch zu. Es hatte keinen Sinn, Florian die nächsten Geraden, Kuppen und Kurven anzusagen. Er war vor zwei Minuten ohne jede Erklärung abgebogen und hatte den festgelegten Kurs der Granitstein-Rallye verlassen. Nun raste er einen ungepflegten Feldweg entlang, den sie zu zweit noch nie befahren hatten und in dessen Mitte sich eine buschige Grasnarbe wie eine Bürste präsentierte.

„Florian, sagst du mir bitte, was das wird?“

Marlies war weder gefühlskalt noch unsensibel. Sie spürte sehr wohl, wenn eine Unstimmigkeit oder ein Ärger in der Luft lag, und sie hatte auch eine Antenne für ungünstige Entwicklungen.

Im Moment machte Florian auf sie nicht den üblichen draufgängerischen, sondern einen verbissenen Eindruck. Zugleich wirkte er zielgerichtet, als hätte er etwas vor, mit dem er sie überraschen wollte. Bei seinem demonstrativen Schweigen wurde Marlies das Gefühl nicht los, dass es sich um eine unangenehme Überraschung handelte.

„Florian, komm, rede mit mir.“

„Nur, wenn du den Anfang machst.“

Eine kryptische Antwort, für Marlies nicht gleich einzuordnen. Klang nach einer Aussprache. Fragte sich nur, worum es gehen sollte.

„Den Anfang wovon, Florian?“

„Sag mir, was du für mich empfindest.“

Dieser Satz versetzte Marlies in verblüfftes Staunen. Weil Florian zum ersten Mal über Gefühle reden wollte. Noch dazu über ihre, für die er sich bis dato keinen Deut interessiert hatte.

„Das geht nicht bei diesem Tempo.“

„Okay." Florian drosselte die Geschwindigkeit. Jetzt, bei leiserem Motor, war umso deutlicher das Geräusch der Grasnarbe zu hören, die immer wieder über den Unterboden bürstete.

„Wieso interessiert dich das?"

Florian ließ sich mit der Antwort Zeit.

„Ich frage mich, ob sich hinter deiner Fürsorglichkeit noch etwas anderes verbirgt."

„Selbstverständlich. Mein Gehalt. Du bezahlst mich. Ich verdiene mir damit einen Teil meines Lebensunterhalts."

„Aber darüber hinaus?"

Marlies fand es mutig und großartig, dass Florian diese Frage stellte. Und sie wunderte sich darüber, dass sie nicht die geringste Scheu empfand, ihm eine Antwort darauf zu geben.

„Ich kann in deiner Nähe sein. Und ich kann mir vormachen, dass du mich magst."

Stille. Langes Schweigen.

Bis Florian endlich Worte fand.

„Scheiße. Warum hab ich das nicht bemerkt?"

Jetzt war es Marlies, die sich Zeit ließ. Obwohl sie für Florians Distanziertheit schon lange eine Erklärung hatte.

„Die Nähe, die zwischen uns während deiner Therapie entstanden ist ... die war dir zu viel, die hast du nicht zugelassen und von dir weggeschoben. Dafür hast du mir die Stelle als deine Assistentin angeboten. Also keine Freundschaft, keine Beziehung, sondern einen Job. Das war die Form von Nähe, die für dich erträglich war."

Florian blickte sie an. Ein Ritter mit Vollvisierhelm und feuchten Augen. Ihre so schlüssige Beschreibung seines Verhaltens raubte ihm fast den Verstand. Was sie schon lange wusste, wurde für ihn erst heute offensichtlich.

„Marlies ... die Zusammenarbeit mit mir ... wie hast du das dann ausgehalten?"

„Einmal besser, einmal schlechter. Ich musste es einfach akzeptieren. Natürlich hätte ich mir etwas anderes gewünscht. Jede Stunde und jeden Tag."

„Mein Gott. Warum hast du nichts gesagt?"

„Aus Angst vor einer Zurückweisung. Die hätte ich nicht verkraftet."

Lange Pause. Marlies sah den Strohhalm. Den Funken einer Hoffnung. Und nahm ihren ganzen Mut zusammen.

„Aber vielleicht gibt es noch einen Anfang. Vielleicht haben wir noch eine Chance."

Florian schüttelte den Kopf: „Du verstehst da etwas nicht."

„Was, Florian?"

„Ich hätte dich lieben können. Aber jetzt ist es zu spät."

„Aber warum?"

„Weil du mir Eliska genommen hast. Weil du sie getötet hast."

Ein Keulenschlag, der Marlies die Stimme raubte. Als ob alle Kraft, all ihr Verstand, alles, woran sie jemals geglaubt hatte, mit dem nächsten Atemzug entwich und sich im Nirgendwo verlor. Der Mann, den sie liebte, hielt es für möglich, dass sie einen Mord begangen haben könnte. Der Gedanke war ihr zu groß. Seine Wucht war ihr zu viel. Sie griff nach der Schnalle ihrer Tür. Rüttelte daran. Warf sich mit der Schulter dagegen. Wollte weg, fort, hinaus. Wollte nur, dass es vorbei war.

Aber er hatte vorgesorgt. Doppelte Zentralverriegelung. War auch von innen nicht zu öffnen. Er hatte nicht vor, sie allein zu lassen. Für ihn war alles verloren. Alles verspielt.

Es war nicht nur ihre, sondern auch seine letzte Fahrt.

Die Entscheidung war gefallen.

Und sie würde durch nichts zu ändern sein.

69

Diesmal trugen sie beide schusssichere Westen. Und diesmal ließ es sich Worschädl nicht nehmen, als Erster hineinzugehen.

Aber die Schießwut, die war dem Clemens Wiesbauer vergangen. Armselig und verloren hockte er am Fuße seines ausladenden Schreibtischs, wimmerte vor sich hin und ließ es ohne Gegenwehr geschehen, dass Worschädl die Flinte mit dem Fuß zum Fenster schob und sich zu ihm auf den Boden setzte.

„Ihr Dreckschweine habt mir mein Flinserl weggeschossen."

„Aber nur, weil Sie vorher Eliska getötet haben."

„Wie habt ihr es herausgefunden?"

„Eliska Cerny hat in der Mordnacht kurz nach 22 Uhr ein Selfie an ihren Sohn geschickt. Im Hintergrund sind Sie zu sehen."

„So eine Scheiße. Dabei ... zu diesem Zeitpunkt gab es noch kein Problem. Da war die Welt noch rund."

„Kurz danach aber nicht mehr. Warum musste Eliska sterben?"

„Ich kam vorher einmal zufällig zur Hütte und hab sie mit Florian gesehen. Da hab ich begriffen, dass sich dieser Arsch mit meiner Kohle das Hirn aus dem Schädel vögelt."

„Das hat einem Mannsbild wie dem Clemens Wiesbauer natürlich nicht geschmeckt", meldete sich Schinagl, die in der Tür stand.

„Kein Wunder, oder? Ich schufte mich krumm und dämlich, vertreibe damit jede Frau, liege allein in meinem Bett, und bei meinem Bruderherz tanzen die tollsten Huren an."

„Und da haben Sie gedacht, was diese Eliska mit Ihrem Bruder anstellt ...“

„... das kann die Dame auch mit mir. Ich musste sie nur in seinem Namen zur Wildgrubalm bestellen, beim volkstümlichen Abend eine Magenverstimmung vortäuschen, mich von einem begabten Kellner vertreten lassen und mir während der Vereinssitzung von Florian seinen Wagen ausgeliehen ... nicht einfach zu fahren, aber ich hab es hingekriegt.“

„Sie hatte sich also eigentlich Florian erwartet“, sagte Worschädl.

„Und war deswegen angepisst. Dabei hätte ich mich nicht lumpen lassen. Ich hab ihr das Doppelte geboten, aber diese arrogante Schlampe hat abgelehnt.“

„Und das konnten Sie nicht auf sich sitzen lassen.“

„Moment. Das dumme Weib hat mich beschimpft. Ich meine, die trifft mich zum ersten Mal und nennt mich eine miese Ratte, weil ich mich für meinen Bruder schäme. He, sag ich zu ihr, ich hab alles für den gemacht. Hab ihm ein eigenes Haus gebaut. Ich finanziere sogar, dass er dich geile Sau betatschen darf. Wissen Sie, was die gemacht hat? Die hat mir ins Gesicht gespuckt. Echt. Die volle Ladung, einfach so. Und dann dachte die, es ist vorbei. Glaubte im Ernst, ich lasse sie gehen.“

„Aber Sie waren natürlich sauer.“

„Total. Und dann lag da dieser Stein. Granit. Den hab ich ihr über den Kopf gezogen. Blöderweise ist sie nicht mehr aufgewacht.“

„Daraufhin haben Sie die Frau mit Benzin übergossen ...“

„... abgefackelt, in den Wald geschleppt und eingebuddelt.“

„Was die Gier nicht alles aus einem machen kann“, sagte Worschädl.

„Wieso die Gier?“ Wiesbauer wirkte ehrlich verwundert.

„Sie haben Geld, jede Menge Umsatz, ihr eigenes Paradies. Aber das war Ihnen zu wenig. Sie wollten auch noch die Frauen Ihres Bruders ...“

„... die nicht einmal seine Frauen waren“, ergänzte Schinagl und legte Wiesbauer die Fixierbänder an. „Aber im Verzichten scheinen Sie nicht besonders geübt zu sein.“

„In den nächsten Jahren steht Ihnen da allerdings ein breites Lernfeld zur Verfügung“, sagte Worschädl. „Aufstehen und mitkommen. Unten wartet der Krankenwagen.“

Sie zogen Wiesbauer hoch und verfrachteten ihn in Richtung Tür.

„Wenn Sie mein Flinserl finden ...“

„... schicken wir es Ihnen per Post in Ihre Zelle“, versprach Schinagl und blieb stehen, weil sich Adele bemerkbar machte.

Sie fischte ihr Handy aus der Tasche und blickte aufs Display: Marlies Fischer.

Schinagl drückte auf den grünen Knopf und hörte sofort ihre Stimme.

Die Physiotherapeutin unterhielt sich mit jemandem. Oder redete vielmehr auf jemanden ein. Dieser Jemand war Florian.

Marlies' Stimme unter Hochdruck. Am absoluten Anschlag.

Dass er um Himmels willen nicht wie ein Irrer rasen solle.

Dass sie Eliska nie und nimmer hätte töten können.

Dass sie und er viel zu jung seien, um zu sterben.

70

Worschädls Anruf kam, als Schweitzer in einer soeben hereingekommenen Jubel-E-Mail las, dass der amtierende Bezirkskommandant nach einer kurzen Reha bereits in drei Wochen an seinen Arbeitsplatz zurückkehren werde.

Kein Wunder, dass es dem stellvertretenden Bezirkskommandanten nicht unmittelbar möglich war, seinem direkten Vorgesetzten zur Genesung zu gratulieren. Weiters durchaus verständlich, dass der Oberstleutnant von einer tiefen, nahezu kindlichen Enttäuschung heimgesucht wurde, die ihn an der Gerechtigkeit des Weltenlaufs und des Lebens an und für sich zweifeln ließ.

Jedoch sehr respektabel, dass Schweitzer in seiner ambivalenten Situation den Ernst der Lage im Mühlviertel sofort begriff, alles in Bewegung setzte und in Windeseile dafür sorgte, dass die Ortung von Marlies' Handy bereits nach Minuten klappte.

Ganz aktuell bewegte es sich auf einem Feldweg in Richtung Süden, etwa acht Kilometer von Schinagl und Worschädl entfernt. Florian Wiesbauer schien die Hauptstraße zu meiden, damit er nicht aufgehalten werden konnte. Offenbar hatte er ein ganz bestimmtes Ziel.

Worschädl erwischte Karoline bereits nach dem ersten Tuten.

„Hallo Bertl."

„Karo, ich stelle dir jetzt eine Frage, auf die ich extrem schnell eine Antwort brauche. Sie richtet sich an deine Wanderkompetenz."

„Schieß los!"

„Du fährst mit mir im Auto durchs Mühlviertel von Rohrbach auf die Donau zu und willst dich, ebenfalls mit mir, in den Tod stürzen. Welcher Ort wäre dafür geeignet? Achtung, du hast zehn Sekunden."

„Du meine Güte. Also, Bertl ... wirklich ... du bist ein Hammer."

„Sieben Sekunden!"

„Die Wolfsschlucht ... nein, die liegt weiter östlich. Was ist mit der Feldbach-Klamm? Auch falsch, für deinen harten Sturschädel zu wenig tief ..."

„Danke, Karo. Noch drei Sekunden!"

„Mein Gott, Bertl ... Moment ... ich hab's! Der Donaublick in Penzenstein. Da gibt es eine kleine Kapelle, zu der eine schmale Straße führt. Wenn du dort mit vollem Tempo durchs Geländer des Aussichtsplateaus krachst, geht es abgrundtief nach unten. Und das mit wunderbarer Aussicht über das ganze Donautal."

„Der Donaublick in Penzenstein! Perfekt. Und wie komme ich da hin?"

„Über Kollerschlag oder Sarleinsbach. Auf alle Fälle muss es immer nach unten gehen."

„Super, Karoline. Ich hab's gegoogelt!", rief Schinagl. „Ich geb es schon ins Navi ein!"

„Okay! Aber was ist los? Wo seid ihr, Bertl?"

„Sabine und ich nehmen an der Granitstein-Rallye teil."

„Wieso kauf ich dir das nicht ab?"

„Weil du mich kennst. Kurz zusammengefasst ist die Lage durchaus kritisch, aber noch lange nicht aussichtslos."

„Na, dann bin ich ja beruhigt", antwortete Karoline mit besorgter Stimme.

„Dank deiner Hilfe ist das hier sicher bald geschafft."

„Okay. Ich verlasse mich auf dich und drücke beide Daumen."

„Wir können jede mentale Unterstützung brauchen. Bis gleich!" Worschädl drückte Karoline weg und blickte auf das Navi. „Sabine, die Richtung stimmt! Los, gib Gas!“

„Mach ich ja.“

„Aber zu schüchtern. Komm schon, steig rein!“

„Hallo, ich bin Mutter von zwei Kindern und außerdem nicht lebensmüde.“

„Akzeptiert. Trotzdem ... wir sind noch lange nicht am Limit.“

„Und die Kurve da vorn, soll ich die einfach ignorieren?“

„Die geht laut Navi mäßig scharf nach links. Also kein Grund, die Bremse zu strapazieren.“

„Oh doch, mein Lieber. Oh doch.“

„Ich bitte dich! Wir müssen zwei Leben retten.“

„Aber nicht zwei weitere verlieren. Florian Wiesbauer ist Rallyefahrer. Der wird sich von uns ohnehin nicht überholen lassen.“

Wenigstens dieses Argument zeigte Wirkung. Sabine hatte völlig Recht. Sie hatten erheblichen Rückstand und waren im rasanten Fahren weitaus weniger trainiert. Wenn sie Florian Wiesbauer wirklich stoppen wollten, mussten sie sofort zu einer neuen Taktik greifen.

Worschädl sah sich auf dem Navi das Straßennetz an. Verglich Kurven, Verläufe und Abstände. Und hatte die Lösung plötzlich sonnenklar vor sich.

„Okay, wir fahren querfeldein!“

„Was? Bist du noch ganz bei Trost?“ Schinagl blickte ihren Kollegen entgeistert an.

„Rechts über den Acker, dann durch den Wald, über einen kleinen Hügel, und dahinter müssten wir sie kriegen.“

„Du meinst das ernst? Ich fass es nicht!“

„Das muss funktionieren, weil der Feldweg, auf dem Florian mit Marlies unterwegs ist, eine Schleife macht.

Zuerst nach vor, dann zieht er eine Kurve und dann geht's wieder retour."

„Was mich aber garantiert nicht durch so einen Acker fahren lässt."

„Aber der hier hätte schöne Furchen. Nicht allzu tief. Das könnte klappen. Sabine, ich will Florian und Marlies nicht auf dem Gewissen haben. Los, komm schon! Wer wagt, gewinnt!"

„Ich bin eine Idiotin! Eine verfluchte Idiotin! Aber bitte! Meinetwegen!"

Schinagl riss das Lenkrad herum. Der Wagen machte einen Satz in Richtung Acker, wirbelte Wolken an Staub auf und arbeitete sich auf der groben Erde voran. Waschrumpel-Feeling.

Worschädls Škoda war zwar kein Traktor, erwies sich aber als überraschend geländetauglich.

„Welche Feldfrüchte werden von uns gerade brutal ruiniert? Die ordinäre Zuckerrübe? Oder die gemeine Feldkartoffel?", schrie Schinagl.

„Ich tippe eher auf Kohlrabi oder Sellerie."

„Es könnte auch der von mir seit früher Kindheit verhasste Karfiol sein!", rief Schinagel gegen das laute Schlagen der Reifen an. Sie erreichte eine angrenzende Wiese und arbeitete sich durch kniehohes Gras einen ansteigenden Hügel hoch.

„Wenn ich hier der Bauer wäre, ich würde uns teeren und federn!", rief Worschädl angesichts der tiefen Schneise, die sie im dichten Grünland hinterließen.

„Drück lieber die Daumen, dass dein verrosteter Kübel diese Steigung schafft."

„Locker, das macht er mit links", antwortete Worschädl, ignorierte die alarmierende Temperaturanzeige des Kühlwassers und hoffte, dass er Recht behielt.

Die Anforderungen an seine Karosse waren keineswegs unerheblich. Womöglich wickelten sich gerade armdicke Grasgeflechte um die Vorderachse. Oder spitze Gesteinsbrocken bohrten sich zentimetertief in einen der Reifengummis. Eventuell erlitt der Zahnriemen einen Riss beziehungsweise platzte die Dichtung des Zylinderkopfs.

Unglaublich, aber nichts dergleichen geschah. Unter Ächzen und Stöhnen kamen sie mit dem letzten Aufbäumen des tüchtigen ersten Ganges oben an.

Schinagl trat auf die Bremse.

„Mir reicht es, Robert. Fahrerwechsel."

Allerdings wirkte auch Worschädls Gesichtsfarbe nicht ganz gesund. Als er ausstieg und zur Fahrerseite wechselte, wackelten ihm die Knie. Aber mit ihrem waghalsigen Abstecher hatten sie wertvolle Meter wettgemacht, die es jetzt nicht zu verlieren galt. Also starten, Gang rein und los.

Laut Handy-Ortung waren sie, was den Abstand zum Donaublick in Penzenstein betraf, mit Florians Wagen nun gleichauf.

Verschiedene Strecken, gleiches Ziel. Zwei Ermittler gegen einen Rallyefahrer. Noch nie war Worschädls Kiste derart gefordert worden. Und noch nie war Schinagel so nahe dran gewesen, ihrem mitunter wahnwitzigen Kollegen die Zusammenarbeit zu verweigern.

Aber sie beide hatten Florian Wiesbauer überhaupt erst auf die Idee gebracht.

Sie hatten den Verdacht in ihm geschürt.

Sie hatten zu verantworten, dass er Marlies für schuldig hielt.

Und sie hatten zu verhindern, dass in wenigen Minuten ein völlig unnötiges und verheerendes Unglück passierte.

„Nicht durch den Bach“, schrie Schinagl, als sie sich dem Donaublick auf wenige hundert Meter näherten und erstmals den heranrasenden Rallyewagen sahen. Nur schob sich als unvorhergesehene Erschwernis ein unabschätzbar tiefes, etwa fünf Meter breites Bachbett dazwischen.

Worschädl blieb keine Wahl. Er trieb den Škoda wie einen Jeep mit Vierradantrieb durch das Wasser, setzte gegen die hochspritzende Gischt die hin- und herzuckenden Scheibenwischer ein, jagte über die leichte Uferböschung hoch und hielt endlich auf den Rallyewagen zu.

„Er wird nicht bremsen!“, rief Schinagl.

„Doch, er muss!“

Zwei Autos, die auf einer rohen Erd- und Wiesenfläche im Höllentempo um die Pole-Position auf der einzigen kleinen Straße kämpften, die zum Donaublick und in den sicheren Abgrund führte.

Für suizidaffine Wanderer beileibe kein geeignetes Ziel. Für Florian Wiesbauer offenbar der ideale Ort, um seinem Leben und dem von Marlies ein endgültiges Ende zu bereiten.

Noch wenige Meter bis zur Kante.

Dahinter hunderte Meter freier Fall.

Genau darauf raste der Rallyewagen zu.

Doch von rechts kam der klapprige Škoda heran.

Schnitt ihm den Weg ab. Legte eine gewagte Bremsspur hin. Bildete eine Barriere.

Schinagl hielt die Luft an, spürte das Hämmern ihres Pulses.

Auch Worschädl war sich nicht sicher. Weil Florian in keiner Weise reagierte. Null Verlangsamung, kein Ausweichmanöver, sondern genau das Gegenteil. Er hielt ungebremst und direkt auf sie zu.

Jetzt musste es so weit sein.

Worschädl erwartete den Crash.

Rechnete damit, dass sich die Rallyemaschine in wenigen Augenblicken zu ihnen in den Wagen bohrte.

Er dachte an Karoline. Daran, dass sie sich zum Glück wieder erholt hatte. Mein Gott, wie viele großartige Stunden doch noch vor ihnen lägen.

Schinagl hörte die Stimmen ihrer Kinder, ihr hell klingendes Lachen, und sie lauschte den wunderbaren Klängen der Musik von Michael.

Alles vorbei, alles verflogen, alles umsonst, dachte sie und schloss die Augen.

Sekundenlang.

Scheiße, warum passierte nichts?

Es hätte schon krachen müssen.

Es müsste bereits zu Ende sein.

Aber da kam nichts.

Nur eine schweißnasse, zitternde Männerhand, die sich in ihre schob.

Und dann Worschädls unverwechselbare Brummbärstimme.

„Sabine, der Teufelskerl hat es gerade noch begriffen. Exquisites Bremsmanöver. Wir haben es ums Arschlecken geschafft."

71

Am Himmel plusterten sich pausbackige Wolken auf. Weiche, aufgeschüttelte, übereinander getürmte Luftpolster, die an jene barocken Speckwülste erinnerten, denen man in Bildern von Rubens und Rembrandt begegnet.

Die an manchen hellen Flecken durchbrechende Sonne tauchte die Sträucher, Wiesen und Wege des Parks an der Donaulände in ein unaufgeregtes, weiches Licht.

Am Spielplatz mit dem hölzernen Piratenschiff tobten Kinder. Mütter mit Kinderwagen saßen auf den Bänken und unterhielten sich miteinander. Ein Vater produzierte mit einem kleinen Kübel zylinderförmige Kuchen aus Sand, die seine Tochter mit kleinen Steinen verzierte.

Worschädl und Karoline marschierten zügig dahin und genossen die milde Nachmittagsluft.

„Karo, alles okay?“

„Ein bisschen mulmig, aber mit dir geht’s.“

„Wir werden uns wegen eines korrupten, wahnsinnigen und nach ranziger Milch stinkenden Polizisten nicht unsere Spazierwege verderben lassen.“

„Natürlich nicht, Robert. Meine Seele braucht aber noch ein wenig Zeit, um dem Frieden wirklich ganz zu trauen.“

Die brutale Attacke, die Karoline genau hier an einer Weggabelung erleben musste, saß ihr noch in den Knochen. Darüber hinaus hatte sie den ganzen Fall als ziemlich strapaziös empfunden. Nachdem ihr gestern der Gips abgenommen worden war, durften sie ihrer Meinung nach sehr froh sein, dass sie ohne größere körperliche Schäden nebeneinander dahinspazierten.

„Hat sich Jakub schon gemeldet?“

„Heute Vormittag hat er uns ein Foto geschickt.“

Worschädl blieb stehen, fischte sein Handy aus der Jacke, aktivierte es und hielt Karoline das Display hin: „Die ganze Familie in Festtagskleidung bei der Nussknacker-Premiere.“

„Er hat also nicht mitgetanzt.“

„Ging nicht wegen der Verletzung. Aber das Bein wird wieder ganz gesund.“

„Gott sei Dank. Die beiden hier dürften seine Eltern sein.“

„Genau.“

„Und die hübsche Schwarzhaarige neben ihm?“

„Keine Ahnung. Vielleicht seine Freundin.“

„Wäre ihm zu wünschen. Nach all dem, was er hinter sich hat.“

Karoline hakte sich bei Worschädl unter und lenkte ihn in Richtung des Cafés im Kunstmuseum Lentos. Sie hatte Lust auf Cappuccino mit Kakaopulver. Mit Blick auf die Donau und das gemächlich dahinfließende Wasser. Vielleicht ging sich dann ja auch noch ein Gläschen Prosecco aus.

„Bertl, wäre nicht schlecht, wenn es mit dir irgendwann ruhiger wird“, sagte sie, als sie wenig später auf der ausladenden Terrasse saß und mit ihrem Gatten anstieß.

„Irgendwann ganz bestimmt“, sagte Worschädl, hielt sein Glas in die Sonne und lächelte zuversichtlich.

Der Grenzpolizist Manfred Priglinger wurde ohne Beisein seiner Familie in einem abseits liegenden, unscheinbaren, separierten Grab des Gemeindefriedhofs Windhaag beigesetzt.

Die Bestattung des nahezu vollständig vorhandenen Puffhausmeisters Binder fand hingegen unter betroffener Anteilnahme von fünf angemessen gekleideten Prostituierten statt.

Harry Kovac nutzte seine dreijährige Haftstrafe zum Aufbau eines florierenden Drogenhandels innerhalb der Gefängnismauern und brockte sich damit knapp vor seiner Entlassung weitere zwei Jahre ein.

Clemens Wiesbauer musste deprimiert feststellen, dass ihn bei seinem Delikt nicht einmal die prominentesten Netzwerkpartner vor einer 25-jährigen Freiheitsstrafe bewahren konnten.

Deng Lun alias Cheng Zhang schaffte in der Linzer Justizanstalt den tinnitusbefreiten Wiedereinstieg in seinen früheren Beruf und galt bald als vorbildlicher, unauffälliger und fachlich herausragend versierter Mitarbeiter der Malerwerkstatt mit bester Aussicht auf frühzeitige Entlassung.

Florian Wiesbauer stieg in die Leitung des Wellnessparadieses ein und entwickelte barrierefreie Angebote für Gäste mit Beeinträchtigung. Marlies Fischer erklärte sich bereit, umfassende Leitungsaufgaben im Gesundheitsmanagement des Hauses zu übernehmen.

Die Beamten der tschechischen Grenzpolizei in Wullowitz beziehungsweise Dolní Dvořiště beschlossen in einer Dienstbesprechung einstimmig, die österreichischen Kollegen Worschädl und Schinagl und eventuell ihren ein wenig eigenartigen Chef Schweitzer im kommenden Winter zu einer Eisstockpartie einzuladen.

Jakub eroberte mit seiner glücklich verlaufenen Entführungsgeschichte nicht nur die tschechischen Talkshows und Titelseiten, sondern auch die Zuneigung seiner Schulkollegin Judita.

Dank

Ich bedanke mich bei meinem langjährigen Freund Walter für erste wesentliche Anregungen in einem gemütlichen Hafenlokal des süddalmatinischen Städtchens Cavtat. Außerdem bei meinem ehemaligen Schulkollegen Axel Mairhofer, der mir wichtige polizeiliche Tipps gegeben hat. Herzlichen Dank auch an die leseerfahrene Brigitte Ortner für ihren klaren und präzisen Blick. Wertvolle Hinweise verdanke ich wieder meinen versierten und kritischen Töchtern Sarah und Anja und der hilfreichen Genauigkeit und visuellen Vorstellungskraft meiner Frau Michaela. Und auf Alfred Pittertschatschers freundschaftliche literarische Expertise ist genauso Verlass wie auf den äußerst sorgsamen und cleveren Feinschliff meiner exzellenten Lektorin Christina Kindl-Eisank.